王元化
著作集

清园文艺论集

王元化 著

上海书店出版社
SHANGHAI BOOKSTORE PUBLISHING HOUSE

魯迅與尼采

洛蝕文

魯迅與尼采的關係和存在於他們之間的各種問題，已經成為研究魯迅思想體系的發展的重要問題目前這問題正在幾種不同的意見上被解決着

有人把尼采主義和魯迅的初期思想放到平行的地位他們認為初期的魯迅以尼采的思想為血肉。

但是另一部份的人却提出了與這不同的意見他們以為魯迅只受到尼采的一部份影響，這是因為在「五四」啟蒙運動時期中國的工農大眾還沒有成為社會政治舞台的主角當時還沒有正確的集團主義和科學的社會主義輸入到東方來使魯迅不得不拿尼采學說作為鬪爭的工具其實魯迅的初期思想和尼采主義在本質上是不同的，把他們放在平行的地位。

唐弢先生是代表這兩種見解的前一種意見他在魯迅樣寫道：

一九三九年，王元化在《新中国文艺丛刊》
以笔名"洛蚀文"发表的长篇论文《鲁迅与尼采》

我们赞成像某些爱激动的闽人那样一窝蜂地搞什么"热",地们所盛行的不断花样翻新的做法

并不值得我们效法,其实是可以理解那生况的旋生旋灭,新兴流派,著作是一种迎新猎奇

的风骨,要知道新的并不一定都是好的,我们再重述我们一位朋友说过的话:而向严酷的生活,主要

借彻之名回避生活如尖锐矛盾,风中的物体会有各种各样的形态,站着以接撒似倒伏的,但有

生命力以文学是以为压力站着的文学。

采自一九八零年撰有生命力的文学是站着的文学

二零零四年 十月

清围

《有生命力的文学是站着的文学》笔札

出版说明

　　王元化（1920.11.30—2008.5.9），湖北江陵人。著名
学者、思想家、文艺理论家。号清园，曾用笔名洛蚀文、方
典、函雨等。他从二十世纪三十年代开始写作，在漫长的学
术生涯中，发表了多部作品。他对《文心雕龙》的解读，对
五四启蒙思想的剖析，对卢梭"公意"的追问，他整个思想
历程的"三次反思"等，都对当代思想学术产生了深远影
响。他"不降志，不辱身，不追赶时髦，也不回避危险"的
精神风骨，亦成为后学追慕的楷模。为了更好地传播王元化
先生的思想学术，传承其精神文脉，更加完整地展现先生个
人的观察、思考、认知与研究，我们此次以精装本形式推出
"王元化著作集"，集中呈献给广大读者，谨以此表达对先生
最真挚和最深切的纪念。

二〇二二年十月

目 录

论抗战文艺的新启蒙意义

一

新启蒙运动并非是五四启蒙运动的简单再版，它是把五四阶段上所提出的任务放到一个更高的基础上来给与解决。五四的新思潮含有一个重要意义：价值的重新估定。那时有两个主要的口号：第一是民主，第二是科学。可是目前的新启蒙运动却具有别种的意义，同时它也不同于一般资本主义社会的启蒙运动。由于中国是一个半封建半殖民地的社会，因此它必须强调反对日本帝国主义的外来侵略。所以，新启蒙运动存有着它自己的特殊性。我们可以把它的中心内容总括到下面两点：

（一）民主的爱国主义。

（二）反独断的自由主义。

同时，在另一意义上来讲，它又必然的是一个大众化运动。

抗战文艺是文学上的新启蒙运动发展到现阶段的一个具体口号——也就是目前文艺运动的总目标，总方向。那意思是说它应该号召各派别的作家共同走到文艺抗战化这条路上来。

抗战文艺否定了普罗文艺阶段的绝对对立性和思想派别的宗派性。一般说来，普罗文艺是无产阶级的文学，但抗战文艺却是一个民族统一战线的文学运动。另方面，它与国防文艺也不同，因为抗战已成现实，所以抗战文艺也不仅仅是号召联合，同时更号召战斗。

最近，又有人提起"作家关系间的标帜"和"作品原则上的标帜"的划分；照他们的意思，抗战文艺仍是"作家关系间的标帜"而不是"作品原则上的标帜"。现在我们暂且不管这句话在本身有多少的语病，依上面的说法，抗战文艺只是作家在政治立场上的结合，而不是作为文艺运动的总口号，这种观点显然是错误的。因为即使作家在政治立场上结合了，假设他在作品上仍然写的是些封建的反动的内容，那我们也不能称那些东西是抗战文艺，因为它实在对抗战毫无益处。所以，抗战文艺不仅是号召作家在政治立场上的结合的口号，同时它更是一个创作方向的文艺运动的口号。

自然，我们也不应该宗派地来理解这问题：以为只有新写实主义的作家才能写出抗战文艺，或者写不出抗战文艺的作家我们就要把他们当做汉奸来打击。其实抗战文艺是属于各阶层的，它的内容也是多方面的，假设一定要强迫别人放弃他们的阶级立场，那是过左的独断倾向，是与新启蒙运动的自由主义相矛盾的。——但，我说的也并不是所谓"广现实主义"的办法，叫人放弃"主义的门限"。我认为抗战文艺是有阶级性的，新写实主义的创作方法是抗战文艺的一支生力军，因为它能正确地反映现实把握住抗战的意识；不过，不应该把它夸张为"独占"的形式。而我们对于那些写不出抗战文艺的作家，只有诚恳地在工作中去影响和推动他们。关于这点，我们只有认清抗战文艺的联合阵线的意义性才能得到正确的结论。

我们应该更深刻地了解，新启蒙运动是目前思想文化上的一个范畴，抗战文艺只是这个范畴内的一部门，我们要时时注意它与其他部门的联系性。

二

抗战文艺的内容必然是理性的，作家在分析现实和把握主题的时候不应该作过火的估计。我们必须看清现实的发展，用正确的语言表达出来。

最近有人在利用旧形式的一篇文章里，甚至于这样地写道："管教××把国亡"，"要把××一扫平"。这样的句子，走到另一错误的境地，对于抗战不能说是有利的。新启蒙运动所以提出理性这口号，实是它必须抑制无谓的感情冲动反对任何笼统的幻想，才能达到认识现实的道路。

同时，又有人在作品里表现了民族失败主义的倾向，这种毒害更加大了。这就在于对现实的把握还不够，但，假设没有理性，那么怎能看清现实呢？

因此，抗战文艺对于理性运动是不能放松的。

为了使抗战文艺能够走到一条更圆满的路上去，那么在自己的营垒里进行自我批判也是必要的。不过，我却不赞成最近一部分人所提出"抗战八股"的口号。我并不是说不应该反对公式主义，主要是这话含有抹杀意味，我们不应该对于犯有错误的抗战作品，抱着取消的态度。

另方面，自我批判也不限于只针对同一派别的作家，同时还要批判联合阵线里的各派别的作家。这样也许有人怀疑会影响到联合阵线的巩固，其实在批判中只要不武断、不宗派就决不会有恶劣的影响。只有在合理的批判中联合阵线才能巩固地生长，抗战文艺才能健全地展开。

记得前几天在一个报纸的副刊上看到一篇解释日苏问题的文章，那里面的大意是：日苏冲突的地点在张鼓峰，张鼓峰的意义就是战鼓打得最紧，到了最高峰的时候，所以结论日苏必战。这副刊的观点一向是相当公正的，但在这里，显然有着非理性的错误。对于这种错误，我们应该诚恳地批判它；要在批判中去号召这些作者对于主题的把握来一个理性运动。

其次，关于反对反动意识和封建伦理观念也是抗战文艺的一个重要课题。目前有一个不可否认的事实，就是：大多数的人还是保存着封建的伦理观念，那么，假使拿反封建当做简单的教条，大刀阔斧地砍下去，无非惹起大众的反感。我们不能忘了大众还有一个更高级更重要的伦理观念：抗战。这是一个矛盾。所以我们要反对那些反动的伦理观念，只有把它放在更高级的伦理观念上给与解决，只有强调这点才能解决这个矛盾。

我们只有把握住这个结论，克制感情的滥用，发扬理性的精神，才能完成抗战文艺的反对反动伦理观念的任务。

三

抗战文艺还负有一个重大的使命：教化工作的深入和普及。我们不能不承认五四启蒙运动的不彻底，新文化运动只徘徊在少数知识分子和小市民的圈子当中，而同大众始终是隔离的。把这个问题放到现阶段上来求完满的解决，实是刻不容缓的急务了。所以目前又重新提起的文艺大众化运动，绝不是偶然的现象。同时由此也可以看出目前新启蒙运动乃是五四启蒙运动的更高一级的发展。

但，我们并不把大众化运动看做现阶段文艺运动的一个总目标，那原因就是在于抗战文艺作品并不就只有大众化一条路线；不过，大众化运动却是抗战文艺中的一个主要手段。

我们明白了大众化运动的新启蒙的意义，就应该了解单是创作大众化的作品仍是不够的，我们还应该号召文艺理论的大众化运动，只有这样才能展开广泛的抗战文艺运动，只有这样才能使大众真正与文艺联系在一起。目前，要推进抗战文艺，光是几个文人已不够了，它必须号召大众一起来完成这工作。最近，如《华美周刊》主办的"上海一日"和内地所提倡的"展开广泛通讯员运动"，这都表现着：大众不但只是消极地接受文艺作品，并且还应该积极地来参加文艺运动。但我们试想大众在斗争里所用的武器是什么呢？假使还是那些陈旧粗劣的家伙，那么是否能正确地反映现实呢？所以号召文艺理论大众化运动实属必要。

其次，五四新文化运动还留下另一个没有解决的任务：批判地接收"文化遗产"。那时对于旧文化完全采取毁灭的态度。我们可以看到五四新文化运动的健将鲁迅、吴虞、陈独秀等这些人对于礼教国粹的确来了一个很大的扫荡，但这只是进行了文学革命的第一个任务，而跟着接收"文化遗产"的问题却始终没有解决。同时，第一个任务也做得不广泛不深刻，真正反礼教的还是一小部分人，而大众仍沉醉在旧文化里面，这原因的一部分也是由于五四启蒙运动忽视了大众的缘故。

我们既然认清了大众没有扬弃旧文化而相反的旧文化却是密切地与大众联系在一起，这对于文艺大众化运动实是一个严重问题。所以现阶段就应该来完成扬弃旧文化的任务，大众化运动的利用旧形式就是解决这任务的最好方法。因为利用旧形式也就是批判地接收旧文化，在批判地接收过程中，必然地扬弃了旧文化的否定部分，而使它本身蜕变成一种新的文化了。

一九三八年

附注：

本文系摘录。

鲁迅与尼采

　　鲁迅与尼采的关系和存在于他们之间的各种问题，已经成为研究鲁迅思想体系的发展的重要问题。目前这问题正在几种不同的意见上被解决着。

　　有人把尼采主义和鲁迅的初期思想放到平行的地位，他们认为初期的鲁迅以尼采的思想为血肉。

　　但是另一部分的人却提出了与这不同的意见，他们以为，鲁迅只受到尼采的一部分影响，这是因为在五四启蒙运动时期，中国的工农大众还没有成为社会政治舞台的主角，当时还没有正确的集团主义和科学的社会主义输入到东方来，使鲁迅不得不拿尼采学说作为斗争的工具。其实鲁迅的初期思想和尼采主义在本质上是不同的，因此不能把他们放在平行的地位。

　　唐弢先生是代表这两种见解的前一种意见，他在《鲁迅风》创刊号上，关于鲁迅的杂文里这样写道：

　　　　我想：鲁迅是由嵇康的愤世，尼采的超人，配合着进化论，进而至于阶级的革命论的。

同时，巴人先生显然更充分地发挥了这种见解。他在《鲁迅与高尔基》一文中引用了鲁迅在《文化偏至论》的一段话后，更进一步地说：

这些表白，无疑与尼采思想有血缘的。

又说：

初期的鲁迅是以尼采思想为血肉。

上面这些意见都是把初期的鲁迅和尼采放在平行的地位，同时更认为尼采对于鲁迅的思想起了绝大的作用。

至于前面的第二种意见，只有秋白先生和最近发表在《公论》上的"鲁·座"记录里有一部分的说明。但是要分辨鲁迅与尼采之间关系的具体情形，简略的解释是不够的。鲁迅在他的世界观里是不是吸取了尼采主义？和他们之间的关系到底是怎样的？这是这篇文章所要讨论的中心。

在研究一般思想问题之前，我们首先应该分析鲁迅与尼采的阶级意识。

初期的鲁迅是一个激进的民主主义者，他正代表当时向上发展的市民阶层的意识形态。许多人认为鲁迅这种启蒙运动思想是他走到文艺的路上来的时候才形成的，其实鲁迅在从事文艺活动之前就已经具备了这种意识，他说他去日本学医乃是因为：

> 我确知道了新的医学对于日本维新有很大的助力。

在《呐喊》的序言里，鲁迅曾经记述当时的志向：

> 我的梦很美满，预备卒业回来，救治像我父亲似的被误的病
> 人的疾苦，战争时候便去当军医，一面又促进了国人对于维新的
> 信仰。

鲁迅在当时把医学当做维新的一种方法，这正反映出市民阶层对于科学的憧憬和启蒙的要求。

鲁迅学医的时代，在中国启蒙运动史上正遗留下了两页辉煌的史迹，这就是新政派的洋务运动和戊戌维新运动。这两次启蒙运动虽然不幸都流产了，然而却给后世留下了光辉的教训，这对于鲁迅初期思想的构成起着绝大的影响。

洋务运动失败的社会根源，主要是因为当时中国的农村经济虽然已经动摇，但是乡村公社还没有破坏，资本主义的成分极少，机器工业没有发展的基础，因此资本主义的新思想没有建立的依据。新政派的变法完全是受到帝国主义渐渐侵入的刺激，因此这次启蒙运动的动因不是内在的而是外来的，这种被动的变法是异常的先天不足的。

从李鸿章的《乙亥奏折》中可以明显地看到当时启蒙运动的要求，他说：

外患之乘变幻如此，而犹欲以成法制之，譬如医者疗病，不问何病，概投之以古方，诚未见有效也。……易曰：穷则变，变则通；盖不变不通，则战守皆不足恃，而和亦不可久也。

这很清楚地把"变法非好变也，时势使之也"的"变"的概念讲出来了。基于这种不彻底的改良主义的思想，自然不敢挺身出来反抗几千年的宗法制度。当时要求变法的健将，如李鸿章、张之洞等在哲学的根底上都是二元论。他们所了解的变法只是枪炮实业，富国强兵。但是怎样才能富国强兵呢？他们一致认为只有变"器"，而不能变"道"。王韬在《变法》书中解释不变的"道"说：

夫孔子之道，人道也。人类不尽，其道不变。三纲五伦，人生之初已具，能尽乎人之分所当为，乃可无憾。圣贤之学，胥自此基。

他们不但认为"道"不可变，同时更要人以"道"为骨干来学习外来的"器"。张之洞指出强学会的目的是"上以广先圣孔子之教，下以成国家有用之才"。同时李鸿章在《携带幼童出洋并应办事宜疏》中，说得更为露骨：

挑选幼童，不分满、汉子弟……将来出洋后，肄业西学，仍兼讲中学。课以《孝经》《小学》《五经》及《国朝律例》等书。随资高下，循序渐进。每遇房虚昴星等日，正副委员传集各童，宣讲《圣谕广训》，以示尊君亲上之义。

在变法上把"道"和"器"对立起来，这正是十足的二元论。"道"不变，"器"自然也不会变，"富国强兵"的幻想也跟着打消了。洋务运动之必然走向失败的路上去，只要看这运动的二元论的改良主义的本质就可以知道的。鲁迅在《坟》里说："其实中国自所谓维新以来，何尝真有科学。"这就是指出想不变"道"而变"器"是不可能的。

紧接着洋务运动的维新运动，它的方法在本质上也是"中体西用"的二元论，另方面它同样缺少了广大的群众基础，所以仍是"由上而下"的启蒙运动。代表这一运动的主要人物就是康有为和梁启超。康、梁虽然对于旧学增加了怀疑的态度，但他们并不想推翻旧道德，只想用合理的解释来加强孔教的信仰。我们看下面这段话就会明白康、梁对于旧学的态度了：

> 方今之病，在默守旧法而不知变。……《大学》言日新又新，《孟子》称新之国。《论语》为子毋改父道，不过三年；然则三年之后必改可知。

康有为的这段话想要从旧学中去找"变法"的根据，我们可以看出他毫没否定旧学的企图。在他者的《新学伪经考》和《孔子改制考》这两部书里，虽然是充满了疑古精神，但只是企图给旧学以合理的解释，康、梁毕竟是二元论者。洋务运动和维新运动并不是否定封建主义的启蒙运动，他们根本不曾想到政治的改革，而"变法"也不过是想采取西方的科学来医治中国将要灭亡的专制主义而已。

二元论者对于旧学的妥协的态度，始终不能完成中国思想解放的任务。这给了鲁迅一个很大的刺激，同时也愈发坚定了他反封建的基本思想。鲁迅在一开始就抱着扫荡礼教的姿态出现，是和这有密切关系的。

鲁迅嘲笑"中学为体，西学为用"的维新运动，他认为"康有为借重皇帝的虚名"是中国一贯的中庸态度，这和"不薄今人爱古人"的思想同样是可笑的。

继维新运动后的辛亥革命依旧没有解决反封建的任务。从鲁迅的《阿Q正传》里可以反映出当时的情形：

> 据传来的消息，知道革命党虽然进了城，倒还没有什么大异样。知县大老爷还是原官，不过改称了什么，而且举人老爷也作了什么官，……带兵的也还是先前的老把总。

这是辛亥革命同封建势力勾结的一般情形。革命的不彻底，使得鲁迅又经历了一次血的教训。鲁迅反封建的思想是从无数次这种惨痛的经验中生长起来的。鲁迅在《热风》里曾经批判与封建制度妥协的维新运动，他说得非常正确：

> 维新以后，中国富强了，用这学来的新，打出外来的新，关上大门，再来守旧。

> 可惜维新单是皮毛，关门也不过一梦。……要新本领旧思想的新人物，驼了旧本领旧思想的旧人物，请他发挥多年经验的老本领。一言以蔽之：前几年谓之"中学为体，西学为用"，这几年谓之"因时制宜，折衷至当"。

鲁迅指出这些改良主义者的目的，还是在守旧，搬来新的不过是要"打出外来的新"而已，但结果"维新"和"关门"不过只是一"梦"。鲁迅从这些教训里认出了"中国的旧道德与新道德恰恰相反"，因此他大声疾呼道："旧偶像愈摧破，人类便愈进步。"当鲁迅一出现在我们面前的时候，他并不是与封建主义妥协的二元论者，同时他更知道了，单单改良皮毛不过只是白白牺牲而已。仅是这一点就在鲁迅和他的先辈之间划出了一道鸿沟。

鲁迅的"变"的概念，在当时具备着十分进步的见解。他首先指出变决不是和平的转化，而是"光明和黑暗作彻底的战斗"，这种矛盾斗争的发展结果就是进化：

> 进化的途中总须新陈代谢。所以新的应该欢天喜地的向前走去，这便是壮，旧的也应该欢天喜地的向前走去，这便是死；各各如此走去，便是进化的路。

在进化的路上有盛有衰，有生有死，这种新和旧的关系就是新陈代谢。新的应该不断地生长起来，旧的应该不断地死亡下去。他认为："个体既然免不了死亡，进化又毫无止境。"他把进化当做无始无终的向上运动的过程。但是"复古"家们偏偏要拉住应该死去的旧道德来阻挠新生力量的滋长，鲁迅对这感到很大的憎恶，他问道："但我们也就都像古人一样，永久满足于'古已有之'的时代么？都像复古家一样，不满于现在，就神往于三百年前的太平盛世吗？"他从事实指出时代不会倒转，同时更用历史的眼光来证明国粹不能救中国的原因。

鲁迅所关怀的是"现在"，他说：

　　明明是现代人，吸着现代的空气，却偏要勒派朽腐的名教，僵死的语言，侮蔑尽现在，这都是"现在的屠杀者"。杀了"现在"，也便杀了"将来"。

这是多么清醒的现实主义的精神呵！鲁迅不但用"现在"否定"过去"，同时他更在"现在"中找出将来的关系。这是他一贯的"动"的唯物观点。固然，在当时鲁迅还没有自觉地走到辩证唯物论上来，然而他在实践当中找出了这个真理。关于这点，巴人先生的分析十分正确：

　　他们（指鲁迅与高尔基——引者注）之成为马克思主义者，与其说是由于理论的学习成功的，毋宁说是由于现实的实践，把握了历史的发展法则而成为马克思主义者。

鲁迅成为阶级的革命论者，完全是决定于这种现实主义的精神。由于这种精神，才使得他在战友的转变和投降中屹立不动。

　　在五四运动中鲁迅也显得与陈独秀、胡适之等二元论者不同。胡适之所信奉的是"实验主义"，他的中心思想和杜威的"哲学基本概念"一样，即："知识思想是人生应付环境的工具"。他们相信，对人适用的才是真理，不适用的就不是真理了，同时一切真理都是假设。但我们看来并不是每个阶级适用的都是真理，反动阶级的认识的主观性和真理的客观性是矛盾的。因此说凡适用的即真理，这就是把客观标准取消了。鲁迅在一九一九年就已经讥笑这种实验主义，他说：

……这与数年前讲"实用主义"的人，因为市上有假洋钱，便要在学校里遍教学生看洋钱的法子之类，同一错误。

鲁迅在同一段话里特别指出"实用主义"最容易走到"顺应环境"的路上去。五四后，胡适之不是连"一点一滴的改造"这样脆弱的企图都放弃了么？

鲁迅经过了五四启蒙运动的失败后，并没有灰心，他还找寻他的道路。他说："我不知那一条好，至今也还在寻求。"固然，鲁迅代表当时向上发展的市民阶层的意识形态，但另方面，也是由于他的进步的现实主义的精神，才可能使他后来成为一个阶级革命论者。这也就是鲁迅与当时其他启蒙运动者在本质上不同的地方。

基于这点我们可以看出鲁迅精神与尼采主义是代表两种不同的阶级的意识形态的。

尼采出现的年代是：一八四四年（生）——一九〇〇年（死），当时德国资本主义正有着飞跃的发展。但是尼采不能代表向上的阶级，相反的，尼采正是反动的贵族阶级的代言人。

四十年代的德意志，工业资产阶级正随着大企业的发达逐渐形成起来。当时的大工业约有七万八千所，在其中工作的劳动者，有五十万人以上。但是资产阶级的发展随处都受到封建势力的阻难，成为产业急速发展的最大障碍的就是德意志的不统一。在革命前德意志划分成三十六个小国，而每个国家的法度又不同，这妨碍了资本家对于劳动力的要求，因此统一德意志的政治和经济的结构，成为德国资本主义发展的主要条件。

德意志的统一可能沿着两条不同的路：一条是大德意志共和国的

路，另一条就是普鲁士君主制的路。但是由于德国资产阶级的"胆怯而私通"和工业发达还不够强大的原故，使得第二条路终于得到了最后的胜利。因此贵族的特权以及中世纪和其他许多反动势力都仍旧保存在德国的社会里面。当时马克思在《新莱茵报》上对于一八四八年德国的革命曾经给过光辉的分析，他特别指出"'聋哑盲聩昏庸老朽的'德意志资产阶级的革命的毫无能力"。造成德国资产阶级的反动的原因，是由于无产阶级的迅速的发展，所以他们情愿放弃了"自由"而选中了"冠冕"制度。普法战争后，德意志内部已经统一，产业发达的速度也因之加快，但是伴着资产阶级的昂奋，无产阶级也抬起头来了。

马、恩在一篇著名的文献里写道：

> 德国……具备着比十七世纪的英国，和十八世纪的法国更发展得多的无产阶级去完成这个革命。因此德国资产阶级革命只能是无产阶级革命的序幕。

德国的资产阶级在这种情况下去和封建地主结成统一战线来压迫逐渐强大的无产阶级，是一点也不足怪的。

尼采正出现在德意志资本主义的发展时期，这种普鲁士型资本主义的发展结果产生了尼采哲学的社会根据。勃伦蒂涅尔认为尼采并不代表小资产阶级，同时也不能代表金融资本家或虚无主义者。他说尼采是代表"对抗增大着的普罗列塔利亚运动的地主阶级及德国布尔乔亚中最反动的部分的意识形态"。最近 L. 凯迪在他的论文《尼采哲学与法西斯主义》里也赞成这种意见。凯迪把贵族主义当做尼采思想内容的特征。

只有反无产阶级革命运动的尼采哲学，才会被今日的法西斯主义者所利用。目前，法西斯主义已经不能制造新的独立的意识形态了。它只是各种反动学说的综合。虽然，法西斯主义已经没有一贯的理论系统，而变成哲学上的折衷论，但是它却不会放过利用各种哲学中反动部分的机会。

"在这点上"，一位法西斯的信徒这样写道，"首先应该记忆的是尼采，斯本格拉（Spengler）在某演说里说过墨索里尼是尼采哲学的实现者"。

我们在墨索里尼答复一个通讯员的信里可以看到他自己也这样承认：

> 在你给我的信上面，你说我的演说及笔调，有着尼采的口味。你说我研究过尼采，是的确的。十五年前，——我偶然得到他的著作。那是我从头至尾读破了的东西，我从那里面受到很大的感动。他的著作医治了我的社会主义。

墨索里尼在一个青年面前这样推荐尼采，同时更承认尼采对他有很大的影响，甚至于说尼采医治了他的"社会主义"，这是很令人玩味的。

不用说，尼采在自己的祖国受到了更热烈的捧场。"纳粹"宣言道：

> 生命是强有力的，就应该进向尼采的道路。

而且他们还从尼采哲学和纳粹主义的世界观之间找到了共通点。在法西斯指导杂志《纳粹社会主义日报》第一号上，就出现了这样的话：

> 纳粹主义的政治运动和尼采哲学的共通点，存在于两者的世界观的根底，尼采在自由主义时代，倡说确固不动的英雄的新道德，这正是我们的东西。

尼采的确超过他的时代。自由主义时期的尼采学说，在当时并没有得到广泛的注意，他没想到自己的理想终于在现在的法西斯主义的国度里实现了。

为什么在自由主义时代的统治阶级不欢迎尼采呢？普列汉诺夫曾经解释过这问题，他以为：当时"非道德的实践，还决不需要非道德的理论。——所以现代布尔乔亚，一面对尼采并不同感，一面却经常地欢悦地迎接着他的道德的否定律"。

然而，"非道德的实践"拒绝"非道德的理论"只有在资本主义社会还没有走到灭亡时期才可能，那时候统治阶级还能向劳动大众搬弄一些虚伪的道德观念。可是目前资本主义已经发展到垂死的时期了，统治阶级已失去了控制的能力，它需要一切最反动的意识形态来挽救自己的毁灭。在今日法西斯主义挑选了尼采学说还是偶然的吗？

尼采的贵族主义的思想在当时不能代表向上发展的阶级，相反的，在尼采哲学的根底里充满了许多反动的因素，这是尼采主义与鲁迅的初期思想在本质上不同的主要根据。

我们分出这许多篇幅来分析鲁迅与尼采的意识形态的阶级性，因为这是研究他们思想内容的基本关键。从上面看来，尼采所代表的阶级意识形态是堕落的，阻碍历史前进的。而初期鲁迅虽然是代表市民阶层的启蒙思想，但当时市民阶层还是向上发展的阶级，同时我们更不可忽略了鲁迅的现实主义特性。

关于鲁迅与尼采的阶级性和意识形态问题，只不过是帮助我们理解他们的个人的社会地位，以及他们所不能越过的观念形态的界限而已。我们应该更进一步把鲁迅与尼采的世界观和他们的特殊的、复杂的发展过程，当做全面的问题来加以研究。

尼采世界观的根底里，是以"人种论"作基础。他宣言道：

> 正义是这样说：人类不是平等。

人类不平等是解决尼采哲学一切问题的根据，他在估价所有社会问题的时候，都是从这个基本命题出发的。造成人类不平等的原因是由于遗传性的关系。尼采说："你走什么道呢？请先走你先祖之道。"但是从什么地方去分辨人种的高贵与低贱呢？这里，尼采充分地暴露了自己的反动思想，他公然地说：

> 善恶对照的根源，如所说那样，是和高贵距离的感情；是对于低级种族、低级东西的高尚支配的长时期的优越感。

尼采认为人类全部斗争的历史，并不是阶级斗争，而是种族斗争，他歌颂主人对于奴隶的压迫："有产者对待其低级人们的权力，亦像我们对待蚊虫一样，击毙它并无任何良心的悲悯。"同时高级文化的产生，也是由于高尚意志和权力者打击了柔弱人种文化的结果。"所有高级文化",尼采说道,"是具有原始天性的人们,及具有未损坏的意志力和权力顽强的野蛮人,袭击柔弱的和平的人种"的结果。而且尼采还把这种学说应用到国家的形成上去,他说:"所谓国家是由契约开始的,这是梦想,真的现实,并不是那样的。"尼采补充道:"由优势人种征服弱小人种是国家的起始。"尼采认为高贵的人种是阿利安人,头发是金色的,而黑发的人都是卑劣的平民。尼采在《善恶的彼岸》里说:

> 贵族主义应该确信:社会不是为着社会而存在;社会不外是基于自己的高贵的使命,主要的是基于作为高贵存在的选民高高耸立着的基础。选民们,好似高高伸展在青空的加巴岛的莒萝,莒成为繁茂的轮圈,卷曲着自己的茎,经槲树之干而上升,达到那顶上而耸立着。莒虽然依赖槲树,但那绝顶的渺茫和广大,可以夸耀自己的幸福。

尼采将莒萝和槲树,比作贵族和劳动者的关系,贵族虽然依靠着劳动者们才能生存,但他们必须超过凡俗的平民而夸耀自己的幸福。这种粗率而无耻的表白,难道还不能证明尼采贵族主义的思想吗?奴隶制度对于尼采是必要的,没有奴隶们作基础,那么高贵的选民怎能站在上面夸耀自己的光荣呢?

尼采坦白地说:

> 奴隶制度,是文化本质上的必然条件,这一真理是毫无疑问的。

奴隶只配作奴隶，他们不过是为了奉养高贵的选民而活着。假设"奴隶从希望说，要在他们之中养成主人的恩念"，尼采这样叫道，"是愚蠢的"。宽恕和怜悯都是不被允许的行为。产生奴隶制度是人种斗争的结果，这是高贵人种繁荣的基础。尼采说："富必招致人种的贵族主义，那使娶取美丽的妇人，雇用优良的教师，成为可能，于人们提供体育的时间，特别把心神由疲倦的肉体劳动中解放出来。"

尼采对于主张平等的人加以最恶毒的轻蔑，他说道：

> 我憎恶卢梭的道德，这么武断，扰乱浅薄多数人的心，讨厌所谓革命的真理。……平等的学说……像这样有害的学说有么？一边说正义，一边想要把正义灭亡。"在平等的东西上则平等，不平等的东西上则不平等"——真理这样说，所以低级的人不能和高级的人相比较。

高贵的选民怎能和低级人平等呢！奴隶始终只配和奴隶讲平等的。尼采哲学中充满了反民主的毒素，他反对人类享受共同的幸福，只有"最高族籍——我将它名为极少数者——当做最完全的人们，同样享受极少数的特权，是在这地上的幸福的优美的代表者"。大多数的劳动者是不能享受这种特权的，因为他们的本能已经堕落了，他们只配编入"支那人"的身份。照尼采看来，"当做支那人型的，素质而自足的人类种族，虽未完成编入身份的希望，但这是理性，也是必然的"。低级人类的受苦遭难，尼采认为是自然法则，没有什么不合理的地方。

尼采把人种当做不变的东西，他再三地解释道：

> 我们对于祖先要是稍微知道，那对于子孙是可以类推。

子孙永远走着"先祖之道"，先祖是奴隶，子孙也是奴隶，永远没有翻身的机会。谁要想改变一下命运的支配，尼采将给他以最强烈的憎恨。从这里我们可以看出鲁迅与尼采的基本差异点了。

许寿裳在《鲁迅生活》的讲演里，曾经记述道：

> 他（鲁迅——引者注）在课余爱读哲学文学的书，以及常常和我谈国民性问题。

又说：

> 总之，他在游学时期，用心研究人性和国民性问题。

假设我们从这现象的表面去看，就很容易认为鲁迅也是一个人种论者，或者把鲁迅与尼采等量齐观。这里我们应该回忆一下恩格斯对于易卜生的分析，恩格斯在这问题上批评了爱伦斯德的机械方法，而提出了自己的独到见解。恩格斯指出在易卜生作品中反映着一些"发动的力量"，这是因为挪威的中、小资产阶级还没有完全变成布尔乔亚的附庸，还有一些"独立"的经济活动；易卜生的作品里反映的是"中等资产阶级的小小世界"，他所反对的"多数"正是以这些人为对象，结果把它来代替真正的劳动大众的"多数"，这是对于挪威的经济活动、阶级对比缺乏具体的认识的结果。

鲁迅研究国民性问题的目的和尼采的人种论有着本质上的不同。

鲁迅研究国民性正是他要求中国人在世界上争得平等的地位，不要"被挤出世界去"，而尼采却是要拿人种论来作为奴役劳动阶级的工具。所以鲁迅与尼采对于人种问题的理解，根本是冲突的。尼采认为人种不变，奴隶永远没有改变命运支配的时候。但是鲁迅问道：

> 果真国民性是难以改变的么？

鲁迅在一九一九年，无形中就给了尼采的"子孙走先祖之道"一个严重的痛击：

> 只要思想未遭锢蔽的人，谁也喜欢子女比自己更强，更康健，更聪明高尚，——更幸福，就是超越了自己，超越了过去。超越必须改变，所以子孙对于祖先的事，应该改变，"三年无改于父之道可谓孝矣"，当然是曲说，是退婴的病根。假使古代的单细胞动物，也遵着这教训，那便永远不敢分裂繁复，世界上再也不会有人类了。

这难道还没有把"走先祖之道"的尼采哲学，打得个落花流水么？鲁迅是代表向上的阶级，他敢正视现实的，他不怕用"动"的逻辑去估价人种问题，然而尼采只能站在反动阶级的立场，他永远将人种问题放在"静"的逻辑的范围里面去解释。对丁人种问题的发展和固定的评价成为鲁迅与尼采之间的不能调和的界限。

　　从上面这段话里，我们可看出鲁迅对于"进化"的概念，是站在达尔文主义的立场。他说现在的人应该超越过去的人，超越就是改变。

鲁迅借着单细胞动物的分殖来证明超越是生物（包括人类）的一种本能。但是社会进化不能光用生物的本能来解释的，它还包含了阶级斗争的复杂关系。动物界的适应环境主要表现在生理器官的变化，但人类的生存竞争却表现在生产力的关系上面。人类同动物虽都是为生存而斗争，但有本能的和意识的差别，马克思说："人类历史之所以异于自然历史者，即前者为我们所造，后者非我们所造。"这就是生存竞争表现在人类历史上和自然历史上的不同。

秋白先生曾经说鲁迅是由进化论发展到阶级革命论的，（但是据说最近已有人反对这种意见，他们说，鲁迅一开始就是唯物论而不是进化论。）鲁迅自己在《三闲集》的序言里也说过同样的话："我一向是相信进化论的，才以为将来胜于过去，青年必胜于老人。"又说："我有一件事要感谢创造社的，是他们'挤'我看了几种科学底文艺论，明白了先前的文学史家们说了一大堆，还是纠缠不清的疑问。……以救正我……只信进化论的偏颇。"这很明显，鲁迅自己承认初期的思想是进化论。

但是我们从什么地方来更进一步地证明鲁迅自己的这个肯定呢？且看他在《坟》里说：

> 我现在心以为然的道理，极其简单。便是依据生物界的现象，一，要保存生命；二，要延续这生命；三，要发展这生命（就是进化）。生物都这样做，父亲也就是这样做。

鲁迅把"保存生命"、"延续生命"、"发展生命"当做人类的生存斗争的本能，这是进化论的看法。在人类分化成阶级对立的社会里，不像生物界的适应环境，它主要的是阶级斗争，因此并不是所有的青年都胜过老人，在同一青年的集团里也发生着进步和堕落的搏斗。

我们可以看到，鲁迅和达尔文在许多地方都很相同的，他们全是从精密的研究事实出发。达尔文在卑格尔号的航行上，花去了五年采集标本的功夫，他与晕船挣扎，仔细考察所得到的材料，结果他从那里面找到了真理。另一方面，鲁迅也说："凡有所说所写，只是就平日见闻的事理里面，取了一点心以为然的道理。"他所创造的伟大的艺术形象阿 Q 就是他仔细研究现实的成果。同时，他们都不是机械的自然主义者，他们都是将所有的现象联系起来观察的。海博尔在他的《达尔文传》里说："他（达尔文——引者注）用大批的证据去证明这种学说的正确，并研究这一类的单个的现象，将它们结合起来，比起他的一切先驱要深刻得多，坚固得多。"同样，鲁迅在中国文艺理论还十分贫乏的时候，对于典型的创造也说过这样的话："人物的模特儿也一样，没有专用过一个人，往往嘴在浙江，脸在北京，衣服在山西，是一个杂凑起来的脚色。"把现象联系起来观察，推出事物的本质，这是鲁迅与达尔义的优秀的作风。

鲁迅对于人类的爱，大家是全知道的。但是达尔文也同样对人类怀着莫大的热爱，他在自己的日记上写道："我几乎不相信在蒙昧人和文明人之间有着怎样大的区别。"他对于奴隶制度充满了愤怒，他因为同情黑种人的命运，曾经和卑格尔号的船长发生冲突，几乎使他舍弃了他的旅行。他写给姊姊的信说："英国如为完全铲除奴隶状况的第一个欧洲民族，那它将有何等的荣耀呵！在我离开英格兰之前，有人对我说，如住在蓄养奴隶的国家中，我的意见将完全改变。我知道自己唯一改变之点是对于黑人品性的估价，已经晓得应当高得多。看见一个黑人而不加以友谊的态度对付他，是不可能的。"他更憎恶白种人对于土人的掠夺，他说："这种白人似乎以为此地是要遗留给他们的子孙的。"总之，从上面这些点看来，初期的鲁迅成为一个达尔文主义者不是偶然的。但鲁迅没有像有些人故意歪曲进化论，机械地把它引用到社会问题上来。

达尔文主义和马克思主义不是对立的，"这两个学说只是整个科学唯物论的两部分，彼此间有着逻辑的联系及内部的相互照应"（哥列夫）。达尔文所研究过的是以生物进化为对象，马克思所研究的是以人类进化为对象。达尔文从生物界各种现象的总合中得出结论：物种是变化的。这给当时的观念论者一个很大的打击。物种变化的原因是为了生存竞争，是生物界适应环境自然淘汰的结果。马克思在《资本论》中曾经从生物器官的改造上，讲到人类工艺学与自然工艺学的关系：

> 达尔文使我们注意自然的工艺史，那就是，注意动植物的器官，当做动植物为自身生活而用的生产工具是怎样形成的。

马克思与达尔文在研究人类工艺学和自然工艺学的时候，得到同样的结论，在方法论上他们也是相同的。恩格斯在马克思的墓前演说中，讲到他老友对于人类的伟大贡献时说："正如达尔文发现生物界的发展规律一样，马克思发现了人类历史的发展规律。"

这里，我们可以知道达尔文主义与马克思主义在实际上是研究工艺学的两方面。达尔文发现了自然工艺学的发展法则，而马克思发现了人类工艺学的发展的真理。

达尔文主义与马克思主义既然不是对立的，同时又是科学的唯物论的两面，因此秋白先生说鲁迅的初期思想是进化论，这显然并不是意味着与唯物论对立的。

但是鲁迅的进化论与尼采的人种论有着本质上的差异。鲁迅认为人种因了适应生存竞争必定会发展和进化，可是尼采却永远把人种学说停留在固定的状态上，认为环境对于人种是绝对没有影响的。因此在对于文化问题的观点上，鲁迅与尼采也显出了差异，鲁迅并不把人类文化的进步看做是人类生理发展的继续，但尼采却坚决地认为文化是由于高贵选民征服了弱小者才会产生的。巴人先生曾经引用鲁迅在《摩罗诗力说》中介绍尼采关于文化问题的话，来证明两人相同的地方。其实尼采的"不恶野人"的观点还是建筑在他那一贯人类不平等论上，他认为"回复到野蛮制度，有时亦是必要的"。鲁迅却没有像尼采这样粗暴地侮辱历史发展的真理，他从来没有企图把历史拉回到野蛮时代。鲁迅对这问题的观点是站在人类平等学说的基础上，他与达尔文的"人类文化的发展，并不是人类生理发展的继续"的结论是一样的。他爱好野蛮人，认为从野蛮人中也能产生出力量来。我们拿这和宣扬义明的理论比较一下，会得出怎样的区别来呢？

鲁迅在五四运动刚一开始的时候，就这样叫道：

我们还要发愿：要人类都受正当的幸福。

这难道还不足以说明鲁迅与尼采的不同吗？而这不同正是解决他们对一切社会问题估价的基础。

尼采轻视理性，他不从现实出发，他把理性事业当做人类的幻想结果。他说："继起性，交代性……法则，自由，原因，目的，这些都是我们自身思索出来的。"人类从来不认识客观存在的真理。尼采对于现实是抱着极大的轻蔑的态度。

鲁迅对于理性的态度是怎样的呢？他教示青年道：

> 更进一步希望于点火的青年的，是对于群众，在引起他们的公愤之余，还须设法注入深沉的勇气，当鼓舞他们的感情的时候，还须竭力启发明白的理性。

五四启蒙运动的时候对于理性是不注意的，到了目前的新启蒙运动时，理性已经被抬高到重要的地位。鲁迅当时的这种思想的确超过了他的同辈，这是鲁迅现实主义的特征，其他一般二元论者对于群众是根本不放在眼内。鲁迅说："震骇一时的牺牲，不如深沉的韧性的战斗。"鲁迅是个持久战士，对于恶势力始终取着韧性的战斗，别人动摇了，而他仍旧站在战斗的岗位上。

我们相信鲁迅如果否定了真理，那他决不会这样坚定地同反动者搏斗的。鲁迅是个文艺家，他没有直接地把他的真理说出来，但我们却可以很清楚地知道他那时的抱负完全是为了"解放人类！"这个光荣的事业。

请看尼采对于真理的意见是什么，他说：

> ……无论到什么时候也不能接近真理，因为没有任何真理。

尼采哲学体系中，充满了这种非合理的成分，他以为认识不过是人类的工具，他叫人空想。在反动阶级的意识形态里，是连真理的影子也看不到的，这大概就是所谓——尼采常常用来估量低级人种的——"本能堕落"的结果吧。

几乎谁都知道，尼采否定过去数千年来的伦理观念，他宣言道："冲倒堕落者"吧。但是尼采的道德观念和他的人类不平等论的出发点是一致的，并非绝对排斥的。有人说尼采的道德观念是在他反动思想之外的东西，尼采在人种论上是反动的，可是在反偶像上是进步的。这种把尼采思想区分为两种对立的说法是二元论，其中包含了很严重的错误。其实尼采的人种论和他的伦理观念都是从一贯的世界观出发，它们并不是相互排斥的东西。为了了解这种结论，我们先看尼采的道德观念是怎样的：

> 这是"主人道德"和"奴隶道德"……在快乐的知道自己和从属者的差别的支配阶级和被征服阶级及种种从属民之间，产生了那道德的评价的不同。

"奴隶道德"是什么呢？照尼采说米"奴隶最爱着的东西，是使他们忍受世上的压迫的性质"。尼采说苏格拉底"是民众出身，他的丑恶，谁也知道"，因此，"这样他成了慈善的先生，这样他说教了，慈善等于幸福"。尼采认为同情奴隶是罪恶的行为，奴隶们不需要什么幸福，他们只应当忍受世上的压迫。同时，主人们只需"无理的强夺"，"不要屈服于感伤的柔弱，生活就是征服别人，侮辱别人；——生活是压迫，是冷酷的关系，是无理实行自己本身的东西"。尼采嘲笑放弃权力的人，说他们是"怯弱者"。在奴隶们渐渐强大，已经自觉了自己的命运，要推翻主人统治地位的时候，主人们的斗争和压迫怎能放松呢！

尼采反宗教、反偶像也是从人类不平等的基本命题出发的，他讨厌基督教里的平等观念，尼采想要在旧偶像上，建立一个更强壮的支配力量。他早就宣称过："服从权力的意志"，"使不能指挥的，不能命令的人服从吧！"

尼采所反对的是主人的宗教，主人是不需要怜悯和同情的，但对于奴隶却不同了，他说："或者，在基督教及佛教里，再没有比他们那种利用虔信以教诲低级的人们接近飘渺的最高秩序，因而使他们与现存秩序妥协的艺术，更值得敬重的。"我们看这和他的人类不平等论有什么矛盾的地方呢？

一般人的意见常常把"个性解放"当做鲁迅与尼采的共同点，巴人先生就是从这个命题出发的，他以为鲁迅与尼采思想的血缘关系，就在于两人都是"以个性主义的思想为根基的"。

鲁迅与尼采虽都主张"个性主义"，但是却反映着两种不同的社会关系。尼采对于"个性解放"问题仍是站在人类不平等的学说上，他把个性与集体对立起来，他的个性崇拜是排斥一切有组织的社会性的，这正如柯根所说，尼采反对群众，是"利于贵族的个性的反动"的。因此，由这里尼采产生了"超人"的学说。然而，鲁迅在《热风》里就已经指出过："尼采式的超人"是"有些渺茫"的。我们应该特别注意在当时法西斯主义还没有出现，因此使得尼采哲学的反动因素没有完全暴露出来，同时东方的科学的社会主义理论还十分幼弱。

鲁迅并没有叫人走尼采的"超人"的路，而且他还用这来警戒青年，当时鲁迅除了拿尼采哲学作为反偶像的工具外，是没有旁的企图了。我们可以看到，鲁迅在他初期的全部著作里，除了反偶像的地方之外是没有提到过尼采的，鲁迅始终没有承认他受了尼采的很大影响。

鲁迅在当时不但不将个性同集体对立，并且还把自己的爱憎和群众的利害统一起来。我们看他在下面这段话与尼采的赤裸裸的利己主义精神有着怎样的不同：

> 我们追悼了过去的人，还要发愿：要自己和别人，都纯洁聪明勇猛向上。要除去虚伪的脸谱。要除去世上害己害人的昏迷和残暴。

> 我们追悼了过去的人，还要发愿：要除去于人生毫无意义的苦痛。要除去制造并赏玩别人苦痛的昏迷和强暴。

这种充满热情的喊叫，就是现在还令我们感动的。鲁迅不但要解放"自己"，而且还要解放"别人"，他对于制造人类痛苦的强暴提出了愤怒的抗议，鲁迅所要求的是"人类的共同幸福"。他的这种精神充分表现在妇女问题的见解上，他对于企图把错误归罪到妇女身上的道学先生，痛斥道：

> 不节烈的女子如何害了国家？照现在的情形，"国将不国"，自不消说……但此等现象，只是不讲新道德新学问的缘故，……况且政界军界学界商界等等里面全是男人，并无不节烈的女子夹杂在内。

鲁迅在自己的小说里，也曾经几次地表现出对于奴役妇女的缠足风习，感到很大的憎恶。他在当时是一个主张妇女解放的先驱，是毫无疑问的。但是尼采对于妇女的观念正是鲁迅所痛恨的——"你使妇人服从，不要忘记鞭笞"。尼采对于妇女争取平等的地位加以很大的不满，他认为这是两性问题的"污点"，其实"妇人的最高任务是外观和美貌"，"是产生健全的小孩"，除此之外，什么都没有了。在贵族主义的尼采看来，和女人怎能讲平等呢？

尼采终于被拖出来了。反动阶级公开地宣称法西斯主义是"尼采思想的实现"。他们称赞尼采的天才，说尼采是法西斯主义的"先驱者"。

但是，尼采所憎恶的平等社会却真正实现在世界六分之一的土地上，奴隶们用不能摧毁的力量粉碎了主人的统治。从这里看来，鲁迅比较尼采，是幸福的，他已经亲眼看到自己的理想是怎样变成了铁一般的事实。然而尼采却也并非十分不幸，因为他到底还在他不肖子孙的垂死时代之前就已经瞑目了。

一九三九年十月

金批《水浒传》

提到《水浒传》不由得想起金圣叹的批注。

金圣叹推翻了因袭的格套，建立了一种新的白话文的批评，他所批释的《水浒传》是值得我们注意的。

他曾经说"文章有极省法和极不省法"，提出了文章的层次问题，说明有些文章从字面上看，虽似"极不省"，但为了传达作者的感觉的层次，其实还是"极省"的。《水浒》第八回《花和尚大闹野猪林》，描写鲁智深搭救林冲，分四段来叙述：一先飞出禅杖，二跳出胖大和尚，三再详述其皂布直裰与禅杖戒刀，四始知其为智深。金圣叹说这完全是"公人惊心骇目中所见"，所以才历历如真，倘劈头就说明是智深，虽可以省掉不少字句，但是反而减少了真实性。

此外，金圣叹分析《水浒》的"开书"，道人所未道，也是颇有见地的。《水浒》既然要写一百八人，为什么开书弃重就轻反而去写一个高俅？这是为别人所忽视的问题，但也正是《水浒》全书的关键所在。金圣叹的批释仅寥寥数语便道破其中秘密："开书未写一百八人，而先写高俅者，盖不写高俅，便写一百八人，则是乱自下生也。不写一百八人，先写高俅，则是乱自上作也。"金圣叹说明"乱"不生于下而生于上，的确看出了"官逼民反"的原意。

不过，金圣叹在批评方面的革新有时仍不免带有着八股选家的流毒。鲁迅说："经他一批，原作的诚实之处，往往化为笑谈，布局行文，也都被硬拖到八股的作法上。"这确是很公允的论断。最明显的例子，在他批释的《水浒》中就可以找到很多。例如他在《读第五才子书法》中竭力渲染、加以推荐的什么"正犯法"、"草蛇灰线法"等等，一大半都是牵强附会，用自己眼光去穿凿原作的结果。其实原作并不是如他所说有什么含蓄在内的。

《水浒》中诚然有许多重复正犯的地方，如潘金莲偷汉又有潘巧云偷汉，武松打虎后又有李逵杀虎，朱仝、雷横私放晁盖后又有朱仝、雷横私放宋江……这些重复，据我推测，大概是"水浒故事"由口口相传到写成定本，其间隔了不少的年代，也许重复的情节正是从一个"母体故事"枝生传衍开去的"子体故事"，经过了传述人有意无意的修改变迁，于是就变成《水浒》中许多所谓"正犯"的场面。金圣叹不察，竟大惊小怪起来，夸说施耐庵"浑身都是方法"。他这样望文生义的穿凿不是中了八股流毒是什么？明清之际的士大夫往往要以时文眼光去看古文，闹出许多笑话，为有识者所讥笑。① 不想金圣叹竟以时文眼光去看小说，这更是愚不可及的事。

我记得，小时读韩愈的《祭十二郎文》，一位老先生读到末尾，就摇头晃脑地吟哦起来。他露出大有发现似的得意的神色说，韩愈在末

---

① 章实斋的《古文十弊》中曾指出过这种风气。

段反反复复用一个"不"①字，用得好极。金圣叹说《水浒》中景阳冈一段勤叙许多"哨棒"字，紫石街一段连写若干"帘"字，"骤看之，有如无物，及至细寻，其中便有一条线索，拽之通体俱动"。他还故弄玄虚，说这是什么"草蛇灰线法"。金圣叹不知不觉地自缚于八股的狭窄眼光中，他的这种高论和那位老先生的说法，真可以互相媲美了。

金圣叹生在明末，他的言论充满了清议精神是不足为怪的。当时正是理学盛行的时代，许多士大夫微言大义，不隐豪强，金圣叹犹抱着"庶人之议皆史"的主张，他用《春秋》"寓褒贬别善恶"的眼光去看《水浒》，拼命要找出什么"笔墨之外"、"案而不断"、"皮里阳秋"之类的东西，只要抓到一点相似的线索，他就妄加论断，穿凿附会。如果连一点相似的线索也找不到，他就要无中生有，硬编硬造了。因此，我们读《水浒》只好步步谨慎，处处留心，千万别上了金圣叹的当！

巴人先生以"剡川野客"的笔名，在《大陆》杂志中曾发表一篇《宋江论》，大意说，宋江假托仁义，妄称替天行道，引用金圣叹的话说："强盗而忽用仁义之师，是强盗之权术也。"

强盗的仁义和朝廷的仁义，果真如金圣叹所说是一种东西么？难道不见梁山好汉不分贫贱按功行赏？破州陷府总先"传下将令，休得伤害百姓，一面出榜安民，秋毫无犯"么？倘说这些都是强盗的"权术"，那么朝廷为什么不能用这些"权术"来收服民心呢？

金圣叹一方面抬出《水浒》，列为"六才子书"之一，一方面却对

---

① 韩愈的《祭十二郎文》末段："呜呼！汝病吾不知时，汝殁吾不知日。生不能相养以共居，殁不能抚汝以尽哀。敛不凭其棺，窆不临其穴……"

水泊表示了恶毒的诬蔑。他的曲解，有时简直幼稚得令人发笑。例如他解释《水浒》的题名说：

> 施耐庵传宋江，而题其书曰《水浒》，恶之至，迸之至，不与同中国也；而后世不知何等好乱之徒，乃谬加以忠义之目。呜呼！忠义而在《水浒》哉！

又说：

> 《水浒》也者，王土之滨则有水，又在水外。浒，远之也。远之也者，天下之凶物，天下之所共击也，天下之恶物，天下之所共弃也。

金圣叹还要质问"好乱之徒"："《水浒》有忠义，国家无忠义耶？"

这是他一面的解释，从另一面看来，施耐庵之所以要使《水浒》"不与同中国"，甚至于"远之"，放到"王土"以外去，焉知他不是把《水浒》当做"乌托邦"，当做"理想国"，当做作者的一种寄托？但是金圣叹欲加之罪，不问施耐庵对梁山泊的一贯的好感态度，不惜曲文周纳，以致使他后来对《水浒》的批释，距真实越来越远，陷入不可收拾的错误中。

金圣叹腰斩《水浒》，也正是他的偏见作祟，他说："侯蒙欲赦宋江"，一语之中有"八失"。因为侯蒙想"诱一贼攻一贼，以翼两斗一伤"的计划虽妙，但"焉知贼中无人不窥此意而大笑乎？势将反教之合，而令猖狂愈甚！"金圣叹的想法较侯蒙的确又深了一层，进了一步。他简直怀疑宋江"言招安"乃是诱人入水泊的手段，因此他痛责罗贯中"横添狗尾，徒见其丑"，以为《水浒》至七十回而止，恰到好处，以下宋江被招安之类的文章都是"恶札"。这些话哪里不是替统治者想办法、出计策？不幸，金圣叹后来竟因牵进"哭庙案"而丧生，被正统派人所唾弃，真是死得有点冤枉了。

金圣叹是否真的得到七十回的古本《水浒》，考据的颇不乏人，并且早就有人怀疑了，姑不问他根据的是哪一种版本，总之，他以为水泊强盗断断招安不得，已成为牢不可破的成见：

> 后世乃复削去此节，盛夸招安，务令罪归朝廷，而功归强盗，甚且至于哀然以忠义二字冠其端，抑何其好犯上作乱至于如是之甚也哉？

金圣叹虽然用尽心计结果仍旧失败了。他腰斩了《水浒》，不但没有帮助了朝廷，反而帮助了"强盗"，这是他始料所不及的罢！

胡适说，金圣叹生于明末，当时流寇遍地，往往假托仁义毒害国家，所以他对《水浒》也不得不取另一种看法。比较起来，鲁迅的见解就要深刻些，他直截地指出：

> 截去《水浒》的后小半，梦想有一个"嵇叔夜"来杀宋江们，也就昏庸得可以。虽说可以痛恨"流寇"的缘故，但他究竟近于官绅的，他到底想不到小百姓的对于"流寇"，只痛恨着一半：不在于"寇"，而在于"流"。

金圣叹中了"作史笔法"的圈套，加以根本上又是"近于官绅"的态度，难怪他不准别人把忠义和《水浒》连在一起了。他批释《水浒》时，刻意穿凿，无的放矢，这岂是他根本无能或一时的疏忽？许多不可原恕的错误都是金圣叹一偏之见所致。不想反动的世界观竟是批评家无情的桎梏！

金圣叹既然如此憎恶水泊，为什么还把《水浒》列为"六才子书"之一，予以最高的赞扬？他这种一面大捧一面咒骂的态度又是怎么一回事？

这是一个矛盾。我们如何来解释这个疑问呢？

有些人以为：拆穿来讲，与其说金圣叹赞服《水浒》的内容，不如说他赞服《水浒》的文字。因为金圣叹明明说过："旧时《水浒传》，子弟读了便晓得许多闲事"，"不晓得《水浒传》中有许多文法"，"煞是好笑"。他推荐《水浒》正是要人知道这些文法，因为"胸中有了这些文法，便将《国策》《史记》诸书——中间但有若干文法，也都看得出来"。

像金圣叹这样一个理学家气味十足、处处要用《春秋》笔法、以读史眼光去看《水浒》的人，如果说他仅仅为了《水浒》文法精严，就把它列为"六才子书"之一，大捧而特捧，似乎并不能说明这个疑问。

金圣叹这样的推荐《水浒》，实在有其不得已的苦衷。《水浒》卷首，有金圣叹写的三篇序文，其中"序三"是写给他儿子释弓读的，里面多少可以窥见金圣叹要说的真话。

他对释弓说：

> 人生十岁，耳目渐吐，如日在东，光明发挥。如此书（指《水浒》——引者注），吾即欲禁汝不见，亦岂可得？今知不相禁，而反出其旧所批释，脱然授之于手也。

金圣叹的确有眼光！有魄力！他比当时统治者高明得多。天下的禁书，无论文网如何森严，钳制怎样厉害，"即欲禁汝不见，亦岂可得"？明知"不可相禁"，反脱然授之于手，这种胸襟只有还能维持自己统治地位的人才可以做到。

金圣叹批评迂腐短见的大人先生说：

> 吾每见今世之父兄，类不许其子弟读一切书，亦未尝引之见于一切大人先生，此皆大错。

金圣叹不满大人先生的办法，他觉得去禁止"不可禁"的书，再没有比这更愚蠢、更笨拙的事。然而这不是他比其他的大人先生开明，相反，他比其他的大人先生更懂得维护自己地位的手段！金圣叹处处骂宋江使弄权术，其实最爱使弄权术的还是金圣叹自己！

金圣叹捧出"不可相禁"的《水浒》来，用他的批释予以凌迟和曲解，使读者堕入五里雾中，是非颠倒，黑白混淆，比粗暴的禁止手段更加厉害。可是最可痛心的是三百年来许多读者都受了欺骗，上了金圣叹的当！可惜现在还有一些人无形中受了金圣叹的影响，甚至还有一位（补注：指端木蕻良）把他和别林斯基同列，作为钦佩的批评家之一。这里，我想洗去金圣叹喷在《水浒》上的积年的污血，指出金圣叹杀害《水浒》的阴谋。我把我的管窥之见呈献给高明的考据者、批评家，希望提出一点幼稚的意见作为参考。

金圣叹杀害《水浒》有两个阴谋。

首先第一个阴谋，是把这本有生命内容的书籍，缩小在文法的范围里。他叫人不要去管《水浒》中的许多"闲事"，不要去研究《水浒》的思想内容，把目光集中在《水浒》的"章法、句法、字法"这些文法的问题上面。

他在《水浒》的序中说：

《水浒》之文精严，读之即得读一切书之法也。

倘使金圣叹是个技巧至上主义者，这样说，我们不能怀疑他。但是金圣叹偏偏是要用《春秋》眼光去找褒贬的人物，对于文章的思想感情看得很重的人物。他曾经说过，一本有价值的书是写出了"人人心中所有笔下所无"的东西。而且，他无意中（或根据趣味）解释《水浒》"开书"，也是看重原作内容的。同时更有力的证据是，倘使他只着重文法，为什么批释《水浒》的时候，文法问题提出的并不多，而一大半的功夫都以《春秋》笔法去找出"笔墨之外"、"案而不断"、"皮里阳秋"之类的褒贬呢？为什么他诬蔑水泊咒骂宋江的时候，比分析章法、句法、字法的时候更多呢？

金圣叹以文法精严这个狭小的范围，缩小了《水浒》的价值，实在不得不启逗我们的疑心。

金圣叹杀害《水浒》的第二个阴谋，就是诬蔑宋江来替朝廷辩护。

他担心强调文法也许不能缩小《水浒》，他恐怕有些人不如他料想的那样老实，像读《国策》《史记》只看章法、句法、字法那样去读

《水浒》。倘使走出文法的范围，管起《水浒》中的"闲事"来了，怎么办呢？于是他布下了第二道防线，这就是他诬蔑宋江的来由。

金圣叹评宋江，除了偶一疏忽之外，几乎自始至终不赞一辞，全篇都是用尽了一切刻毒的语言来谩骂。他说："施耐庵独恶宋江。"其实是他自己的意思。他对宋江深恶痛绝，说他："不为人骂死，不为雷震死，当亦自己羞死也。"金圣叹不惜找出一切借口来痛责宋江，说他"假仁假义"，"专以银钱笼络人"，"使弄权术"，简直是时迁一流鸡鸣狗盗的"下下"人物。并说"天书非玄女所授"，"取爷是黑心"，甚至晁盖之死都是宋江的谋杀："此非史文恭之箭，乃真出于宋江之手也。"攻破东平府也不是宋江的功劳，而是吴用的计策。用兵乃施耐庵表露自己的才能，不是宋江的本事："要知宋江点将都是施耐庵点将，则为善读书人矣。"号令整齐，秋毫无犯，都是反衬之笔，与宋江无干。

这多么强辩！我真佩服金圣叹的武断！

宋江对公人道："这太公和我父亲一般，件件要亲自来照管，这早晚也不去睡，琐琐的亲自点看。"这分明是闲谈，而金圣叹评曰："闲中忽插入宋江不满父亲语，暗与人前好话相射，热赞冷刺，妙不可言。"

这种妄下断语，岂不是风马牛不相及？连宋江生背疮，金圣叹也说是由于他背反朝廷的缘故。这不是和攻击人家的牙齿、籍贯、年龄的下流批评家一样么？但词穷理尽也只能出此下策。

朱仝、雷横私放晁盖，金圣叹不置一词。晁盖、吴用等人相互让位，金圣叹不评一字。辞别太公，未见宋清流泪，金圣叹不发一语，而独责宋江。这诚如王望如所说："无以服公明之心！"

好个金圣叹！不怕与事实冲突，硬要冤屈宋江，没有错处也定要找出错误，无从栽赃也定要栽赃，这种大胆与狂妄，真正令人咋舌！

宋江到底是怎样一个人物呢？

说明这个问题，必须回溯《水浒》的来源。历史上确有宋江其人，正史上就有着宋江等三十六人"横行河朔，转掠十郡，官军莫敢撄其锋"的记载（见《宋史》）。《宋史》与《水浒》中间还隔着许多民间的传说，经过民间的口传，宋江已变成一个星宿下凡的英雄好汉。待到这些故事落在士大夫的手里，从施耐庵的笔下再现出来，加上金圣叹的改纂，宋江的原来面目就已经走了样，好像一个古鼎上面贴满了霉斑，从前的形状便难以辨认了。即使施耐庵忠于民间的传说，恐怕宋江也多少沾染上施耐庵的理想，而不是真正的民间理想人物了——至少只是民间理想人物的变种而已。何况又加上金圣叹用"作史笔记"去窜改呢？我们现在读到的《水浒》中的宋江已成为一个杂凑的角色。我们在宋江的身上，可以找出几处显然矛盾的地方，这些矛盾的痕迹，正表现了老百姓、施耐庵、金圣叹等人的不同的观点。

金圣叹说："宋江处处真，处处假；处处至诚，处处奸诈。"可是王望如却不同，有时说宋江孝，有时又说宋江不孝，诸如此类的矛盾，并不是他语无伦次，而是事实逼他如此而已。

我很难指出《水浒》中哪些是金圣叹的删改，这需要考据家去下一番推敲研究的功夫。我只想说明，金圣叹虽然竭力想把宋江变成"犬彘不食"的尖猾小吏，不过，一则他不敢完全改动施耐庵的原文，只能在文章字面上下功夫，他大抵把宋江的言行删掉一些字，或加上一些字，使之和原意大有出入，但这种地方诚如一位考据者所说，并不很多。二则金圣叹虽自诩熟读《水浒》，可是他诬蔑宋江仍有不经心的疏忽，以致有时会露出漏洞来，或许他也有目所不及之处罢。因此宋江的原有的性格，并没有完全被金圣叹所掩盖，仍在《水浒》中可以找寻出线索来。

金圣叹一口咬定说宋江狡猾，处处使用权术，但宋江明明有鲠直的地方，《水浒》三十六回中开头有这样一段描写：

> 话说宋江当下不合将五两银子赏发了那个教师，只见这揭阳镇上，众人丛中，钻出一条大汉，睁着眼喝道：
>
> "这厮那里学得这些鸟枪棒，来俺这揭阳镇上逞强？我已吩咐了众人休睬他，你这厮如何卖弄有钱，把银子赏他，灭俺这揭阳镇上威风？"
>
> 宋江应道："我自赏他银两，却干你甚事？"
>
> 那大汉揪住宋江喝道："你这贼配军敢回我话？"
>
> 宋江道："做什么不敢回你的话？"
>
> 那大汉提起双拳劈脸打来，宋江躲个过，那大汉又赶入一步来，宋江却待要和他放对。

这种刚强不屈、看重义气的行为，怎是表面仁义、背后虚伪的人所能做得出来？金圣叹的批中，处处提到宋江，而在此处却轻轻放过，不知是他无法下笔，还是根本没有注意到？

另一回，梁山泊好汉攻取大名府，没有由宋江率领，以致城中百姓差不多"损伤一半"。金圣叹这时也不得不感叹道："此等处却令人想起宋江。"连他自己也不能自圆其说了。

《水浒》虽然被金圣叹拦腰横斩，变成个断尾巴的蜻蜓，可是宋江的原来面目仍能保存大概，除非金圣叹有推翻施耐庵原作的勇气，否则即令在宋江脸上任意涂抹，仍旧不能遮住原来的轮廓。这样一来，金圣叹只有乞灵于批释一手了。他想用自己的辩才说服读者，可是因为理屈，金圣叹只好失败了。

他的批释不但不能蒙骗有眼力的读者，就连极佩服他的王望如[①]有时也不信他的话：

> 金圣叹欲正宋江之罪，每谓不为晁盖报仇，使晁盖果有憾于公明，当做厉鬼以报之，又安肯先示指南（指宋江患背疮，晁盖托梦的事——引者注）耶？

这番话固然极其幼稚，理由并不充分，不足以驳倒金圣叹，但总算提出了反面的见解。

另一处，金圣叹说宋江有篡谋卢俊义第一把交椅之意，王望如也不以为然：

> 宋江让卢俊义，俊义让宋江，雍容揖逊，绝不类篡弑谋夺气象。金圣叹责其不遵晁盖遗命，不让俊义大功，又以致曾书，重责盗马，轻说报仇，此类尽义之语，不惟无以服公明之心，抑且无以表卢公之慨。

强词夺理的批评，自己的崇拜者尚且不信，又焉能说服读者？

那么，金圣叹"独恶宋江"居心何在？

---

① 金批的《水浒》后面有王望如的评注。王的意见和金大体相同，有时更其顽固。王望如说过"余不喜阅《水浒》，喜阅圣叹之评"这样崇拜金批的话。

为什么《水浒》一百八人中，金圣叹独独要把宋江糟蹋不堪呢？为什么宋江成为金圣叹攻击水泊的火力集中点呢？

根据胡适的解释是因为金圣叹出身士大夫阶级，又是彻头彻尾的清议论客，最恨的就是个"吏"字，所以用轻蔑的眼光去看他们。可巧宋江是小吏出身，难怪金圣叹不服气了。他说："以区区猾吏，徒以银子一物买遍天下"，而天下豪杰，居然"尽为宋江所归"，真是不可解的事。

但是，这是说不通的。水泊之中，小吏出身者大有人在①，对于别的小吏出身的强盗，为什么金圣叹全轻轻放过？同时，朝廷中的小吏更多，为什么金圣叹视若无睹，而于小吏出身的宋江偏偏要大加鞭挞呢？

金圣叹"独恶宋江"，有更重要的原因。只要引用他自己的话，就可以打破我们的疑问：

> 宋江，盗魁也。盗魁则其罪浮于群盗一等。

又说：

> 从来人都是不晓得，《水浒传》独恶宋江，亦是歼厥盗魁之意，其余便饶恕了。

施耐庵何尝有什么"宁恕群盗，不恕宋江"的意思？这分明是金圣叹

---

① 据《水浒传姓氏》中统计："小吏"出身者共有十二人之多。

的把戏——也正是他的权术。这是他替那些不肯上当只看《水浒》文法，而要去管《水浒》中"闲事"的读者，布下的第二个大阴谋，他企图用《春秋》笔法，痛责宋江，以为"擒贼先擒王"，骂倒宋江，其余的群盗也就不攻自破了。

明白了这一点，我们才可以理解金圣叹对《水浒》既捧之、又骂之的古怪的态度。

金圣叹喷在宋江身上的污血，的确欺骗了不少人的眼目，至今还有很多人不知不觉地受了他"独恶宋江"的影响。但是，他瞒不了老百姓，不见现在还有许多老百姓，仍旧把梁山好汉当做他们心目中的英雄么？

宋江是善是恶，自有很多人发表意见，这里并不预备讨论这问题。但是我以为故意抹杀和故意褒扬同样是要不得的，但更重要的是，我们必须用历史眼光看他，不能要求他和现在革命家一样。宋江"济人贫苦，赒人之急，扶人之困"，就是后来也劫富济贫，这是好的。金圣叹站在官绅方面对他造谣中伤，曲笔构陷，实在引起我很大的反感！我甚至疑心金圣叹"抬举李逵"都是恶意的。李逵一片天真，心口一致，没有半点虚伪，诚然可爱。不过他也有许多缺点。最大的毛病就是他乱抢板斧，不分官民排头砍去，既杀投降来的扈成于前，又杀投奔来的韩伯龙于后，这样蛮干，却带着流氓习气。怎见李逵就是金圣叹所谓的"上上"人物，而宋江就是"下下"人物呢？李逵这种粗鲁角色是很容易上当和被利用的。王望如就说过：可惜多数的韩伯龙"未遇铁牛执板斧耳"。

我在这里并不是要和金圣叹辩论，同一个死去的人讲理不是很可笑的事么？我的对象却是现在和未来的《水浒》的读者，希望他们读

《水浒》的时候，提防金圣叹一手，千万别上了他的当！

　　但是金圣叹的批释也确能迷惑许多读者，《水浒》原有好几种版本，而现在通行的一种，经金圣叹一批，竟压倒其余，统治了三百多年，至今许多人不知此外还有别的《水浒》了，可见他还是有魄力的，不像现在的造谣专家，只能做些偷偷摸摸的勾当，而读者也不过把他们的宣传文字作为"覆酱瓿"用而已。以他们和金圣叹相比，真是小巫见大巫，一代不如一代了。所以我说："金圣叹还是有魄力的！"

一九四〇年

《九尾龟》

我不是老上海，不大清楚上海滩上的流氓活动。我只知道北方有个帮会叫"在家里"，或者是这个"礼"字。

我在北平育英中学读书的时候，一个绰号叫作"老陕"的地理教员：细长的身材，冬瓜一般光滑的和尚头，陕西口音，上课常常迟到，来了之后，一定要把他的毡帽翻过来，像脸盆一样摆在课桌上，脱下的手套也一定要放进帽子里面。他除了死背书本以外，常问两个问题："××人口扰（若）干哪……?""××出产怎样哪……?"尾音拖得很长，像念诗一样。很奇怪，他的举止并未引起同学的哄笑。

我问老同学，才知道"老陕"就是"在家里"，他把手套摆在朝天的帽口里的习惯，原来就是"在家里"应遵守的一种规矩。

"在家里"虽然也是依势混一口饭吃，但是却没有流氓那样专横跋扈。只要你不去惹他，他也不会睬你。我真正懂得了流氓的利害是到上海之后的事了。

一到上海，就有长辈告诫我：如果遇见了歪戴帽子，鼓起眼珠，捋拳捭袖的汉子，就要赶快避开，千万不可和他们争长论短。后来，我的经验逐渐增多，才知道流氓是无孔不入的。他们从四面八方把你包围，使你躲不胜躲，防不胜防。报上的社会新闻版，几乎每天都有这种记载。例如要是看见广告上说："麻将牌每副一元，寄费在内。"你寄了一块钱去，可是收到的却是不值两角钱的纸牌。你上当了，他在背后还会骂你"阿木林掮木梢"。这就是流氓手段之一。佩金带银的妇人走在马路上，迎面来了一个陌生人，突然劈拍两声，请她吃了两记耳光，口里还要骂她偷汉，于是抢了银钱首饰扬长而去，这也是流氓手段"装榫头"。大而言之，还有什么"仙人跳"、"放白鸽"等等，举不胜举。小而言之，我们常常可以在马路上见到故意打翻担子求乞的，叫做"放生意"，摆一个象棋摊子和人赌赛骗钱的叫做"翻戏"，真是五花八门，应有尽有。连乞丐都有流氓的骗术：用蜡烛油、煤油、豆腐、猪血涂在腿上，假作脓血溃烂，你如果不细察决不会怀疑他是假装。不过，流氓虽然无恶不作，但他们还不会说自己是什么"公理声辩者"，到底还没有流氓文学家的脸皮来得厚。

你如果一不小心得罪了流氓，那么他们就一定要寻衅报复，办法有软硬两种。硬的有："吃卫生丸"（用手枪狙击）、"廾山王斧"（用利斧劈）、"驮石碑"（沉人于河）、"背娘舅"（用绳勒毙）、"借腿"（用木棒打断人腿）、"种荷花"（溺人于河）。这末一项，我有一次在马路上就听见一个人对他的敌手说过：

"侬勿要神气活现，留心老子种侬的荷花！"

其实声明要种别人荷花的，未必就真的实行，因为真的要种别人荷花一定不肯预先通知对手的。所以我们在马路上遇见了指手画脚大喊大叫的人尽可放心，遇见了闷声不响胸有成竹的人反倒要提防一二。

至于软的手段有："洒香水"（以镪水浇人头面）、"拍粉"（以生石灰迷人眼睛）、"摆堆老"（以荷叶裹秽向人头上抛掷）。前些天报上就登着一位妇女被人"洒香水"的新闻。这些都是上海的特产，北方大概是没有的，只有"九一八"之后，有一个时期，北平出现了一群恶少，出于私欲用锇水洒在别人的西装上，还说这是为了爱国。可是没有多久，这群"爱国的恶少"也不知去向了。

"洒香水"是要损伤仇人的脸面，"拍粉"是要迷瞎仇人的眼睛，这些手段我们是可以明白的。最使我觉得特别的是"摆堆老"。据说人头着粪至少要交厄运三年。为什么人头着粪，就要交厄运呢？我至今还不明白。流氓寻衅报复的手段，或硬，或软，或阴险，或毒辣，虽然可鄙，但是最狠毒的还是"摆堆老"。他老远地站着，手里拿的不是刀枪，却是一包粪便，不等你看清他的面目，他就把手里的东西向你抛来，击中了，虽不会致命，但是要大大吃亏。所以我奉劝大家遇见专爱"摆堆老"的流氓，只要不去理他。"粪帚文人令勇士却步"，你如果去和他们打笔墨官司，是永远打不清的。

就我所看到的来说，用图画和文字勾画流氓嘴脸的作品似乎还很少。据说清末吴友如画"流氓拆梢"之类是享有盛名的，他主编的《点石斋画报》就勾画出了不少流氓的嘴脸，可是我连后来翻印的《吴友如墨宝》都没有见到。不过我以为许晓霞、汪仲贤在《社会日报》上合作的《上海俗语图说》是聊备一格的。也许《上海俗语图说》不及《吴友如墨宝》那样古雅，可是内容却复杂得多了，光是与流氓有关的图画就不下百余幅，占全书的一大半，其中所画的流氓骗术有些在吴友如活着的时候还没有出现呢。

几乎与吴友如同时出现了一本描写流氓的小说，这就是《九尾龟》。《九尾龟》中的章秋谷可以算现在流氓的鼻祖了。据苕狂在《九尾龟》一文中说：

> 本书主人公，夫人而知是章秋谷，也夫人而知是著者自况；
> 可是在相貌方面，未免写得不忠实一些，凡与著者认识的，都觉
> 得这笔下产生的章秋谷，要比张春帆本人漂亮多了。

章秋谷是"胸罗星斗，倚马万言"的才子，才子不但要有"海阔天空，山高月朗"的胸襟，"蛟龙得雨，鹰隼盘空"的意气，并且还一定得有一张漂亮的面孔，否则佳人不会垂怜。可是千金小姐、大家闺秀是不容易到手的，只好以妓女来代替了。这风气在当时很盛行，直到五四运动爆发，仍旧没有革除干净。新文艺运动健将刘半农被《新青年》编辑请到北京之后，几乎有一年多，仍有上海带来的"红袖添香夜读书"的想法，后来好容易才给《新青年》同仁骂掉了。

章秋谷是地主的子弟，家里很有几个钱，所以才能够做着才子佳人的美梦。现在的才子是没有那样幸运了，经济上就远远比不上。因此漂亮的阔小姐偏偏垂爱卖文为活的穷学生一类的"新才子佳人"小说出现了。以前是才子嫖佳人，现在只好掉过头来佳人嫖才子。阔小姐怜爱穷学生的事一时成为美谈。倘若不信，请你拜读一下沈天鹤先生"保留电影摄制权"的《江秋白》就可以知道。其实梦想阔小姐的没落才子和《九尾龟》里专门向妓女揩油的牛幼康倒有些相仿佛。

章秋谷虽然有钱，可是他深信"只有妓女负心，不见客人薄幸"。自拟为贾宝玉，把妓女当做林妹妹的呆头呆脑的痴想，他是没有了。他渐渐知道了制服妓女的方法，懂得了占便宜的门槛，因此他就成了流氓才子。"摆堆老"的流氓可能被捉去坐牢，"种荷花"的流氓可能

被捉去偿命，惟有流氓才子深通法律，他们欺压的是弱小，所以永远可以无往而不利。而且章秋谷还会运用"扬之可以使上天，抑之可以使入地"这种中国祖传的秘方，要别人帮助就主张互助论，要占别人便宜就主张生存竞争，要别人退让就主张托尔斯泰主义……

流氓吊膀子，章秋谷要打散，以为"引诱良家妇女真是死有余辜"（四十八回），可是他自己却用尽心机，买通内线，作好圈套来勾引良家妇女，对方不答应，他居然还会吐出一口带有血丝的痰来（一百十一回）。其实所有的流氓才子差不多都会这一手，例如在强词夺理的时候，也会挤出一两滴眼泪来，仿佛他的赤诚可以感动天地似的。可是我却非常讨厌这种咯血含泪的批评。

章秋谷特别憎恨维新党和留学生："你知道现在上海的新党，日本的留学生，一个个都是有志之士么？这是认得大错了！他们那般人，开口奴隶，闭口革命，实在他的本意，是求为奴隶而不可得。"（七回）这意思是说：骂奴隶是因为自己不能做奴隶，骂贪官污吏是因为自己不能做贪官污吏，骂靠老婆嫁奁成名的文学家是因为自己没有娶得有钱的老婆，"没有葡萄吃所以才说葡萄是酸的"。不想侠客的豪语竟成了刻毒的讽刺，而过了几十年后偏偏还有人应验了他的话，即此端也证明了《九尾龟》的价值。

章秋谷的"人种论"又成了过去民族主义文学家的先驱："他们（上海的新党、日本的留学生——引者注）现在的宗旨，是开口闭口总说满人不好，非我族类，其心必异，固然不错。要晓得满洲人虽是蒙古入关，究竟还是我们亚洲的同种；所欲分满汉，先分中西。这帮人就该帮扶同种，摈斥外人，方不背同类相扶的主义。不料他们非但不能如此，反去依仗着外国人的势力，拼命的欺负同种的中国人。"（七回）可是有背同类相扶的道理的不是新党、留学生，却是章秋谷自己，他斥责留学生说："你可知租界上边，哪里容得你这般胡闹。"（七十回）这不是倚仗着外国人的势力欺负同种的中国人的口吻还是什么？

《九尾龟》中的典型除流氓才子之外，就是章秋谷称为"胸无点墨，目不识丁，自头上看到脚边没有一根雅骨"的曲辫子了。上海滩上的相骂，自然现在已经进步得多了，动不动就把对手叫做"猪猡"，和畜生一般看待。可是那时的人，只用猪的隐语暗示，大体只这么说：

耐看格个曲辫子曲得来！

中国关于辫子的花样也真多，清人强迫汉人留辫子还酿成了流血的大祸。我一生下来就已经是中华民国的国民了，所以对于辫子的佚闻趣史知道得非常少，只偶尔听见长辈说，梳辫子也可以翻出许多花样：什么松辫、紧辫、前刘海、后刘海、蝴蝶辫、衬小辫等。据说乡下人是把辫子盘在头上的。盘在头上的辫子也有许多花样，我只知道用辫线系在脑后的叫做"得胜利"。阿 Q 要革命，也曾经把辫子盘在头上。可是一般乡下人却没有这股投机心理，他们把辫子盘在头上，只不过是要在种田耕地的时候求其方便罢了。据《上海俗语图说》中说，有些乡下人来到了上海，看见上海人辫子没有盘头上，就把自己的辫子解下来，垂在脑后，但久经束缚，辫子一时不容易恢复原状，所以依然曲折有致，而且看辫子的曲度的深浅，还可以知道辫子主人到上海的久暂，这便是曲辫子的来由。但是《九尾龟》中的曲辫子并不是初到上海的乡下人，而是还没有精通嫖界门槛的阔少，所以又称曲辫大少。

《九尾龟》中写曲辫大少闹的笑话真不算少。例如：乱串门而瞎吹牛的曲辫大少金汉良，有一天，忽发一个痴想，要坐着倌人的轿子，到马路上出出风头（十五回）。结果风头未出，反被别人嘲笑一场。那时，除了坐魂轿的孝子之外，据说"上海只有三种人是坐轿子的：官与跟官的二爷、时髦的郎中、时髦的倌人。自从光复以后，这三种人也都改坐黄包车、汽车了。只有善看古怪病的张聋聱始终不肯抛弃他的三班的破轿子，据说齐、卢战争那年，有人在南京路西藏路口，还看见张郎中的轿子夹杂在许多汽车堆里，轿夫的六条腿与八口汽缸的马达比赛，还不肯示弱呢"。中国人一向保守，只有在讲求享乐上进步很快，像张聋聱这样保守到底的人真是不可多得的了。《九尾龟》中也提到了一位庄聋聱医生，这位老先生有他的妙论："我们做医生的，只会给人治病，要保着病人不死，那是办不到的事情。就是我们自己将来也要死的，难道做了医生，就会有什么不死的秘诀不成？"大概张聋聱与庄聋聱活在差不多的时候，从他们的古怪态度上来看，很有几分相像，不知庄聋聱就是张聋聱不？

此外，《九尾龟》中写曲辫大少的丑事秽闻还很多，总不外是他们怎样傻，怎样被人敲竹杠，怎样惹人可笑之类的琐事，都不值得一谈。值得一谈的倒是章秋谷对于曲辫大少的态度。他们上了当，章秋谷觉得"连自己也对不住"（四十四回）。他看见曲辫大少被捉弄，不免"兔死狐悲，物伤其类"（九十五回）。表面上他骂他们"难道这班人都没有心肺的吗"（四十二回），实际上他倒是替他们打算。清末民初，有钱并以才子自居的遗少，常常要弄笔墨，写些歪诗，他们的笔名就署"章秋谷"。说不准他们正是曲辫子的过来人呢！

《九尾龟》是一本"醒世小说"。不过我们却与作者的立意相反，从作者笔下的世态看见了某类人物的灵魂。

一九四一年

民族的健康与文学的病态

　　前些天的《申报》上有丁福保先生演讲的"卫生长寿术"，里面有这样一段话：

　　　　精神安定，足以养身，凡事须要知足，切勿自寻烦恼，待人接物，一以心平气和为主。宗教一项，虽有不同，如我国佛教慈悲，亦足以修身养性。

据说强国有赖于强身，大家照这样实行，不健康的民族也可以变成健康的民族了。丁先生还说：

　　　　饭米须吃糙米，珍珠米滋养最丰富，能代替白米，更有益于人生。

我从来没有研究过吃珍珠米是否真能长寿，只是知道中国人吃得起糙米的并不多。有个朋友告诉我，滇缅路的小工只有青草吃。没有饭吃的问题比吃白米生脚气病的问题更严重罢。中国民族的病是不在每个国民的肉身上而在整个民族的社会上。就譬如说知足罢，你知足别人不知足，你退一步别人进两步，一直弄到连知足都不能知足了怎么办呢？

只看清兵屠扬州，许多汉人何尝不愿献金宝，做奴隶，即使比牛马还下贱的待遇也肯忍受，总算十分"心平气和"，没有"自寻烦恼"了，可是结果怎么样？清兵还是不住地杀，并没有因为别人知足也就跟着知足了。即令人能从刀缝里逃出来，知足地活下去，活到一百岁，一千岁，仍旧"轻健如四十左右"，又有什么用？顶多只能找到萨尔蒂可夫所写的"非常聪明的鲦鱼"作知己，满足地发一声感叹"感谢上帝，我还活着！"而已。要人注意健康原来很好，以为一提倡卫生，国就得救，别的可以不闻不问那就不对，因为民族的病症不是医药所能救治的。

有位精神病学者曾用医学的眼光来研究《阿Q正传》，他说阿Q的一举一动都是神经病的表现，并说，中国有这种神经病的还很多，几乎占百分之八十以上。不健康的阿Q精神也许实在是一种广义的神经病的表现罢。不过，要医阿Q的病，先得铲除造成阿Q病症的环境，这是恐怕精神病学者也不能反对的。如果光是医学可以救治民族的病痛，鲁迅先生也不会放弃学医而从事文艺活动了。

但是有人举出鲁迅的话来证明文艺是无用的，不能医治民族的病症。他们说，鲁迅在《文艺与政治的歧途里》不也这样承认：

孙传芳所以赶走，是革命家用炮轰掉的，决不是革命文艺家作了几句"孙传芳呀！我们要赶掉你呀！"的文章赶掉的。

他们以为这是鲁迅的矛盾，从事文艺工作的人都说文艺无用，不是很可笑的么？实际上，鲁迅在这里正说明了文艺的功用。文艺是社会心理的反映，文艺的功用也只能做到改造社会心理为止。所以鲁迅又说："诋斥军阀怎样怎样不合理，是革命文学家，打倒军阀是革命家。"如果把文艺和生活的关系看做简单的、直接的，那么诚如恩格斯所讥笑，"比解一次方程式还容易"了。

这一点，有些人是明白的。可是他们对于文艺却要加以无理的限制，以为"今日的艺术当尽全部精力于歌颂"（丁三：《现代生活与现代艺术》），不应写"自己的病痛"，"甚至写不相识者任何同胞的病痛"（劳用：《不需要病态文学》）。凡是暴露黑暗面的作品，他们一概抹杀，称之为病态文学。即使要暴露，也只能暴露"……侵略者……全能国家……强权……的残酷"（丁三：同上）。

难道我们自己生活中的黑暗面就不能暴露么？丁三先生不是口口声声说"艺术是生活的表现"吗？大概他以为我们的生活里面本来就没有黑暗面这种成分，所以根本用不到暴露。最近不是有人正在用历史来辩解我们民族的"英勇"和"进步"么："中国民族不失为优秀的民族，在两千多年前就有些证例可援"（黎锦明：《南庐杂感》）。还有人说："我们民族本来是豪放的、刚强的。你看我们民族中主要的汉族罢：它崛起西北，轰轰烈烈地征服了四邻各种族；五千年来不断地吸收外族而使他们同化于自己，难道这不是至大至刚的民族吗？"（朱维之：《中国民族是消极的吗》）

中国民族自然有英勇和进步的成分，可是，同时也有卑劣和退步的成分。隐藏在抗战阵营里，不是有许多吃磨擦饭、发国难财、借刀杀人、偷天换日的家伙么？张伯苓先生要我们用望远镜来看中国的一切事。但是对于这种人，我们必须用显微镜把他们放大，我们的文艺也必须把他们表现出来。也许黎、朱二先生不是有意反对暴露黑暗面的文学作品，可是他们把民族当做抽象的东西，忘了其中的不同的成分，却无形中助长了某些自称"抗建文学家"的阴谋。

狭隘的民族主义思想统治了几百年的历史。我们活在孤岛上，远离了祖国，一切都成了梦幻般的美丽，没有缺欠，没有丑恶。人大概常常只记着眼前的黑暗，忘了远处的黑暗。民族、国家对于我们是多么诱惑的字眼！劳用先生就利用这个缝隙，义正词严地说：

> ……病态文学，小之有害于个人健康，大之有害于民族的健康，平常本来不需要它，现在阻碍抗建，莫此为甚，谁还需要它！
>
> ——《不需要病态文学》

其实正相反，这里说的健康的民族，实际是不健康；这里说的病态文学，实际也并不全是病态的。也许劳用先生不是存心欺骗，而是在讲老实话，不过因为立场不同，观点也就两样了。他所说的民族，并不能包括大多数的老百姓，只能代表他自己的一集团，他所说的"有利于抗建"或"有害于抗建"，也只是从他们一集团的利害出发，不是从大众的利害出发。因为大众的争解放，不但不要做异族的奴隶，而且也不要做同族人的奴隶，不但要挣脱异族人的手镣脚铐，而且也要挣脱同族人的手镣脚铐，所以一面暴露异族的残酷，一面暴露自己阵营中的黑暗，正是中国老百姓的普遍的要求。

我们在过去的历史上常常看到统治者总要借助老百姓的力量来抵抗异族的侵入，但他们对于老百姓的剥夺，并不比异族逊色，就在异族压迫得很厉害的时候，也挡不住他们"设教坊"，"倡女乐"。这种昏天黑地的荒淫佚乐，还只是他们黑暗生活的一部分，别的更不必说了。他们借重民众力量来抵抗异族，不过要争得长久的主子地位而已。自然，某些"抗建文学家"还不至昏庸到这种地步，然而他们借民族的大招牌作幌子，谋自己一群人的利益，却是和上述的统治者一样的。

他们所怕的是暴露黑暗面的作品，竟在"很少数自命正经的文学中"，占了不少的成分。但是大众并不怕这种作品，他们欢迎这种作品，他们只可惜这种作品过分稀少，以致许多鬼蜮的嘴脸还没有完全显露出来。

他们所谓"病态文学"是把"表现个人的或同胞的病痛"的文章和专讲风花雪月的文章硬拉在一起。这种故意混淆不过是为了放出一些烟幕，妄图使反对的人无隙可乘。风花雪月的文章谁还赞成？你反对风花雪月就会不自觉地赞同他们反对风花雪月的兄弟：表现"个人的或同胞的病痛"的文章。这种设心不能说不巧妙了。

实际上他们对风花雪月的文章的态度怎样呢？我看到了几种表面相反，实际上却是一致的意见。

第一种是赞成风花雪月的：

> 各人有各人的悲剧，各人有各人应付这悲剧的方法，因为它能美化生活的悲剧——也可以说"防止"悲剧的发生。

所谓美化生活的悲剧，自然是不愿意看到黑暗面的暴露。而防止悲剧的发生，则在于反对暴露黑暗面的文学。不过这种大胆的告白太笨拙了，所以另一种意见不得不出来补充。

这种意见是根本反对风花雪月的，但是反对的理由却和我们不同：

> 无病的呻吟固然不对，有病的呻吟也是一样的不应当，永不
> 呻吟底才是最有勇气底。

这话多少带着鼓励和恫吓两种性质，倒有些像鲁迅的《我的第一个师父》中的龙师父对要受戒的三师兄讲话的口吻："拼命熬住，不许哭，不许叫，要不然脑袋就炸开，死了！"这位先生所怕的不是无病呻吟，倒是有病呻吟，假使大家呻吟惯了，风花雪月都呻吟完了，眼光四处一溜，万一找到什么有病呻吟的东西，岂不塌台！所以为安全计，还是永不呻吟最好。我们在外国影片上看到的黑奴，不是永不开口的么？即使遭受最大的苦难，他们也不呻吟一声的。

　　但是你要是相信"抗建文学家"真的反对风花雪月那就错了。不信，在他们的刊物上，和这些洋洋洒洒的大论排在一起的，就有许多他们反对的"念旧，怀古，悼亡，忆友……"这一类无病呻吟的文章。

> 该怨恨自己命运不佳，你，
> 本来是爹妈心头的小花，那时候，
> 温暖，饱满，一天到晚只是耍；
> 直到××们冲进了村庄，
> 子弹打死你的爸爸，
> 火把烧毁了老家，
> 你，才跟着妈，

> 两个人，流落天涯！
>
> ——南人：《卖孩子的》

还有篇小说，写一个从北方逃到上海的小孩，这回是母亲死了，"跟着爸"，"流落天涯"。不用说故乡一切都好，外乡一切都坏，失业、病痛使得父子两人越发"怀念北方的家乡"：

> "怎么？咱们的家……"
> "咱们家的栗子多呢！良乡是咱们的家。良乡的栗子最有名。"
> "我们为什么不回咱们老家去哟？爸爸，咱欢喜吃栗子。"
> 爸爸的眼睛有点潮湿了。
> …………
> "上海！有什么玩儿！"小顺儿嘟起嘴，"咱们的老家那才好玩儿呢。走出屋子，就是一大片场地。那大院子有两棵大梨树！又甜又鲜！红柏树红得像血，我们家的山前山后不都是吗？"
>
> ——丁谛：《栗子》

这一类作品有念旧，有怀古，有悼亡，有忆友……难道还不能成为新风花雪月的文范读本么？可是该刊编者的编后告诉我们：

> 《栗子》应该有它积极的意义非怀乡病可比，诸君以为如何？

大概编者所谓"积极的意义"，就是作者把家乡沦陷前后的生活作了个对比的缘故罢！不过，恕我讲一句扫兴的话，这种作品才正是病态文学。

描写家乡的可爱和抒吐怀乡的痛苦，本来没有什么应该不应该，问题在于看你怎样描写，怎样抒吐！《铁流》中的农民对于故乡的怀念是多么真挚，鲁迅对故乡的描绘是多么可爱。然而他们并没有把"生活的悲剧美化"，他们的作品都是有血有肉的现实主义作品。故意把生活的悲剧美化的作品，一定不能正确地反映现实，一定不能感染读者，而且也一定是病态的。《卖孩子的》和《栗子》这两篇作品，都把沦陷前的家乡形容得像天堂一般。这其实是歪曲现实的病态作品，例如主张永不呻吟的人都这样说："一说起故乡，什么都是好的，什么都是可恋可爱的，恐怕世间也少有这样的人。他也会不喜欢那只扒满苍蝇的癞狗，或是隔邻二婶子爱说人闲话的那张嘴，或是住在别处的地主派来收利息的管家罢。"读完了《栗子》这一类作品，再看到同样刊物上的这种论调，对比之下真是很大的讽刺！

有意把悲剧的生活美化必然走到歪曲现实的路上去，这种作品不是病态文学还是什么？

一说起故乡什么都好的人，虽然很少，还是有的。这种人必须具备两种条件才有资格：有钱有闲，至少也起码不是被压迫者才成。劳苦大众的故乡，在沦陷前后虽也有区别，但只是程度的差异而已。编者说，《栗子》非一般"怀乡病"的作品可比是有缘故的。因为这种人怀乡，一辈子怀不出毛病，只有怀出好处来，证明过去的生活多么合理，以及连过去的生活都不满意的人是怎样不应该。

他们刊物上有一篇慧君的《出钱歌》把他们过去的生活说得明明白白：

我有着良田美地

……

我有着高堂大厦

……

有着"良田美地"、"高堂大厦"的人自然没有什么不满。他们所担心的只怕"防不了强盗的打劫","冤家的兵刃"。一旦强盗被赶跑了，冤家被打倒了，他们仍旧回到"良田美地"，住在"高堂大厦"里面，过着天堂一般的生活。你要请他们稍为改一改生活的方式怎么成呢？要知道他们的一切努力正为了维护这种生活。所以，他们一面痛恨替强盗冤家张目的"渣滓文学"，一面也痛恨企图改变过去"天堂"生活的暴露文学。这是一个矛盾。具有这种矛盾的人是十分痛苦的，也是十分危险的。人总不能永远在矛盾中讨生活，有些卑鄙的人往往在两条路中选择了最无耻的路：投降冤家强盗，作他们的鹰犬来剥削老百姓。历史上有许多帝王就抱着这种宁赠外邦不与家奴的主张。

所谓"抗建文学家"也许还不会卑劣到这种地步。不过矛盾不是他们的出路，如果要永远维持原状，那么他们的前途是可怕的。例如，他们最近的表现就实在令人捏一把汗。副刊上几乎每天都有一批小勇士，大吹大擂，认友为敌，假造通讯，存心诬蔑，简直与下流的渣滓小报记者差不多。至于堂堂的"抗建文学家"呢？也居然把渣滓文学轻轻放过，专对"正经的文学"开火，无理挑剔，动不动就拿大帽子制服人。说别人"故意反对抗建，故意作与抗建相反的宣传！"所根据的理由在哪里？只是凭空捏造。也许这是一种变态心理罢，他们一肚皮的闷气不敢发在真正敌人的头上，只好拿自己的人作假想敌来出出气了。不用说，反映这种心理的文学作品也必定是病态文学。产生病态文学的民族还能说得上健康吗？敢问。

一九四一年五月

———————————

附记：

本文中××符号是在当时环境下必须避讳的字眼，如：日寇、汉奸、汪逆、抗日……这些名词那时是不容在报刊上出现的。现仍其旧，不加改动，以保留当时的时代背景。

论掩蔽·弯弯曲曲·直截地戳刺

这次丁三先生也认为"需要讽刺是不成问题的"了。他反对的只是"那些令人读了把握不住意思或竟至读不懂的文字游戏"。因为"现在不是卖弄才情的时代"了。

我所反对的是把很平凡的意思转弯抹角地写得令人读不惯的这些东西。这次论争是发生在巴人等的大著搜集成为《边鼓集》以前,大部分是以《文汇报》副刊上的文章为根据的。当时的环境要比现在自由些,许多很激昂的通电尚且能够在《译报》等报纸上公开登载,那么作为枪杆用的笔杆何以不向在作者认为仇人的方向更直截地戳刺过去?过去鲁迅先生在环境极险恶时所写的杂感,并不曾有令人读了捉摸不着中心的现象,例如他曾经写过中国人受着两种炸弹,一种是"炸进来",一种是"炸进去"(大意)等,都是直刺进读者心里的,它们的内容是深刻的,它们的情绪是真切的。

——丁三:《几点答辩》

《边鼓集》^① 的杂文不及鲁迅先生的杂文深刻真切，谁能说这话不对？据《草原》编者说，丁三先生是"据理而论"的。不过，造成这个现象的原因并不如丁三先生所料：是他们有意"卖弄才情"。因为真的要"卖弄才情"必须具有流氓和才子的心境：忽而念旧怀乡，忽而重温旧梦，忽而说起北方的栗子，忽而扯起自己的老婆，这样才有"文字游戏"的资格。倘使所写的竟是令大人先生、帮闲二丑视之如毒刺的杂感，怎么能够算"文字游戏"呢？哪怕刺的即使不深吧，但不是也明明尽了"作为枪杆的笔杆"的任务了么？"文字游戏"是不会使人头痛只会令人发笑的。

"鲁迅风"式的杂文不够深刻是事实，丁三先生反对"转弯抹角"主张痛痛快快地"直截地戳刺"也不能说错。可是，我以为"鲁迅风"式的杂文不够深刻，不是在于它弯弯曲曲不肯明言。其实，《边鼓集》所搜集的七家文字，几乎大半都用了"法西斯"、"×寇"、"×逆"、"汉×"这些"直截地戳刺"的名词，有些简直和"激昂的通电"差不多少，这正是当时环境所产生的杂文的一种特色。而另一方面，鲁迅的杂文深刻真切，也不是在于它直截地戳刺，相反，有些倒是弯弯曲曲的（在《华盖集》的"题记"上，鲁迅先生还自认是"弯弯曲曲"的），因为压在大石块下的生物只有弯弯曲曲地生长，虽然有人怕植物的弯曲说明了环境的恶劣，就死命地攻击杂文，但这仍是白费气力。为什么有些直截地戳刺的文章反倒给人弯弯曲曲的感觉，有些弯弯曲曲的文章反倒给人直截地戳刺的感觉呢？这恐怕要看作者观察的深浅用语的巧拙来决定了。倘说没有鲁迅先生的杂文那样深刻、那样真切

---

① 《边鼓集》是孤岛时期巴人等七位杂文作家的合集。

就要加以"反对"，这岂不是预备压在幼稚的杂文上的一块新石头么？对于幼稚的东西不加以扶养培植，指出正确的道路，反而定下严格的标准，夸大弱点，掩蔽它的应有的价值，甚至还要在旁边"反对"，这种人无论他怎样苦口婆心义形于色，我实在忍不住不说了，只是在玩一种"战术"而已。

丁三先生说鲁迅先生的杂文"都是直刺进读者心里的，它们的内容是深刻的，它们的情绪是真切的"。这使我想起，鲁迅先生生前的时候，叫嚣跳骂，说他弯弯曲曲是一种罪恶，大有人在。现在说鲁迅先生深刻真切的人，那时，似乎并没有开口，可见人还是自私的多，如果不关涉自己，哪怕被骂者再有理些，也不会有人出来"据理而论"的。鲁迅先生一死之后，跳骂叫嚣的人也跟着销声匿迹不知到哪里去了。很奇怪，现在又换了一批恭维鲁迅先生爽快坦白的人了。莫非这些人真这样容易改头换面回心转意的么？老实说，我实在疑心现在假意恭维鲁迅先生的人就是先前存心诬蔑鲁迅先生的人，他们对于鲁迅先生的态度并没有丝毫改变，昨天诬蔑，今天恭维，昨天叫骂，今天赞扬，只不过显出自己的手段更加贫乏更加卑下罢了。其实心里有什么话，与其这样弯弯曲曲，还不如直截地说出来好些。我觉得，最干脆的要算某名人在鲁迅先生逝世后发表的一篇文章了，大意说鲁迅伟大是因为他有话直说，参加过左联，就说参加过左联，不像别人吞吞吐吐。这话的技巧虽然笨拙，心境却是明明白白的。存心诬蔑和假意恭维虽然基本一样，但是态度的曲直却大不相同了。

使人有弯弯曲曲感觉的作品有两类：一类是由于幼稚的缘故，如果作者精求深造，是不难克服这缺点的。另一类，情形就有些两样了，它弯弯曲曲并非由于作者的幼稚，相反，他愈弯弯曲曲，愈有高深的技术，就愈怕把心里的话直写出来，因为他知道，直写出来就要现出自己的原形，现出原形就要使大家恶心。这类的弯弯曲曲是一辈子也克服不掉的，除非他的思想起了根本的变化。

然而故意弯弯曲曲的人如果坐着不动，有话不说，倒也罢了。但他偏偏要指东画西，"据理而论"，心里要弯，嘴里要直，这样一来，自然免不掉要找"掩蔽"了。丁三先生说：

> 掩蔽不是批评。
>
> ——《几点答辩》

诚然。谁说掩蔽是批评呢？即使要掩蔽，又何尝能够掩蔽得掉。有一位批评家好像讲过：如果你吃饭的时候愿意仆人站在旁边，那么动起笔来，连这点细小的琐事都会不知不觉地带进作品里面去。何况比这重要的大事呢？更不容易在作品中自藏嘴脸躲避起来了。妓女用脂粉来掩蔽自己脸上的大毛孔、黄皮肤，只有近视眼才会被她勾引，眼睛健康的人是不会上当的。

丁三先生以为我在《民族的健康与文学的病态》一文中是在"强说"他反对暴露黑暗面，因为他早就"认为应当'揭破现实的黑暗面'"了。他说：

> 我也从来不曾反对暴露内部的弱点，而且主张对于内部的弱点应当暴露，只要真是弱点的话。

其实，我们只要想，连梁实秋先生都有"不满意"的"现状"，别人自然不用说了。你能担保阔老大官帮闲二丑之类没有不满么？也许他觉得军纪军令还欠严厉，囤积的货物还太少，娶的小老婆还不大漂亮，领的津贴还不够挥霍。人人都要暴露自己不满的东西，可是暴露的内容又彼此不同。倘说天下竟有根本"不许暴露"的人，那未免笑话。其实抹杀这种暴露性的文学作品也正是要提倡那种暴露性的文学作品。有人暴露军纪的内幕，那么也一定有人出来暴露"暴露军纪的内幕"的内幕，前些天我们不就看到了所谓"暴露暴露文学"的大文么？丁三先生说我说他"不许暴露"，其实这是有意曲解，我只说过他"抹杀暴露黑暗面的作品"。

"不许暴露的人"自然不好再出来主张暴露了，"抹杀暴露黑暗面的作品的人"也许正有他自己觉得应该暴露的东西。这又有什么"矛盾"呢？丁三先生认为应当暴露的"黑暗面"已经在他的《现代生活与现代艺术》中说明了：

> 被侵略者在与侵略者血战，民主势力在与全能国家斗争，公理在与强权搏击，前者是进步的，后者是退化的，前者是在求人类生活的提高，而后者在图陷全人类于奴隶。我们今日的艺术当尽全部精力于歌颂前者的英勇，暴露后者的残酷。

这证明我说他主张"今日的艺术当尽全部精力歌颂：被侵略者，民主势力，公理的英勇"，"暴露：侵略者，全能国家，强权的残酷"是并没有错误的。

然而丁三先生似乎又不肯这样承认，而且他还看破了我的"一个巧妙的战术"：

　　另外的一个批评家却还有一个巧妙的"战术"，便是把别人的话硬塞进我的嘴巴里，他把劳荣（我不懂丁三先生为什么故意把劳用改为认真的翻译家劳荣的名字？我不想再去揭示这种弯弯曲曲的用心了——引者）的一篇"反对病态文学"中反对无病呻吟和私人病痛的话，与我的文章拼凑在一起。于是说我反对"暴露文学"。老实说，劳荣何人，连我丁三也不知道；总之劳荣并不是丁三，丁三也不等于劳荣。劳荣的那篇文章我没有保存，所谓"敝帚自珍"，我自己的文章是保存着的，但因住址有限，放不下许多书籍，所以所有别人的文章凡认为将来不一定要参考的，便大都撕掉了。不过以我的印象而言"劳荣所反对的是没有社会性的私人的诉苦"这也不能说是错啊。

——《几点答辩》

　　我不知道把谁的话硬塞进了丁三先生的嘴巴里？什么话是丁三先生说的，什么话是劳用先生说的，我都一清二楚地注明出来。掩蔽别人的真意使读者无从察考，改动别人的字句，使别人的文章也像自己一样弯弯曲曲的勾当，我是向来不干的。丁三先生疑心我把他和"劳荣（用）"当做一人，这其实是他神经过敏，我何尝说过这种话。不过我觉得也没有担保他不是劳用的必要，因为"劳荣（用）何人，连我丁三也不知道"，别人更不容易知道了。

　　我把丁三先生的文章和劳用先生的文章"拼凑"在一起是有的，因为他们两人虽然姓名不同，战法两样，可是却代表了相同的倾向、相同的意见。这一点，当时还是推测的居多，现在却不幸被我言中了，因为丁三先生自己也说："劳荣（用）所反对的是没有社会性的私人的诉苦，这也不能说是错啊。"

不过就此一端也可以看出两人居心的曲直来。劳用先生一开头就反对写"自己的病痛"，而丁三先生直到现在才承认自己反对"没有社会性的私人的诉苦"。这也许就是他们相同中间的不同的地方吧。

然而不同处还有更重要的一点，就是：劳用先生反对写"自己的病痛"，而丁三先生所反对的，却是"没有社会性的私人的诉苦"。"自己的病痛"我们是可以体会的，"没有社会性的私人的诉苦"是什么呢？我只好自招：连想象都想象不出来了。莫非"没有社会性的诉苦"是指诉牙痛、霍乱、神经病的苦么？但是牙痛、霍乱、神经病又何尝没有一定的社会性成分在内？只要稍有普通常识的人都会明白这一点的。其实反对"没有社会性的私人的诉苦"和主张"没有私人性的社会的诉苦"一样不通。即使私人所诉的苦是无病呻吟吧，但无病呻吟不是也有一定的社会根源，反映一定的社会性么？

因此，我渐渐悟到：暴露黑暗面的作品还过分稀少还十分幼稚的时候，如果有人先定下"必须要写和不必写"的严格界限，用"病态文学"的大帽子来吓退读者，反对写"自己病痛甚至写任何同胞病痛"的作品，甚至还叫读者来分辨"有社会性的私人的诉苦"和"没有社会性的私人的诉苦"这种永远无法解决的难题，哪怕他口口声声主张"暴露内部的弱点"，实际上，却明明尽了抹杀暴露黑暗面的作品的任务。"退一万步说吧"，在写自己或别人病痛的作品中，果真如他们所指，只有黑暗，不见光明，但我觉得，一面指摘这种作品，一面也应该向产生这种作品的环境挑战。假设对于黑暗的主力轻轻放过，专向幼稚的作品攻击不已，那么不言自明，他只是要弯弯曲曲地来抹杀暴露黑暗面的作品罢了。弯弯曲曲自然要找掩蔽，我以为"不通不顺"

的理由就是掩蔽。

丁三先生在《几点答辩》的末尾说，他的这篇文章被《上海周报》退回过好几次，"而且别的刊物也一定不肯发表这种答辩的，因为与他们无关"。我早已讲过，人是自私的多，与己无关的事大抵是不管的。不过丁三先生并不孤独，我在《民族的健康与文学的病态》中稍为指摘了他一两句，就引出一大批"据理而论"的"公判"，指我为"歪曲的文士"。老实说，这些文章连"不通不顺的弯弯曲曲"的资格都没有了，只能算作"不通不顺的直截地戳刺"。因为弯弯曲曲也要下一番功夫才可以胜任的，例如，我说怀乡各有不同，他说"爱家乡用不着分什么阶级！"我说丑恶的现实应该暴露，他说"丑恶的也有理由变成美，流成过去的时间是可以美化一切的"，所以"病态不必揭示于仇者之前，何况我们相信现在病态不多"，就是别人不去和他辩，他自己又何尝能自圆其说？今天说"中国政府有他的积重多年的渣滓的堆积，症结复杂，虽经贤明的领袖奋力的洗刷，然而不能说，'一锹便掘下个井'"，明天说"在我们急需团结时，在既成现实并没有阻碍到进行的伟业，在仅有小疵，甚或小疵也没有，仅是为了挑剔时，病态的文学决不容许存在"，这些"直截地戳刺"的话是痛快极了，甚至不用分析，他的文章就把自己的嘴脸暴露得明明白白了。

其实"据理而论"的"公判"又何止于文字？文字征讨是实际解决的序曲，自从《奔流》得罪了官家的帮闲之后，就自行失踪了数十份，可见觉得它碍手碍眼"阻碍进行的伟业"的颇不乏人，即使不直接与己有关，也会有人出来主持公道，所以我说，丁三先生是并不孤独的。

这也证明了掩蔽的困难。

　　丁三先生叫批评家多多"修养"，实在是善意可感，不过我以为劝有意掩蔽的人"修养"是多余的，因为他愈修养就愈弯弯曲曲，愈弯弯曲曲就愈掩蔽。与其看名角反串，还不如看普通角色的蹩脚戏，与其读弯弯曲曲的漂亮文章还不如读直截地戳刺的"不通"议论。这是我的感想也是我的希望。

一九四一年十月

礼拜六派新旧小说家的比较

今年的夏天，我在出版不久的《万象》上，看到一篇郑逸梅先生的《消夏谈屑》，其中举出的夏日乐事很多，只要摘出几条我们就可以明白郑先生所憧憬的生活是怎样一幅幽闲的姿态了：

一、山居避暑，不问人世纷纭，捕得四五小萤于琉璃瓶中，以代灯火。

一、卧碧纱橱中，无复蚊蚋之侵扰；纳凉与家人谈鬼。

一、草销夏日记，所记无非谈诗悟禅，饮冰馈果，以及书画考证，人物月旦，及既金风送爽，哀集已成。

一、高卧北窗下，手裨史一卷，意倦自抛，憬然入睡。

一、彼美出浴，冰绡未掩，于屏角间窥之，肌理白腻，双乳莹然，正不知魂销几许。

这是多么潇洒！多么自在！可惜郑先生"为衣食故，奔走尘嚣，挥汗如雨"，终于也渐渐知道："无复有此享受"了。不过从郑先生的梦幻中，我们可以看出礼拜六派的作家追求的是些什么，感受的又是些什么。自然，郑先生不足以代表礼拜六派的全体——他们中间也很有几个严肃认真的作者。可是，我想，怀有郑先生一样心情的，恐怕一定不在少数罢。我还可举出另外的资料，这是在《万象》的姊妹刊《小说月报》上看到的：

> 斜阳半帘，微言在野，汇集各家之笔，直衬的，或抽象的，也许给有心的读者，在烟清茶淡中，漾起一幅非常的波涛。
>
> ——《文艺奖金征文启事》

从这段话中，我们不难想象到这刊物是企图满足哪一种读者的需要了。这种读者在上海是很多的，据《万象》与《小说月报》的广告告诉我们：他们的刊物已"由初版再版甚至三版"了。然而在"拥戴"的欢呼中也可以听到不满的论调。不久以前，有一位作者对于这种"专门写些供优闲阶级作茶余酒后的消遣的作品"下了一个攻击，他以为"那些旧小说，内容空洞，思想落伍，情节牵强，文笔陈旧；它们既不具有时代的精神，而且还往往违背现实，而其表现方法又极恶劣，实无文学价值可言"（琦佩：《反对旧小说》）。

然而这个批评是不足使旧小说家心服的。礼拜六派的刊物除了旧小说之外，还有大批新文学的作品，这些新小说并不比"专门写些供优闲阶级作茶余酒后的消遣的作品"逊色，这些作品中的人物甚至比郑逸梅先生所想望的还要幽闲还要自在。请看他们怎样消磨自己的时光罢：

是一个初秋的晚上，已经微微地有了点凉意。我披了一件睡衣，躺在靠窗的一张沙发上，懒懒地在翻着一本朋友的诗集。消淡闲适的风格使我感到了平静感到了心的安宁。我的脑里一点感觉，一点思想都没有，空洞得像在无梦的酣睡中。过去的一桩桩的事，似乎太远了，我懒得，也不愿去回忆；未来呢？也远得很，且待将来再说罢，何必现在去多想呢？我只在享受着我的现在。现在我是安适而宁静地躺在沙发里，这是一种至高无上的乐趣，只有懂得享受的人才会享受，我似乎这样意识到。

——《小说月报》第九期第四十二页

不过郑逸梅先生早已证明这种"酣睡"不能长久下去了。所以幻想幽闲变成了沉迷麻醉，寻觅享乐变成了追求刺激。本来人类的灵魂是不容易理解的，"我们看不见人的灵魂，就看看女人的肉体罢"（《小说月报》第六期第九十三页）。这班"一点思想都没有"的文学家会告诉我们："肉的相贴"是怎样一种感觉，女人的乳罩是哪一种颜色，隐隐射射从女人的真丝马甲里叮以看到一些什么东西，以及"肉弥弥的胸儿，白生生的腿儿，红喷喷的脸儿"，甚至女人洗哈叭狗的"情调"……他们的作品塞满了这类色情的描写是并不奇怪的，因为他们都是此道的老手啊！自然，这还不够刺激。一个作者有新的发现了："最奇怪的是女生的铅笔上，讲义上，都会那样芬芳的香。"（《小说月报》第六期第一百零四页）另一个义在研究更古怪的问题，他要猜想他的"年轻的姑娘"的内衣到底是"淡红色？白色？有花边？红的纽扣？还是白的纽扣？"（《小说月报》第七期第六十页）

内衣的颜色总有猜想完了的时候，新的题目又出现了，问题是：

"女人什么时候最美?"

第一个想象力很贫乏,他说:"只要是一个女人,她总有一个时候是很美的。"(《小说月报》第七期第六十七页)

第二个口味有些特别,他以为:某种男人"专门喜欢小孩子这一类的。"(《小说月报》第六期第九十六页)

第三个又深不以为然,他说:女人在十七岁的时候只是"含苞欲放",到了二十二岁才是"正盛的牡丹"。前者只能作为观赏的对象,后者才有"非凡肉感的躯体,成熟了的女性特有的芳香,才有引力。她鲜红的,润泽的,适合于给人接吻的嘴唇;灵活的,深黑的,勾魂摄魄的眼睛;还有配给人拥抱的胸腰,都是发出它们的欢呼。"(《小说月报》第八期第九十六页)

第四个呢?胃口更大了,倒像上海俗话说的"垃圾马车",来者不拒,他说:"虽然年纪比较大,可是一个女人实在不必问其年龄。有表面年纪大过真年纪,亦有真年纪反较表面老的。"(《小说月报》第六期第三十四页)

他们知道在女人的年龄上也翻不出什么新花样。就是最无聊的读者,看多了也要唾弃这种反反复复的昏话。可是除了女人,他们还知道些什么呢?于是他们空虚了:

我对于这个世界里的一切都觉得冷淡:金钱,名誉,高位,在我似流水浮云;即使说爱情罢,我也尝不出什么滋味,因为情人欢喜世界气,而我则否。我不要这些东西;我宁可抛弃它们。然而我要祝祷天:失掉一切罢!只保存下我的童心罢!

——《小说月报》第十期第五十九页

然而这个童心并不像普通童心那样纯洁，天真，活泼，可爱，这里面装满了污秽的色情。大人渐渐没有什么滋味了，小孩子的身上才有刺激，明白了这，也就可以明白有人要看秀兰登波跳草裙舞的原因。在世纪末的幻想中，还有什么想象不出来呢？连十三四岁的小学生也会用胳臂围着他的女同学的"苗条的腰身"，用胸部紧贴着她的"高耸的乳房"，感觉到她身上每处都潜伏着一种"神秘的迷力"。而她呢？这个小女学生也懂得脸红了（《小说月报》第六期第六十六页）。这不是"未死的童心"，这只是一颗脓血溃烂了的成人的心。有这样腐烂的心的人不但看不见别人的灵魂，而且对于自己的灵魂也不能理解。

不过，小学生有"高耸的乳房"的事，连他们自己都觉得不能使人相信。他们只好从迷信中找出路了。恋爱同水火有什么相干？其实这中间的关系大得很呢！不信，请你先听文先生说罢：

可爱的火呀！……火……火……这都是火帮助我成功的。

可是文先生的朋友卞先生没有得到火的帮助，反而发现了水对于恋爱的害处：

水啊！水啊！可恨的水啊！是水帮助她害我的！

——《小说月报》第六期第一百一十二页

自然，像这样语无伦次地瞎喊下去，不免要被人当做害神经病的疯子。最好的办法还是来解释"文艺欣赏少不了'色情'的点缀"的理由。

比较坦白的老实人这样解释："我不是参悟入定的老僧，怎么能遏制住泛滥的情欲。"（《小说月报》第九期第五十页）喜欢肉麻的毫不知耻地说："一个男子在娘儿们前，谁都会变成淘气的小孩子。"所以他对于他的爱人这样喊："Mother! Mother! Mother! My Dear……"（"妈妈！妈妈！妈妈！亲爱的……"）（《小说月报》第四期第二十二页）另一位理论家却用一幅令人莫名其妙的"金字塔"的图表来说明"两性关系为社会结合的原始"，肯定："反映社会现象的文艺，不能脱尽色情的描写，似乎事属当然了。"而且他还理直气壮地问："在莎士比亚，歌德，哈代，萧伯纳，法朗士，王尔德，屠格涅夫，契诃夫等名作中排斥女性的描写，那么他们伟大的成就，感动凡人的生花之笔，是否要打一个折扣呢？否则，我们也要为读者，甚至为自己'捏一把大汗'吗？"（《小说月报》第三期第六页）解释莎士比亚和他们的共通点是很困难的，可是说明反映社会和描写色情的关系也不容易。你以为他们在描写色情么？对不住，他们在反映社会呢！

这班色情狂除了干一些淫亵的勾当以外，有时还会假装痴呆地教训大家说：

> 我相信，每个人都有百折不回的精神，倘误用这精神，便是一种莫可补偿的虚耗。
>
> ——《小说月报》第六期第九十三页

色情描写加上这种教训就算是"革命文学"了。自然，这种假道学的警句，有时在货真价实的"性史"的广告上也可以看到。说他们的作品色情，他们当然不肯承认，可是说性史色情，性史的作者也会反对的啊！

一个礼拜六派的新文学家，在一篇洋洋洒洒的论文里，发表了他们的艺术观说：

> 文学的本身是没有目的的，只有作者，或者出版者才有目标。……说得俏皮一点，文学目的——如果要说她一个概括的目的——是使文学有新目的底创造之可能。说得老实一点：一般的写作——没有目的——随时代环境的推动——趋向。个别的写作——能有目的——随灵感兴趣的转移——动机。
>
> ——《小说月报》第五期第三十页

这个连文法都没有弄懂，句子都没有写通的理论家还有更新奇的见解呢！他说："伟大艺术是'长生不老'的，是'天下为公'的，不论古今中外，决无门户成见，也不能党同伐异。她有超然独在的精神，正像为周敦颐所咏的莲'出于淤泥而不染'（虽然不敢专供士大夫欣赏其清高）。"这些字句如果是疯人讲述的昏话，没什么稀奇，如果是色情文学家偶发的呓语，也没有什么古怪。令人惊异的，它原来是"文艺欣赏座谈之二"，而且还要代表他们整个集团来说明"义学的观点与意义"。自然，这里，也有几句比较正经的话："文艺作品并非象牙塔中封闭的宝物，我们不妨作街头展览。"不过这要看怎样的内容，性交"作街头展览"也会有人看的啊！

　　从这里我们可以看到，礼拜六派的新小说家集团堕落到怎样可怜的田地。不用说，这班专门描写淫亵的新文学家，比较属于旧小说家集团的郑逸梅先生，更加倒退了无数步，这是礼拜六派中正在蔓延的脓疮。今天笼笼统统地"反对旧小说"，不但是对于正直的旧小说家的一种侮蔑，而且也正是对于脓包似的新文学家的一种宽纵。

时间会使某些新文学家衰败，也会使某些旧小说家新生。礼拜六派的旧小说家除了幻想幽闲的郑逸梅先生这类人之外，还有另一种人。

还在十多年前，张恨水先生在《啼笑姻缘》的序里说：

> 有人说小说是创造人生，又有人说小说是叙述人生，偏于前者要写些超人的事情，偏于后者，只要写些宇宙间的一些人物罢了。然而，我觉得这是纯文艺的小说，像我这个读书不多的人，万万不敢高攀的。我既是以卖文为业，对于自己的职业，固然不能不努力，然而我也万万不能忘了作小说是我一种职业，在职业上作文，我怎敢有一丝一毫的自许的意思呢？

张先生同样说小说中不能有"一丝一毫的自许的意思"。但他并没有掩蔽文学的目的性。在"一·二八"战争之后，他出版了一本《弯弓集》，这书充满了民族解放的思想，可见他并不是"随灵感兴趣"而写作的。抗战以后，张先生的态度更积极了：

> 我们假使不能经常获得新的资料，便无从产生有时代精神的作品。
>
> ——转录：《张恨水会见记》

这和礼拜六派的新文学家主张文学是"没有目的"的态度有多么大的差异！张先生还说："至于与抗战无关的作品，我更不愿发表。"这简直要使那些从事于色情描写的新文学家羞愧至死的！

张先生的艺术才能也是一般礼拜六派的新小说家可望不可即的。

（一）他有细腻的观察力，他甚至只要略加思索就可以记忆起多年以前一枝一节：女郎怎样伏在大理石上喁喁私语，柳树中的乌鸦怎样震破了小山的沉寂……（见《啼笑姻缘》序）（二）他有活泼的描写手腕，他的笔下的人物，诚如李浩然所云："闭目思之，行止笑貌，恍惚若有所闻。"（三）他有严肃的写作态度，他不愿迁就读者的要求把《啼笑姻缘》中的凤喜写成和樊家树"坠欢重拾"，因为凤喜"疯魔是免不了的"，他并不是有意"把一个绝顶聪明而又意志薄弱的女子置之死地而后快"，只因为现实这样，他不能扭弯现实。不问他的观察对与不对，他的写作态度至少是严肃的。这些，礼拜六派的新文学家比得上么？

张先生在最近出版的小说《蜀道难》中借李小姐的口说：

> 我们有力量，就赶上大时代的前面去站定，没有力量，只好安守本分，听候大自然的淘汰，伤感是没有用的。（第四十三页）

这也是张先生自己的人生观：不伤感，不悲观，不失望，他只冷静地跟随着大时代走。自然，这还不是最正确的态度，但是在礼拜六派的作者中，却要算出人头地的意见了。张先生说小说的布局不外正反：

> 我们写中国军队的忠勇，××军队的畏缩而反战，也就是正反。
>
> ——转录：《张恨水会见记》

这话不知是传述失真，还是张先生的原意本来如此？倘使真是这样，那么张先生的理解太朴素，太单纯了，正反并不这样机械，张先生自己的小说就反驳了自己的意见，因为在《蜀道难》中似乎也隐隐约约写出了一些阴影。自然我们不应该干涉作家的写作方法，可是我们有权利要求作家反映现实。张先生说他的"白头发一天比一天多起来了"，可是他"觉得自己知道得很少，只有读书可以充实自己"。我想补充一句：可以充实我们的除了书籍之外，还有生活。

旧小说的押阵老将包天笑先生比张恨水先生更勇猛，更热情。他像"洪水猛兽一般"，要冲决"一切旧堤防，旧藩篱"。包先生很早就开始写小说，今年大概已有六十开外了，可是他愈老愈勇，毫没有一点衰败的气色。他曾经根据了威尔斯的《未来世界》中的一小节，写了一篇《无婴之村》，来"警戒世之侵略好战者"（《小说月报》第十一期第二十页）。最近他在《小说家的审判》中更把这种思想发挥得淋漓尽致了。他借用小说家丁君的嘴说：

> 现在世界战争有两种：一是侵略者，一是被侵略者。我们对于侵略者，主张和平，我们对于被侵略者，不能主张和平。倘然对于被侵略者也是主张和平，不加以抵抗，那就是屈辱。国与国之间，便日就削弱，日就凌夷，以至于亡国。种与种之间，便日就衰耗，日就澌灭，以至于亡种。一个被侵略者，为了保卫自己的国家，拥护自己的种族，如何不战。所以我写的小说，提倡战争，是站在被侵略一方面的。
>
> ——《小说月报》第十四期第一百三十一页

《小说家的审判》是写一个已经年交六十的小说家丁君，梦游阴府被阎王审判的故事，全篇以"阴间革命"作法："所有饿鬼地狱，寒冰地狱中的小鬼都逃出来了！枉死城也攻破了！奈何桥也炸断了：一大群鬼魂，上森罗宝殿来了。"自然这是个比喻。包先生在这篇小说里毫无忌惮地戳穿"阴间"的污秽，攻击那位"传染了些儒习气，不免带点迂腐气"的阎王。这个阎王控告小说家"非圣蔑贤，犯上作乱，败坏纲常，蔑弃伦纪"。他还要小说家知道："行政者有政纲，治军者有军纪，一切为人之道，都是从圣经贤传上得来的。"可是小说家直言不讳地对他说："不过一个文人比了那班言孔子之言，行盗跖之行的，总觉问心无愧一点。"这种狂风急扫的回答是多么令人激动！

在《小说家的审判》中还有一段有声有色的描写，这就是判官开始宣读小说家最后罪状的一幕：

"他写了两本政治小说，不免有左倾思想，这是要不得的。他里面描写穷人太穷，富人太富，不免挑起阶级仇恨。他里面描写厂主专权，工人困苦，不免暗示劳资冲突。他里面又描写政府专横，官僚腐败，这又不免引动革命思潮。他的小说虽然是取缔了，但是越取缔而读者越多。阳间的刊物总是如此的，试看历代的禁书，越是禁书，人家越要看。书一禁，好像给他登了一个广告，所以他的政治小说，私售私阅的还是很多。这种左倾思想，一入于青年脑中，牢不可拔。正如洪水猛兽一般，一切旧堤防，旧藩篱，都被冲破溃决，为害于国家社会，正是不小。因此在阳世也要治一重罪，何况在阴曹呢？"

这位红胡子判官，说到那里，奋髯扬臂，大声疾呼，居然似一位老师宿儒的卫道者。他把红袍大袖一拂，薄底乌靴一蹬，好似不胜其义愤填胸的样子。

"了不得！了不得！"王者也大呼而起，说道，"这可是罪大恶极了，应得处以重典。他为什么有这种思想？应送入剖脑地狱。他为什么写这种文章？应送入断腕地狱。他为什么发这种言论？应送入拔舌地狱。在各种地狱受刑以后，还要送入阿鼻地狱，使他永不超生。咳！地狱正为此辈设，地狱正为此辈设。"

剖脑，断腕，拔舌，阿鼻地狱……并不能挡住小说家的"技痒"，他说："我不入地狱，谁入地狱？"这个"至死不休，不怕入地狱，还是写小说"的正义老人，正是包先生自己的写照。

看到了包先生这样勇往直前，又看到了那些年轻的新文学家这样摇摇欲坠，我不禁想起韩愈在《祭十二郎文》中的一句话："少者而夭殁，长者而存全。"这的确是历史给礼拜六派作家开的玩笑！

自然，包张两位先生的作品较我们所企望的标准尚有距离，无论在形式上内容上，他们也还不能摆掉传统的有害的影响，可是我在前面已经说过了：时间会使某些新文学家落伍，也会使某些旧小说家进步。我们在礼拜六派的新旧小说家的不同的姿态中间，就可以看到这种变化。这是才能问题，也是历史问题。

一九四一年十一月

散文式的悲剧

……一个作家能够从简单的善恶概念中解放出来，才能创造深刻的现实的作品。陀思妥耶夫斯基《卡拉马佐夫兄弟》中的费道尔·卡拉马佐夫和《被侮辱与被损害的》中的华尔可夫斯基亲王同样是两个坏蛋，而前者是活的，有生命的，后者却是死的，贫血的。其中缘故就在于陀思妥耶夫斯基创造费道尔时已经从单纯的善恶观念中解放出来，站在更高的角度来观察人生了。

看惯了英雄的传奇似的悲剧，再来看看这种平庸、琐细、无聊生活的描写是会觉得气闷的。许多观众往往只能接受传奇的悲剧，而不能接受"散文的悲剧"（这是我杜撰的名词）。其实在平庸、琐细、无聊、污秽的生活中，正包含了人生最大的悲剧。果戈理从"吃"写出旧式地主，从"吵架"写出两个伊凡，就是要在平凡生活中发掘出人类灵魂的真实悲剧。或者用鲁迅的话来说，这类作品是要表现生活中的"几乎近于无事的悲剧"。

我不想判断传奇的悲剧好还是散文的悲剧好，这种判断是愚蠢的。"莎士比亚式"的悲剧我喜欢读，"柴霍甫式"的悲剧我也喜欢读。不过，传奇的悲剧往往失之于渲染过分。雨果的《钟楼怪人》是伟大的作品，可是我个人的口味却更喜欢斯坦培克在《人鼠之间》中所写的莱尼一角。这个人物同样是一个力大、粗鲁、丑陋的壮汉，在粗糙的灵魂中又同样充满了人性和柔情。可是他更平凡，更使我觉得亲切，就好像站在我们的身边一样。也许正因为斯坦培克没有陷在传奇性的束缚中，他才有可能用全副力量去创造生活中的真实性格。

散文的悲剧比传奇的悲剧需要更真实的内在的美。洗去脂粉，脱掉艳装，把自己的真面目赤裸裸地展示在大众的面前，倘仍旧能博得称赞才是真正的"美"。别林斯基说：

"当一位中才作家，来描写强烈的感情时，他能紧张，能说几句响亮的独白，讲几件美丽的事物，能以漂亮的结构，雅致的形式，成熟的故事，绮丽的词句——即以自己的博学、智慧、教育来欺骗读者。但如果要他描写日常生活的图画，描写普通的与散文式的生活，那么你相信罢，这将成为他真正的绊脚石了，他那滞钝、冷淡与无灵魂的作品，将永远不能符你的期望。"（节大意）

读完了这段话，我们来看看中国的剧坛，卖噱头，玩技巧，喊口号，已经是规规矩矩的了，下焉者简直是在用奇装异服来勾引神经已经麻木的观众！讨好观众对于一个剧作者来说，几乎成了无法摆脱的诱惑。

一九四三年

曹禺的"家"

曹禺的作品，我最爱读的是《雷雨》和《北京人》。可是这两部作品又不同。《雷雨》里面充满了浓重的传奇的色彩。《北京人》只是生活的散文：平凡、朴素，好比一幅墨水画，没有炫人眼目的大红大紫的颜色，没有雕心刻意的技巧，没有庸俗的道德的饶舌，没有曲折离奇的情节，没有浅薄的笑料，甚至工愁善感的人也不会为它流下一滴廉价的眼泪。也许找寻刺激的观众嫌它沉闷，讲究技巧的专家嫌它平板，然而这也正是我特别爱读这个作品的理由。

每次读完《北京人》，我常常不由得想起柴霍甫。曹禺渐渐从故事性、紧张、刺激、穷围气、抽象的爱与仇的主题……这些狭小的范围走出来，接触到真实广阔的人生，多多少少都可以看出柴霍甫对于他的影响。《家》是曹禺在《北京人》之后的新作。倘说《北京人》受了《凡里业舅舅》《樱桃园》的启发，那么从《家》里面，我们可以看到一些《海鸥》的影响。

《家》虽然根据的是巴金的原作，但是除了大体的轮廓之外，曹禺受到的巴金的影响极少。

曹禺用细致准确的笔触写出一群灰色动物，被痛苦折磨，被命运玩弄，每个人只能损害别人，就是最亲密的朋友、兄弟、爱人、母子也都不能援手相助，最亲爱的兄弟也成了陌生的路人，最亲爱的夫妇也含了敌意。例如，觉慧曾经对他的哥哥冷冷地说："过去我们是弟兄，现在我们是路人！"可是恨也不是件容易的事。觉慧在离家之前像影子一般地闪到觉新的面前，友爱地对他说："大哥我上次说错了，我们是弟兄啊！好弟兄啊！"觉新和瑞珏又何尝不如此。开头他把她当做仇人，可是渐渐他发现了她的天真、纯洁、坦白，她也和他一样的无辜，再恨她不能够了。这种感情是自然的、天真的，如同两条河流虽然受到种种阻碍和波折，结果还是汇合在一起，冲破了一切藩篱。高家的一家人，每个人都没有罪，而每个人都在受苦。即使他们之中最坏的陈姨太也是无罪的。这个叽叽喳喳搬弄口舌，面孔上尽量隐藏内心阴险的可怕的妇人，表面上谁不怕她？谁能奈何她？可是谁又不卑鄙她？难道她是快乐的么？她的出身是这样的卑微：过去是冯梁山的一个丫头，送到高家后不过是老太爷的贴身的侍婢，凭她的幸运、机警、谄媚的本领才爬上另一层奴婢的阶梯。她一生处在钩心斗角，非欺诈就不能生存的环境中，因此养成了她的刁滑、险毒、报仇的性格。这个人开头使我憎恨，可是渐渐我们胸中涨满了同情和怜悯。与其去恨她，不如去恨造成她的环境和制度。

这种人物在中国旧小说中很多，然而处理这种人物的态度是根据了庸俗的善恶观念去衡量，结果陷在浮浅的表面，把这种人物写成生来就是恶根，内心充满了非人的恶毒。也许许多观众欢迎的倒是这种善恶分明的作品，大多数观众都被善恶分明的戏剧教养惯了。中国的文艺运动正应该从这种落后状态中逐渐提高到更高的阶段。倘使观众只能用小市民的浮浅的善恶分明的眼光去看人生，那么正应该教他们用深刻复杂的眼光去看人生。一个作家能够从庸俗的善恶观念中解放出来，才能创造深刻的现实的作品。

曹禺借着陈姨太、王氏、沈氏这一组人物，写出大家庭中真实的、平凡的、无聊的生活。这些人简直庸俗得可怕，她们的一生完全耗费在无谓的口舌上面。她们唯一的快乐就是希望家庭里发生一点事供给她们咀嚼，倘使没有事发生，她们就自己制造。她们的生活是那样琐碎、平庸。她们的痛苦也只是微末不足道的痛苦，有的甚至连这一点点小痛苦都不感到。看惯了英雄的传奇似的悲剧，再来看看这种平庸、琐细、无聊生活的描写是会觉得气闷的。许多观众往往只能接受传奇的悲剧，而不能接受"散文的悲剧"（这是我杜撰的名词）。《北京人》不及《雷雨》叫座受欢迎就是一例。这同样是观众的程度问题。

其实平庸、琐细、无聊、污秽的生活中，正包含了人生最大的悲剧。果戈理从"吃"写出旧式地主，从"吵架"写出两个伊凡，就是要在平凡的生活中掘出人类灵魂最真实的一面。鲁迅曾说这类作品要表现生活中"几乎近于无事的悲剧"。

中国的剧坛，有几个人肯不顾成败，把自己献身给艰苦深邃的艺术事业？卖噱头玩技巧，喊口号，在作品上擦脂粉、穿艳装已经是规规矩矩的了，下焉者简直是在用奇装异服来勾引神经已经麻木的观众呢！讨好观众对于一个剧作者是很大的诱惑，甚至许多优秀的作家都不能逃避。写出了《北京人》的曹禺又写出了《日出》和《蜕变》，写出了《雷雨》上半部中繁漪的性格的曹禺又写出了只有紧张的空气离奇的故事的《雷雨》下半部，这是一个奇迹！除了在这里找到说明之外，还能有别的解释么？

《家》里另一重要的线索是以觉新为中心的三角恋爱。这一组里还有两个人物：瑞珏和梅。三角恋爱的题材可能使一个作家陷入无聊庸俗的感伤的境界。这种例子是很多的，例如：《飘》的作者就在这上面耗尽了精力，变成为写恋爱故事而写恋爱故事，只停留在恋爱的悲欢离合的故事的表面上，没有透过恋爱表现人生更大的苦恼。有两张同样以女家庭教师的三角恋爱为题材的影片，一张是保罗穆尼主演的《人海冤魂》，另一张是《再生缘》。《再生缘》的作者在三角恋爱中只看到缠绵悱恻的一面。可是从《人海冤魂》中我们可以看到更广大的人生，可以看到两个卑微的、纯洁的、充满正义的灵魂和整个肮脏的、狭窄的、丑恶的社会相搏斗。《人海冤魂》比《再生缘》的艺术品格高，就因为前者更富有人生的气息。

同样，曹禺在三角恋爱的关系里，触到每个人的心灵深处，弹动他们的心弦，使他们的心弦发出隐秘的音响，融成一片哀怨、凄凉、阴暗和痛苦的交响曲。野地里发出杜鹃的寂寞的长鸣，房里是觉新、瑞珏和梅喁喁低诉般的对话，听到他们发自灵魂深处的颤抖的声音，使我想爱他们，同情他们，即使他们是这样的犹豫、动摇，懦怯到可恨的地步，我也宽恕他们。谁有勇气去恨这批可怜虫？至少我不能。他们互相爱而又不能互相团聚在一起，反而每个人成了每个人的刽子手。这难道不是最大的悲剧？然而与其说这是悲剧，不如说它是人生，与其说曹禺是站在"作家"地位说话，不如说他站在"人"的立场说话。《原野》中所表现的"人生"就不同，我们在一片无穷无尽的黑黝黝的森林中，看到"爱"与"恨"的交流，人与"命运"的斗争，燃烧着的复仇的火焰……表面看去也像处处散发着浓厚的人生的气息，可是人物都是抽象的，缺乏现实的血肉。曹禺在写这个剧本的时候，更多的却是受了奥尼尔的影响。

《家》里面另一组恋爱是觉慧与鸣凤。这一对年轻的天真的情人，像兄妹一般热爱着。然而在大家庭的空气里，这种爱只是梦。严寒中任何植物都不会生长的。恋爱在一开头就含有痛苦的情调，距离现实愈来愈远，可怜的孩子们做的梦却愈做愈甜，你想他们肯醒过来么？曹禺在处理鸣凤投湖自尽，觉慧错过了救助的机会时，要比另一个改编者聪明许多，完全出于自然，毫无勉强做作的痕迹，好像河流走到斜坡，自然往下冲泻去一样。另一个改编者是以觉慧没有听见鸣凤讲的一句话为转折，这是笨拙的、牵强的。曹禺交代鸣凤自尽的线索，早就安排了。我没有多余的篇幅来指出曹禺的聪明，因为这种地方很多。别人花了九牛二虎的力量，如同乞丐把铁锤用链条穿过手臂似的所造的噱头，在曹禺只淡淡几笔，而且深度远出乎前者之上。鸣凤听到老更夫的话跑到湖边去之后，谁想到她仍旧会回到觉慧的窗下呢？可是她来了。满院响着沥沥的雨声，鸣凤从黑暗的甬道中慢慢走出来，周身湿淋淋的，头发披散在后面，发里有草叶、水藻，手里握着残落的荷花。昏昏的红檐灯照着她一副失神凹陷的眼。她是人？是鬼？还是她的幽灵经不起爱火的焚烧和折磨，以至从湖底出来仍旧回到爱人的身旁，要求再看他一眼？有人说费穆的《浮生六记》中有美丽的雰围气，可是倘和这个相比，其中差别，简直是鹅同百灵鸟的差别一样。不过，这个场面能够抓住观众的不是性格，而是空气。曹禺在这里似乎仍旧放不下他所喜欢的迷人的雰围气。在《雷雨》中他用过它，在《家》里他又用了它一遍。鸣凤和觉慧的性格在这里是模糊的、脆弱的。

内行的人常常对我说，戏剧有"戏剧性"。倘使真有"戏剧性"这个东西，我以为也应该在描写性格的基础上展开。《北京人》中老太爷昏倒在台上的一个场面，思懿命令大家把这个已经不会说话了的老人抬出去，老人却抓住了门框，他还舍不得老屋，思懿在他的手上狠狠地咬了一口……这个场面的气氛多浓，"戏剧性"多强！《雷雨》中繁漪吃药的场面也是同样的。这两个场面打动我们的，与其说是作者外面加上去的"戏剧性"（如许多作者所作的一样），不如说作者对于人物有了更深刻的刻画。

杨绛的《称心如意》是个好剧本，然而有一个场面，使三个人像走马灯一般地转出来转进去，的确也相当机巧，有小聪明，有图案式的美。也许有人指这种处理方法是"戏剧性"罢，可是我不喜欢它。自然从这走马灯式的动作中也可以看到一些三角关系，可是别的场面早把这种三角关系表现出来了，而且还深刻得多、复杂得多。这里不但是多余的，而且还有化深为浅、化复杂为单纯的毛病，使观众原来的印象反而冲淡了。这种"戏剧性"就不是从表现性格的基础上展开的。鸣凤投湖的场面使我也有同感，虽然这些场面是这样的富有诗意。

谈卓别林

　　电影里的卓别林穿着我们所熟悉的又脏又旧的衣服，拿着一支细得可怜的手杖，戴着一顶滑稽的小圆帽，脚下的一双破靴似乎要把全世界的苦恼带到自己的路上。

　　据卓别林说，有一次他没有以这样的面目出现，不过在银幕上换了另一种姿态，马上就接到许多观众的来信，质问的也有，惋惜的也有，请求的也有。观众这样激动，因为他们在这个穿着破衣破靴的小丑身上发现了一个装载无数灵魂的大灵魂，他们就是大灵魂中的一点一滴，这一大灵魂一旦消失，他们也就感到了幻灭。

　　卓别林的可爱处，不是他的八字脚小胡子，反之，倒是他的不可笑的一面。

　　一个伟大的讽刺家，所以伟大，也都因为他们有不可笑的一面。在笑中止步，只是滑稽，不是讽刺。读过果戈理的小说，能够懂得他的"含泪微笑"，才能够真正懂得他的讽刺的价值。

　　不过，果戈理和卓别林又不完全相同，果戈理是要在不可笑中挖出可笑来。罗士特莱夫叫乞乞科夫摸摸狗的鼻头，乞乞科夫一面摸一面说："不是平常的鼻子！"这种交际术，世人不觉得可笑，但是果戈理说他可笑。糖人一样甜的马尼罗夫，世人也不觉得可笑，但是果戈理说他可笑。在平常人所谓合理、崇高、美丽中发现了荒谬、卑鄙、无聊……这就是果戈理的讽刺。

卓别林和果戈理相反，他要在可笑中挖出不可笑。见了人不分贫富一律脱帽行礼，别人说这是愚蠢，卓别林却说是真诚。只懂得爱，爱自然，爱动物，爱人类，爱流浪，不打他的人他都爱，打过了他的人他还是爱，别人说这是傻，卓别林却说这是崇高。用丑代表美，用笑代表泪，用蠢代表真，用傻代表爱，这是卓别林对于世界无可奈何的讽刺。人间没有绝对真、绝对爱、绝对善良的人性，即使有，也只能在一个丑角身上看到。卓别林的悲哀就在这里，所以他说：

> 我把这可怜的小流浪人，这怯弱、不安、挨饿的生物诞生到世上来的时候，原想由他造成一部悲惨的哲学。

抛开功利的算盘，撕下虚伪的面目，使真显出在脸上，从头到脚的傻瓜，才能懂得卓别林的伟大。世故，伶俐，圆滑如珠，到处滚来滚去无往而不利的聪明人，只把卓别林当做一个滑稽的小丑，加以无情的讪笑、玩弄甚至迫害。卓别林固然不幸，我们也同样不幸，因为产生这种丑角的世界是悲哀的。幸福的世界，就决不会有卓别林似的丑角，也决不会有嘲笑卓别林的聪明人。

一九四三年

《热风》献词

　　抗战胜利了，然而上海的文坛仍旧是寂寞的。我们想在寒冷的气候中说几句话，所以把这小小的周刊叫做"热风"。

　　上海曾经有人很讨厌弯弯曲曲的文章，主张有话就直截了当地说出来。这原是很爽快的办法。不过，直截了当，也要看什么人，说什么话，并不是每个人都有这种福气的。阔人养的花木，就很难明白压在石下的小草为什么要弯弯曲曲地生长。魏晋时代，阮籍的文章是隐晦的，甚至刘宋时期的颜延之已经说不大能懂了。但是阮籍本人却是个慷慨以任气的人物。他有许多话，在当时不能说，只好弯弯曲曲地写出来，其实他的真意又何尝愿意如此。和他同时代的帮闲之流所写的文章就明畅得多了。倘使他们偶尔也有一两篇弯弯曲曲的文章出现，那也是有另外的原因：或故意作态以自藏嘴脸，或过于低能文章写不通，而并不是由于受到什么压制的缘故。

　　三四年来，我们蛰居孤岛，经历了世界的大变化，目睹文坛上的浮沉。一些趁风使舵之徒忽而抗战，忽而大东亚，现在大概又该有什么新的花样了。可悲的是，到今天，我们仍旧只能把这些弯弯曲曲的话献给读者，也许有人会嫌它冷，但我们却要用鲁迅二十多年前的说法，反称之曰："热风。"

一九四五年九月九日

附注：

我与满涛在抗战胜利后，通过姜椿芳关系在上海《时代日报》创办了一个周刊，取名《热风》。这篇献词是我为这个周刊所写的发刊词。这个周刊办了几期即因当时一位领导的不满而停刊了。

关于阿 Q

　　鲁迅的作品，流传得最广的是《阿 Q 正传》，最被误解的也是《阿 Q 正传》。《阿 Q 正传》发表后不久，各方面的批评接踵而来，毁誉互见，可是捐弃偏见，细心体会原作精神的，似乎并不多。约在二十年前，《阿 Q 正传》翻成俄文本，鲁迅在"序"里有这样一段话：

> 　　我的小说出版之后，首先收到的是一个青年批评家的谴责；后来，也有以为是病的，也有以为滑稽的，也有以为讽刺的；或者还以为冷嘲，至于使我自己也要疑心自己的心里真藏着可怕的冰块。

现在批评家对于《阿 Q 正传》，虽然毁骂的已经渐渐减少，赞扬的已经渐渐增加，可是误解的情形仍旧和二十年前相仿。最大的误解，就是对阿 Q 这个人物的看法。

　　《阿 Q 正传》里曾经描写未庄的人们对阿 Q 的态度，这就是：只要他帮忙，只拿他玩笑，从来没有留心阿 Q 的"行状"。许多批评家之于阿Q和未庄人之于阿Q又有什么两样？鲁迅对阿Q的态度是不同的，他憎恶未庄人对阿Q的态度，憎恶这种人与人之间的关系。

鲁迅写出了阿Q的愚昧、麻木、懦怯，使我们最初觉得可笑，可是渐渐地我们又不得不为这渺小的灵魂感到悲哀。阿Q忌讳别人说他头上的癞疮疤，讥笑城里人管长凳子叫条凳，捉虱子比他看不起的王胡捉得少就扭住辫子打起架来……你读到这里，到底要嘲笑他的滑稽，还是为这样一个愚昧无知的小人物感到痛苦？他一会儿莫名其妙地跪在吴妈脚前求爱，一会儿从假洋鬼子的哭丧棒底下狼狈地逃出来，一会儿摆出流氓的架子在小尼姑脸上捏一把，一会儿又被赵太爷、钱太爷、地保一流土豪劣绅敲打斥骂……你读到这里，到底是憎恶他侮辱别人损害别人，还是怜悯他被人侮辱被人损害？尤其是末尾，你看到他异想天开地革起命来，又胡里胡涂地送掉性命，当他麻木地被绑在到刑场去的大车上，你听到跟随囚车的人丛里，发出豺狼嗥叫一般喝彩的时候，你对这样一个兽性的冷酷的苦闷的人间怎样想？

普希金说，读了果戈理的小说，开头唤起的是笑，接着而来的却是眼泪。读完了《阿Q正传》，难道我们没有同样的感觉么？难道《阿Q正传》不是同样一种含泪微笑的作品么？

讽刺小说家，往往被目为毫无感情的冷嘲热讽，似乎他们的心里都藏着可怕的冰块。实际上，他们都是认真的，有爱心的。没有同情的不是讽刺，只是滑稽，即使作者收敛了嬉皮笑脸，也不过流入幽默的一途。

对阿Q这个小人物，拎着他的黄辫子，叫人看他的可笑的面貌，大笑一场容易呢，还是对他伸出同情的手，研究造成他缺点的原因，把他也当做一个人看待而加以怜悯容易呢？这是每个读这篇小说的人必须认真思考的问题。

《阿 Q 正传》改编成的剧本有两个，我在四五年前曾经看到过两次演出。看了之后，只留下这么一个模模糊糊的印象：觉得戏里的阿 Q 和原作的阿 Q 距离很远，像一幅走了样的漫画。据我揣测，阿 Q 应该有忠厚老实的相貌，戏里却变成了一脸的呆傻和油滑。每一幕结尾，台上在场的人一齐指着阿 Q 说："你真是个阿 Q!"最后审判的悲剧，由于十二个光头审判官的出现，也变成了滑稽的闹剧，和原作精神相差之远，无异南辕北辙。到底是为了考虑观众只能接受嘻嘻哈哈的庸俗的滑稽，不能接受严肃的讽刺，才不惜故意把《阿 Q 正传》漫画化了呢，还是编者、导演、演员对阿 Q 都有些误解呢？我不知道。我只是为阿 Q 觉得冤枉，为阿 Q 的原著者感到悲哀。

刘彦和的《文心雕龙》里有一篇《辨骚》，讲到许多屈原模仿者的眼光狭窄，用了几句极深刻极沉痛的话说：

> 才高者菀其鸿裁，中巧者猎其艳辞，吟讽者衔其山川，童蒙者拾其香草。

鲁迅在《坟》里曾引这四句，加以伸引说：屈原的模仿者"皆着意外形，不涉内质，孤伟自死，社会依然，四语之中，函深哀焉"。不料对于鲁迅自己，也令人发出了同样的感慨。——尤其是看到别人对于《阿 Q 正传》任意涂改、歪曲、误解的时候。

一九四五年十月

《约翰·克利斯朵夫》

……我第一次读到这本书是在四年前。那时的情形我记得很清楚，我一早就起来躲在阴暗的小楼里读着这本英雄的传记，窗外可以看见低沉的灰色云块，天气是寒冷的，但是我忘记了手脚已经冻得麻木，在我眼前展开了一个清明的、温暖的世界，我跟随克利斯朵夫去经历壮阔的战斗，同他一起去翻越崎岖的、艰苦的人生的山脉，我把他当做像普罗米修斯从天上窃取了善良的火来照耀这个黑暗的世间一样的神明。他行动之前并没有预先看到成功的希望，不像投机家有了成功的保障之后再来动手。他不是为了成功，而是为了信仰才去战斗。当我读到这个不谙世故的大孩子用了拙劣的措辞批评狭窄的小城，批评积满了油垢的艺术界，批评盲目庸俗的小市民，而遭受了残酷的嘲笑和玩弄的时候，我为他的不幸的遭遇流下了同情的眼泪。这时他所有的朋友都不见了，最后一股刚强清明的友谊，曾经在艰难时期帮助过他而他此刻极需要的亲爱的高脱弗烈特舅舅，也死掉了，永远不回来了。包围他的只是含有敌意的眼光，这些人希望他陷落下去，变得和他们一样的平庸。可是克利斯朵夫回答道：

　　他们爱把我怎样说、怎样写、怎样想，都由他们罢，他们总
不能阻止我保持我的本来面目。他们的艺术、思想与我有什么相
干！我统统否认！

这种英雄的心使我得到多少鼓舞啊！那时，上海正统治在日伪手掌下，
戒严、封锁、屈辱、思想的压迫使许多人陷入极端的沮丧中。可是当
我认识了克利斯朵夫的艰苦的经历之后，我看到他处于这样不幸的境
遇仍旧毫不动摇地趱奔他的途程，始终不放松他的远大的理想，什么
都不能阻挠他的果敢的毅力。"在这种榜样之前，谁还有抱怨的权利？"
比起他的痛苦，那些小小的苦恼又算得了什么？我相信，克利斯朵夫
不但给予了我一个人对于生活的信心，别的青年人得到他那巨人似的
手臂的援助，才不至沉沦下去的一定还有很多。凡读了这本书的人就
永远不能把克利斯朵夫的影子从心里抹去。当你在真诚和虚伪之间动
摇的时候，当你对人生、对艺术的信仰火焰快要熄灭的时候，当你四
面碰壁、心灰意懒，预备向世俗的谎言妥协的时候，你就会自然而然
地想到克利斯朵夫，他的影子在你的心里也就显得更光辉、更清楚、
更生动……

　　记得在《约翰·克利斯朵夫》之前，我曾先看过一本罗曼·罗兰
的传记。作者说，罗兰在这本书里主要的企图是借他几个主角表达
"德国精神"、"法国精神"、"意大利精神"的融会合流。老实说，我对
这种说法感到困惑。罗曼·罗兰真的只是想表现几种欧洲精神的汇合
么？一个伟大的心灵就会被这种抽象的封条封闭么？罗曼·罗兰传记
的作者是他的挚友，他的话不无可信之处，也许罗兰写《约翰·克利
斯朵夫》时的确有这样的企图。但我要引海涅的话："一个天才的笔，

向来是比他本人伟大的，它要远远扩张到它的暂时目的以外去。"塞万提斯写《堂·吉诃德》的企图，不过是要体现西班牙的政府和教堂对于武侠小说的禁令，可是结果却创造了伟大的《堂·吉诃德》。我们不能说罗兰并没有意识到竟写出一部伟大的作品。这里不过是证明了狭小的企图有时并不能限制伟大的心灵对于人生的拥抱。

其次，使我奇怪的是，外国许多批评家和中国许多批评家一样，常常喜欢为一本名著中的人物找"索隐"。"红学"学者几乎花费了毕生的精力去推敲贾宝玉是以谁为模特儿。对于克利斯朵夫也一样，有的说他是根据贝多芬，有的说他是根据韩德尔，有的说他是根据雨果窝夫……总之，几乎把克利斯朵夫比之于所有著名的音乐大师。这样研究作品就如同吃菜时辨别里面放了多少盐、多少醋、多少酱油似地反而失掉了原有的滋味。读《约翰·克利斯朵夫》，谁能够抛弃那种文学 ABC 的滥调俗套，用自己的朴素的眼睛去看，谁才会领略到原作的真正的精神。

《约翰·克利斯朵夫》的写法是很独特的。托尔斯泰、果戈理、巴尔扎克、莎士比亚……他们常常用了言语、行动、表情这些所谓"外在的形象"来表现人物的性格和心理状态，现实的轮廓是明确的，他们的作品就是一幅时代的风俗画。《约翰·克利斯朵夫》却不同。不必讳言，这本书里面甚至有许多不合艺术规律的写法：冗长沉闷的大段叙述，作者常常要插进来直接向读者说话，"外在的形象"是薄弱的。罗兰像一个音乐家，不是要创造"物质世界"领域中的现实，而是要创造"精神世界"领域中的现实。音乐里面物质世界的现实轮廓越分明，它的品格反而越低下，音乐倘使不表现人类的灵魂、精神、情绪，只是用声音来传达马蹄的奔跑、虫鸟的鸣叫等等，难道还会使我们感动么？对于《约翰·克利斯朵夫》，我们也应该这样去看它。

我曾经读到一些讨论罗曼·罗兰思想问题的论文。批评家多半都承认罗兰在思想的道路上自始至终是一致的，但是他们又往往不自觉地以第一次世界大战作为界线，把他判为两个不同的人。这种意见发挥得最精辟、最透彻的是罗兰的同国人又是他的景仰者的批评家布洛克。但是自从读了《约翰·克利斯朵夫》之后，我对布洛克的意见发生了根本的动摇。布洛克说，罗兰在一九一四年以前，他的理想主义是以十九世纪法兰西的非宗教的三个柱石"自由、荣耀、祖国"作为基础。布洛克再加上一根柱石："艺术"。大战来了，把四个柱石顺次折断了：

祖国吗？一个嫉妒的、褊狭的偶像，一条单纯的抛在政治和财政的结合上面的被盖。

荣誉吗？一个响亮的字眼，亏了它，人们才能使得具有同一文明的孩子，为着同一的动机，面对面地从容死去；一种空洞的、静止的、无能反抗一个被利益统治着的世界的卑劣的力。

自由吗？一个死了的伟大的事物的残滓。现在战战兢兢退缩在一些平凡而又懒怠的权力周围的它，已经只能借着个人主义与自由主义的名称，营养一种由恐惧、猜疑、不肯服从、有所束缚等等组成的小市民阶级的无政府主义。

艺术吗？一个毫无所谓的为着暴君和英雄而跳舞着的女孩子。

布洛克这一段话，的确深刻揭穿了十九世纪法兰西的非宗教思潮的虚伪。但是倘说这种思潮代表罗兰在一九一四年以前的理想主义，我觉得并不合宜。《约翰·克利斯朵夫》就是一个有力的反证。这本书产生在大战之前，而且远在一九○二年以前罗兰就已经着手动笔。克利斯朵夫攻击病态的理想主义，可以使我们明白罗兰拥护的是哪一种理想主义。法国和德国进行战争的时候，克利斯朵夫和奥理维的对话，可以使我们明白罗兰对于祖国的看法是怎样的。克利斯朵夫向巴黎的艺术"市场"的挑战，难道这不能充分说明罗兰的艺术观么？

一九四五年

再谈卓别林

　　抗战以来，卓别林的影片几乎没有在上海租界放映过。宣传已久的《大独裁者》，竟没有公演的机会。胜利后，场面伟大、内容香艳的影片纷纷涌入。单以《出水芙蓉》一片来说，演期之久，看客之多，实在是盛况空前，甚至有些军警为了看白戏，还和院方发生冲突。至于想看好片子的影迷，期待已久的几张影片，如卓别林的《大独裁者》，保罗穆尼主演的《左拉传》《巴士德传》和《人海冤魂》（据英国作家詹姆斯·希尔顿小说 *We are not alone* 改编）等，至今还毫无消息。

　　前些天金都剧场放映卓别林的旧片。这些片子多半于十余年前摄制，记得其中有几部是儿时在北平看过的。那时我家在清华园，清华大礼堂每周末放映一次电影。每次演电影我总是早去入场。在黑黝黝的大厅中，电影开场了，银幕上映出一个流浪的小人物，他那圆形的小礼帽，褴褛的破西装，嘴上一撇小胡子，手里执着一根瘦伶伶的手杖，八字脚……这些全是我熟悉的、喜欢的。一看到他，我就知道这是卓别林。现在回忆起来，儿时看过的片子大多已经模糊了，独有卓别林在我的脑海中留下了难以忘怀的印象。他给我带来的，有笑，有泪，有讽刺，有温暖……看完电影回来，在黑夜中走在碎石子的小径上，路旁树丛隐没在黑影中。我心中充满了同情，充满了爱……它们使你感到有一股暖流从胸中升起，不再感觉到夜晚的寒冷。

请你想想这样几幅图画：一个新兴城市的市长，在为一个名人的铜像举行揭幕礼。他发表了一大串演说，赞美这个城市清洁卫生，没有失业和乞丐，但是幕一拉开来，卓别林蜷伏在这个名人铜像的脚下。这是多么深刻的一幅讽刺画，比用语言表现的更强烈。另一张片子，描写一个流浪汉在无可奈何的情况下，收留了一个被社会唾弃的私生子。他们无法谋生，于是想出了一个糊口的办法：儿子先用石块把人家的玻璃窗敲破，然后逃之夭夭。恰巧这时父亲背着玻璃踱过来，叫喊修玻璃窗。这是无言的展示，把当时资本社会的矛盾揭开了。又一张片子中讲到，一对因奇怪的原因结合在一起的朋友，一个是富翁，一个是瘪三。富翁只在吃醉酒时才把瘪三当朋友。他们一块玩乐，一块饮酒，一块倾诉衷肠，互相慰抚彼此的痛苦，甚至企图一块自杀。但是第二天两人酒醒之后，瘪三去找富翁，富翁根本不认得他了，因此闹了许多笑话。从这幅图画中我们可以看到阶级、利害、地位种种偏见像厚厚的油腻一样把人类的本性糊住了。

果戈理说过一句话："讽刺决不是游戏场的小丑，站在高台上搔痒，来逗引吃饱的观众发笑。"（大意）倘使说卓别林的笑也是"含泪的微笑"，我想这话是不夸张的。他曾经解释自己的装扮："胡子表示骄傲，破靴表示世界的烦恼。"他企图在这个小人物的身上，把人类共有的许多缺点与美德一股脑地表达出来。

这次放映的旧片，似乎只是卓别林早期的片子，上面我说的是后来他在更成熟的影片中所表现的内容。记得厨川白村曾说卓别林的艺术是低级的庸俗的，即指他在早期拍摄的影片而言。正因为如此，我对于他后来的进步，变得深刻，更觉钦佩。

一九四六年

《人鼠之间》

　　《人鼠之间》是斯坦倍克写的一部小说，好莱坞曾将它拍摄成影片。四五年前我看过这部片子，至今仍在脑海中留下不可磨灭的印象。这次又重新读到这部原著的翻译本。

　　在斯坦倍克的小说中，《人鼠之间》是我最喜欢的一本。这本书在国外批评家中间，流行一种说法，认为它是一本难懂的古怪著作。其实，认为它难懂或古怪，正因为他们是批评家的缘故。批评家的头脑中装了太多的"法则"、"意识"、"技巧"之类的戒律，看到一件不太平常的艺术品，就会感到扑朔迷离，变得糊涂起来。这只能怪他们没有用自己的感情和朴素的眼光去感受。

　　孔子说："知之者不如好之者，好之者不如乐之者。"倘借用这句话来解释文艺作品的欣赏，我觉得是非常适当的。如果读者的头脑被机械的教条束缚了，他的心灵被抽象的封条封闭了，感情变得冷淡了、枯萎了，那么可以断言，他无论去读什么有生命有血泪的作品，都会一无所获。一部用至情写下的好作品，你不能用冷静的头脑去读，而是要用热烈的心灵去读，你必须把自己融化到作品的境界里面去，读

《人鼠之间》就应该如此。

批评家认为《人鼠之间》是一部古怪的作品，因为他们在这本描写活的人生的书中，找不到专家所谓的法则，找不到前进者所谓的意识，找不到雕琢的工匠所谓的技巧，因而也找不到充满在所有庸俗著作中，而为真诚作者所摒弃的死板戒律。

倘使你是一个吃得太饱、闷得发慌的读者，那么那些流行的侦探小说可以使你排遣一些无聊。它里面有命案，有杀人越货，有血肉横飞的搏斗。但是你如果要在《人鼠之间》找出同样的东西来，你会失望了。《人鼠之间》虽然也有一条命案的线索（李奈无意中伤害了顾利的老婆），但作者并没有在这条线索上浪费笔墨，他只是把这条线索作为衬托人物的背景。

有一位外国批评家，由于《人鼠之间》缺乏工人应走道路的暗示而感到不满。也有一位玩弄技巧的里手嫌它太粗糙，因为它是旷野中一株自由伸展的大树，而不是摆在客厅中经过修剪的盆景。有人喜欢光滑无瑕的精巧摆设，有人则喜欢榛楛弗剪的深山大泽。审美趣味不仅是个人爱好，也蕴涵了他的人生追求。

读了《人鼠之间》，我有一种印象，觉得其中的李奈很像雨果《钟楼怪人》中的主角。但是斯坦倍克却没有雨果那种罗曼蒂克色彩。他的人物更平凡，更朴素，更真切。李奈这个大汉，有着巨人一般的体魄，粗野，鲁莽，然而在这粗糙的灵魂中，却藏着一颗赤子之心。他一切都记不住，但只记得可贵的思想和友谊。和他有着利害关系的经验他全忘了，但他却忘不了他的好友佐治随便说出来的一句话。他爱朋友，爱老鼠、兔子、小狗……一切弱小柔软的造物他都爱。他是这样幼稚，这样不懂人情世故。他的死，他的悲剧说明了什么？他是一个好人，一个纯洁的人，一个不失童心的人。这样一个人活在这样的社会上，是命定只会受到损害的。

一九四六年六月十三日

谈果戈理

果戈理的思想是"反动的"么？果戈理是"地主阶级的代言人"么？那些在地狱里挣扎着的"死魂灵"：乞乞科夫、玛尼罗夫、罗士特来夫、梭巴开维支……存在着果戈理自己的形貌和声音么？这些问题我不清楚。不过，我相信倘使果戈理没有以他那纯正的严肃的文学口味和向当时庸俗的腐败的文学潮流挑战的勇气，没有从小地主的自私、褊狭、琐碎中解放出来的清晰目光，没有对人生抱着崇高的理想，那么他就写不出《死魂灵》！看不到"糖一样甜蜜"的玛尼罗夫的背后躲藏着怎样可怕的悲剧！同时，也不会对于为所有的"死魂灵"享受着、咀嚼着的生活有所反抗！

果戈理的作品不是反映星光的玻璃，而是显出微生物蠕动的玻璃。你只要看看那本果戈理笑得最辛辣的《死魂灵》，你就会知道他对于无聊的、庸俗的、残酷的生活，发出了多么悲壮的袭击。你只要看看那篇果戈理笑得最温柔的《旧式的地主》，你就会知道他是多么向往于那种善良的、纯朴的灵魂，同时又是多么强烈地鞭挞了埋藏在尘封里的灰色人物！这种作品难道是一个没有爱、没有感情，只是冷眼旁观，或者违背自己良心的作者所能写得出来的么？

果戈理在《死魂灵》中说道：

> 我要和我的主角携着手，长久地向前走，在全世界，由分明的笑和谁也不知道的不分明的泪，来历览一切壮大活动的人生。

果戈理是有意识地要以他的作品和当时俄国那些无聊的作品站在相反的方向。他不顾批评界的诽谤，不顾读书界习惯了的口胃，抛弃了认为文学是"被装饰了的自然"的陈词滥调，把"下贱的人物"带进文学里。他的《外套》是承继了普希金的《驿站长》的传统，而且把它确定了，发扬了。克鲁泡特金甚至带着夸张的口吻说："自从果戈理以来，每一个俄罗斯的小说家，都可以适合地说是在重复着这部《外套》。"

果戈理最容易引人注目的特点，就是"笑"。他的笑是"含泪的微笑"，而不是小丑搔痒一类的噱头。一旦领会了果戈理的"笑"之后，你就不会再要去欣赏那种浅薄的幽默，你就会觉得被人捧得上天的那些"讽刺名剧"、"讽刺名诗"不过是像顽皮的小孩子在别人背上画乌龟一样胡闹与可笑！你会觉得真正的讽刺和说几句俏皮话、揭发私敌的一点隐私，是有天渊之别的。

有人说，果戈理的作品，只有笑声在响动时才成功，笑声消失了，跟着也就是失败。的确，我们读他的《塔拉斯·布尔巴》，开头一看到父子以相打作为见面礼时，我们是被抓住的。但是底下，果戈理描写安德莱的恋爱，刻意地要抒情、要美化，人物就变成剪贴的纸人一样呆板了。

　　还要补充说：果戈理的作品，只有笑得愈认真，愈严肃，才愈深刻，愈伟大。《钦差大臣》是果戈理的名著之一，深刻地揭露了官僚社会的丑恶和腐败，但就我个人的印象说来，觉得其中被人称颂的读信的一场，听壁角的一场，似乎过于夸大，追求趣味性，这也许是他还多少受了当时的戏剧界的风气的影响罢！

一九四六年

谈陀思妥耶夫斯基

高尔基说陀思妥耶夫斯基是"充满了毒素的天才"。鲁迅也说陀思妥耶夫斯基是他"尊敬而不能爱的作家"。关于陀思妥耶夫斯基的思想，像《卡拉马佐夫兄弟》中所蕴涵的复杂而带有宗教意味的斯拉夫神秘思想，我不大懂，不能说什么；可是他的《穷人》《被侮辱与被损害的》这些作品，曾经使我激动，是我喜欢的、爱读的。

我所读到的那些古典名著，有两种不同的创作态度。一种是作者在写作前就已经有的一个固定意图，一个事先拟好的计划。我们在读时，可以清清楚楚地看到艺术家刻意创造的斧凿痕迹。可是另一种像《穷人》这类作品就不同了。我们从中所看到的不是一个在精心制造艺术的作家，而是和我们一样身上没有任何标记的人。他们因为爱，因为痛苦，因为生活的压迫，在倾诉，在呐喊。这种作品不是像我们有些作者一样，临时跑到妓院中去体验，或者跑到交易所去观察、搜集一些材料，就可以写得成功的。也不是生吞活剥几本政治经济学的书就可以写得成功的。他们需要具有拥抱人生的伟大胸怀。艺术作品是不能弄虚作假的，那里是任何人都无从遁形的所在。

　　陀思妥耶夫斯基的小说，现在已拥有广大的读者群。许多人喜欢陀思妥耶夫斯基的作品，只是喜欢它的曲折的情节，喜欢它突兀的笔法，喜欢它那带有精神分析学味道的心理描写。这可以《罪与罚》为例。其中拉斯河涅考夫谋杀那个放高利贷的老太婆一场，是最被人称颂的。据说美国读者最喜欢的俄罗斯作家，是陀思妥耶夫斯基。最近我见到美国大学用的一本文学教科书，就特地选出上述的那一节作为学生研读的范本。如果你喜欢陀思妥耶夫斯基式的心理分析，你可以从这一节里得到满足。曲折的情节，突兀的笔法，使我们如过三峡，沿途风光变化无穷，各种意想不到的景色一一展现眼前。你读它的时候，随着拉斯河涅考夫的经历，一时紧张，一时萌生了希望，一时又突然陷入了大恐怖。你还可以从拉斯河涅考夫身上看到各种心理活动的因素，宛如去翻阅一部精神分析学，从而对作者的渊博和深刻发出惊叹。然而我总觉得这似乎并不是文学的正路。因为这样写太追求艺术效果了，太想要通过种种手法去抓住读者了。

　　真正吸引人的文学作品应该是人物，而不是弃人物于不顾而去依靠其他什么东西。许多人认为陀思妥耶夫斯基的缺点，是他语言拖沓芜杂，形象不够完整，以及行文中时时夹杂着不必要的冗长而枯燥的叙述。其实这些缺陷还不足以掩盖其作品的价值。他的真正缺陷恰恰是在于他打算打动读者，着力去安排情节，卖弄心理分析，以致把本来应该用在需要的地方的才能，过多地消耗在这些方面了。

　　写实主义这一词语，目前被很多人误解作原封不动地去描写真实细节。要写一个人，就得把他的每根头发都写到。要表现上海的生活，就得把上海的弄堂房子、娘姨买小菜、车夫讲价钱，一股脑儿搬上舞台。自然用这样的眼光来看《穷人》，会觉得他不是写实的。陀思妥耶夫斯基自己曾说，他是"在高的意义上的写实主义者"，真正的画家懂得"谨发而易貌"，真正的音乐家懂得乐曲是不应表现完全和自然一样的马蹄奔跑声、虫鸣鸟叫声。同样，真正的文学家也决不会认为琐碎的自然描写就是写实主义。陀思妥耶夫斯基所谓"在高的意义上的写实主义"，我想也应该作这样的理解。

一九四六年九月二十一日

纪念鲁迅先生

鲁迅在二十世纪的黎明期开始了他的文学活动。他像同时代的其他清醒的现实主义者一样，把文学事业和人民解放运动结合在一起。

从他入矿路学堂和水师学堂求学时代起，直到他停止了最后的呼吸，人民用肯定他伟大战绩的"民族魂"的旗帜覆盖在他的灵柩上止，他没有松懈过片刻。这种献身的爱国主义精神，如同火把一样燃烧在他全部的人格里面，使他始终站在中华民族的前列，成了披荆斩棘的革命先驱者。

他经过无数次失败的挫折和痛苦的磨练，在同辈有的高升，有的退隐时，倔强屹立不动，始终坚持在自己的阵地上，向"无物之阵"举起了投枪，向"吃人"的旧社会作着韧性的反抗，这是什么力量？

倘用他的话来解释他自己，就是因为在当时，他敢于做一个"失败的英雄"，"单身鏖战的武人"，"抚哭叛徒的吊客"（《华盖集·这个与那个》）。

鲁迅之所以有别于那些善变的作家，正因为他的思想力量是以这种伟大的人格力量作为基础的缘故。没有获得人格印证和血肉融化的思想，那思想也就化为乌有，变得苍白无力。

真正民族的战士，不可能不是人民的战士。

鲁迅在他早期所写的《摩罗诗力说》中就是这样的告白："苟奴隶立其前，必衷悲而疾视，衷悲所以哀其不幸，疾视所以怒其不争。"他介绍充满反抗精神的俄罗斯文学，就是由于它的"自觉之声"。

从他自己的作品也可以看出，他的热爱一直是贯注在那些被侮辱被损害的卑微灵魂的身上。即使像《阿Q正传》这篇被人歪曲为作者"心里藏着可怕的冰块"的讽刺小说，如果我们理解他那"哀其不幸，怒其不争"的基本命意和唤醒昏睡麻木的自觉的企望，那么无论如何也不能够把"冷嘲"和"滑稽"这种曲解胡说去侮辱作者的。

一个作者如果有所否定，也必然不可免地有所肯定；对于旧的批判得愈深，对于新的则爱之弥切。这是理解任何伟大作品的人民性所不可或缺的一个认识。理解鲁迅，自然也应该这样。

一九五〇年

谈斯坦尼斯拉夫斯基与契诃夫

斯坦尼斯拉夫斯基曾记述了关于契诃夫批评自己剧本的演出的几个有趣故事。

第一件——契诃夫看了斯坦尼斯拉夫斯基扮演的特利果林（《海鸥》中的人物）之后，他们之间有着这样的对话：

契：您演得很好，不过演的不是我的人物。我没有写过这样的东西。

斯：问题在哪儿呢？

契：他穿的是花格子裤子和破洞很多的鞋……

第二件——契诃夫讲到《万尼亚舅舅》最后一幕的亚斯特罗夫，曾向斯坦尼斯拉夫斯基作这样表示：

听我说，他应该吹哨。万尼亚舅舅哭了起来，他就吹哨。

斯坦尼斯拉夫斯基记述他当时的感想："照我当时直线式的理解，我怎么也不能同意这一点——这个人在这样悲剧性的场合怎么能够吹哨。"

第三件——"听着，"契诃夫有一回对人家说，不过这是为了要叫斯坦尼斯拉夫斯基听见，"我想写一本新的剧本，它将这样开头：多好，多静！听不见鸟、狗、子规、枭、黄莺、钟、马脖子上的铃声，或者一只蟋蟀。"

斯坦尼斯拉夫斯基接着在他的文章中补充道："不用说，指桑骂槐，他这些话是针对我而发的。"

契诃夫对于自己剧本的演出，往往只有像上面似的寥寥几句，表面看来似乎都是细微末节的意见。这些话正如他的剧本一样，开头不容易被人理解和重视，一旦发现了隐蔽在这些质朴字句后面的重要意义之后，你就会觉得，它具有惊人的深刻性和一针见血的概括性。斯坦尼斯拉夫斯基形容它"好像给人猜谜似的，在谜语被猜透之前，你是无法摆脱它们的"。

斯坦尼斯拉夫斯基并不讳言，即使他接受了契诃夫的剧本以后，他还没有完全摆脱掉过去吸引他的戏剧性。他说他在导演的时候，为了"帮助演员，唤起他们情绪的记忆……惯于滥用光与听觉的舞台手段"。正是这缘故，他才在《万尼亚舅舅》中使用过分的蟋蟀鸣叫的效果，他才离开现实生活的真实把特利果林想象成与契诃夫后来所说的"花格裤、破洞鞋、臭雪茄"完全相反的风流倜傥的花花公子。照当时斯坦尼斯拉夫斯基的看法，少女尼娜所爱的只能是这样一个漂亮人物，而旧型剧院舞台上出现的爱人情侣也正是这样一个漂亮人物，可是这又如何能够表现"海鸥"一样天真无邪的尼娜爱的不是特利果林，只是她自己处女的幻梦——她只是被天才、荣誉、作家、舞台的"湖水"

所迷住？又如何能够表现受伤的"海鸥"的真正的悲剧？同样的理由，斯坦尼斯拉夫斯基不能理解《万尼亚舅舅》最动人的末一幕，万尼亚哭了起来，那个医生亚斯特罗大怎么竟能够在这样悲剧的场合，毫无心肝地吹着口哨，而这个医生还是作者笔下赋予深切同情的人物？导演辛辛苦苦培植起来的那种浓厚的悲剧气氛，岂不是被这口哨一下子破坏得干干净净？不错，旧型剧院的舞台上是永远不会容许它发生的。可是我们再想想契诃夫在他书简中说的这句话："长久在心上拖着伤痛的人类，常常是只吹口哨的……"那么，这不是我们在现实生活中所熟见的么？斯坦尼斯拉夫斯基后来终于同意了契诃夫的意见，明白了契诃夫关于不要任何声音效果"或者一只蟋蟀"这种善意的讽喻。

　　类似上面这种例子是很多的，斯坦尼斯拉夫斯基还举出另一件：

　　　　谁谈起在外省看到一次《万尼亚舅舅》上演。在那儿，扮演标题角色（万尼亚）的人把他演成了一个堕落的地主，穿着涂油的长统靴和农夫的短褂。在舞台上形容俄国地主总是这样的。天哪，这种恶俗使 А. П.（契诃夫）多么地难受！（契诃夫说：）"这样是不行的，听我说。我写得清清楚楚！他打着一条奇妙的领带。奇妙的！懂得不？"

契诃夫说的"奇妙的领带"不单是一个服饰问题，正如前面他说特利果林穿花格裤子一样。契诃夫虽然自谦他不能在剧本中与出搬到舞台上演时所应具有的许多细节，但是他的剧本中每一行，哪怕更夫的打更、老奶娘的唤鸡、万尼亚打着一条奇妙的领带……都绝对不是无意识的废话。从它里面透露了人物的出身、教养、性格和习惯这些东西。

契诃夫对于外省演出《万尼亚舅舅》的那个演员的意见，包含了对旧型剧院扮演人物方法的批判。那个演员是按照"舞台上形容俄国地主总是这样的"方法来扮演万尼亚的。这种公式化的演剧方法把每一个角色都看作了抽象的善恶观念的化身。企图在《万尼亚舅舅》中找出代表着抽象的善恶观念的人物是办不到的。在这个剧本里，万尼亚一出场就神经质地抱怨着，如同哈姆雷特一样，他几乎总是说着带刺的反话，接着又并非真正恋爱地追求别人的妻子，最后甚至要用手枪打死一位大学教授——"一个领有证书的人物"（这是引用皇家剧院检查剧本的一位官员的话，《万尼亚舅舅》未能在皇家剧院演出就是由于这个缘故）……这是怎么一种人？怎么一种性格？当我们在第一幕看到大家坐在花园里用茶，空气充满了和平与恬静，有人赞美着天气的优美，这时万尼亚突然说：

让人上吊的好天气！

在这种情形下，要把作者对于万尼亚的同情，清清楚楚地找出来是可能的吗？同样的，这剧本中的那个大学教授，他有相当的智慧，受过良好的教养，但喜欢谈论人生的哲学，对人的态度也可以说相当坦白，万尼亚的母亲简直把他当做"英雄"似地崇拜着。在第三幕中，他把大家集拢来，声明他要卖掉他的前妻——万尼亚的姐姐——的田庄，而这田庄是万尼亚充满了珍贵的回忆的地方，是他花尽二十五年的心血辛辛苦苦经营起来的地方，同时又是他埋葬了自己的一生的地方……可是教授说明他卖田庄的理由道：

我生来就不适合乡村……

一句话就把这位教授的面具揭开了，你越听下去，你就越明白这是一个渺小的狭窄的自私的人物。

倘使你明白了万尼亚的那个时代，他的死气沉沉的灰色的生活环境，他的枯燥、简单而又可怕的生活历史……那么你就会自然而然地从万尼亚的抱怨、嫉妒、怀恨、争吵、反话……这些支离破碎的言语和行动的后面，发现他的真诚、善良，充沛着无处可使的生命力，以及在"广袤而杂乱的俄国的穷乡僻壤悄悄地腐蚀了一生"的悲剧。

一九五〇年

契诃夫与艺术剧院

斯坦尼斯拉夫斯基在他的《回忆录》中说，契诃夫与艺术剧院几乎有着"血缘关系"。丹钦柯更进一步说，艺术剧院就是"契诃夫的剧院"。这是的确的。大家知道《海鸥》一剧是如何支持了新创办的艺术剧院，那时这个初生的新型剧院正陷入岌岌可危的命运，业务一蹶不振，经济发生了恐慌，多数工作人员表现得骚乱不安……而那些在戏剧方面抱着传统成见的人正幸灾乐祸地预期着它的崩溃。就在这千钧一发的时候，契诃夫的《海鸥》拯救了它，同时也间接地宣告了一切陈腐的传统演剧的即将结束。这是一场动人心魄的伟大战斗。

八十—九十年代乃是俄国剧场上悲惨的一页。当代社会在这时期所体验的一般思想上的混乱，也反映到剧场上。不关心政治主义，投合观众庸俗口味的企图，构思的皮相性，主题研究的缺乏独创性，人物心理描写的贫乏，效果的追求，语言的乏味，这就是最能表明出这二十年剧场上演目录的那些基本的缺点。涌入剧场的小市民气氛的浪潮竟是这样厉害，竟连奥斯特罗夫斯基和他的美丽无比的风俗剧也暂时被挤到次要的节目上。在八十年代中叶，他尚在人间，而且带着病注视着芳·维津、普希金、格里鲍耶多夫和他自己所建立的剧场怎样在他的眼前崩落下去。（齐尔查宁诺夫）

　　契诃夫就是在这种堕落了的剧场的空气中开始写出他的剧本。他说："现在的剧场简直是红痧热，是都市里的流行时疫，我们应该用扫帚打扫干净，而加以消毒才好。"契诃夫的剧本不是一下子就获得了成功的，经过了艰苦的磨难和长期的冷淡，甚至同情他的艺术剧院在首次上演《海鸥》的时候，他的崇拜者们也都露出了极度的惶惶不安，"并不寄托物质的希望"。

　　许多批评家早就对契诃夫下了盖棺论定式的结论。当时攻击契诃夫最烈的是"操着有创造性的新型文艺的缰绳"的著名理论家米哈伊洛夫斯基，他不断地强调说，契诃夫是一个没有思想的作家。他的意见几乎获得了一致的响应。另一批评家基契耶夫发出了更古怪的论调，他指责《伊凡诺夫》，竟用尽一切辩辞来证明契诃夫因为是个医生，所以不能做诗人。等到彼得堡那次《海鸥》公演惨遭失败的消息传开以后，那些批评家好像比赛毒舌似地纷纷叫喊着："……那时就好像有一百只蜜蜂、黄蜂和雄蜂，充满了剧场的空气。"——"个个人脸上都羞得通红。"——"无论是思想、文学，或舞台技术，从哪一方面看，契诃夫的这出戏，也都不能说是坏，只是绝对无意识而已。"——"这出戏是坏到无可再坏了。"——"这出戏给人一个压倒一切的印象，就是：它既不是一出严肃戏，也不是一出喜剧。"——"这不是《海鸥》，只是一个野狐禅。"……

他们众口一辞地断定契诃夫的戏剧是完全失败了，而主要的责难除了思想问题以外，几乎多半是针对契诃夫缺乏所谓"戏剧性"。照这些人看来，"戏剧性"就是他们已经习惯了的那些：紧凑的剧情、紧张的高潮、适当的悬置、巧妙的穿插……换句话说，就是一个精巧的工匠无不具备的那种"技巧"，而这个"技巧"是被那些贫血的作者借来当做孔雀尾巴似地装饰在作品之中的。

契诃夫的剧本恰恰找不到为这些人所津津乐道的技巧。当你开始读它的时候，甚至会感到枯燥、沉闷和疲倦。这几乎是许多人的共同感觉。斯坦尼斯拉夫斯基也这样承认，他讲到初读《海鸥》时说：

> 我一点也不懂得那剧本，只有在工作的时候，在潜移默化之间，我才熟悉了它，不自觉地爱上了它。

在《我的艺术生活》中，他也讲到当丹钦柯起初向他解释契诃夫作品的"迷人处"时，他很喜欢这剧本，可是只要等他拿着书和脚本一个人留下来的时候，他又重新觉得枯燥起来。这个原因并不难找出，因为契诃夫的剧本不是那些在"舞台上所熟见的"戏剧，而是在"现实生活中所熟见的"戏剧。即使在艺术剧院成立以后，斯坦尼斯拉夫斯基仍旧不能完全按着内在的需要而运用他所特别丰富的外在颜色。在导演艺术剧院第一个节目《沙皇费阿多》的时候，斯坦尼斯拉夫斯基仍旧喜欢他常常说的"新奇"，用他所发现的动作、服装和惊人的装置来吸引观众的兴趣。一旦从这种颜色、心象、呼喊等等悦目的堆砌转而必须去面对契诃夫笔下的日常现实生活，就宛如走入"一个相对的无人世界"了。斯坦尼斯拉夫斯基开头多少还残存着某些传统的演剧成见和不免仍旧重视那个"戏剧性"，等到他打倒了横亘在眼前的这堵围墙，他才真正地认识了契诃夫的价值。

契诃夫无情地唾弃了如列宁所说的"杂耍技艺"或者如别林斯基所说的"纸牌戏"那种技巧的游戏，虽然招来一些批评家带着火气的挑剔，可是这正是他的艺术症结伟大的所在。

这一点，佐勃柯夫在《关于契诃夫的剧本》中说得很清楚：

> 契诃夫剧本的最显著的特色是在于：你在他的剧本里找不到丝毫人工的戏剧性的冲突和情境，那是为批评家杜勃罗留波夫所大声疾呼地反对过的。"你怎么能够使我相信，"杜勃罗留波夫写道，"在某一个半小时内，在一间房间中间……接连不断地来了十来个人，来的正是那个需要的人，正是在需要他来的时候才来，碰见了他所需要碰见的人，开始谈论一些需要谈论的话，走开，办理一些需要办理的事情，然后，当需要的时候，重新再出场。在生活里是这样的吗？实际上是像这样的吗？"契诃夫不乞灵于人工的、矫揉造作的把情势和事实联结在一起的办法，更决不把抽象的格言及教训加以戏剧化，叠床架屋地堆砌拼凑。

可是理解这种作品不是一件容易的事。当时，许多观众没有一下子就脱胎换骨地改变了他们的口味，在吞食了那么多糟粕以后，如何能够叫他们迅速地抛弃积年累月缠绕在身上的那些传统的影响，而马上去接受尚为他们所完全陌生的东西？同时，应该死去的也决不会心甘情愿地死去，它要挣扎、反抗、扑灭它的敌手。那些批评家就是这样对付契诃夫的。

契诃夫写出了那本杰出的《万尼亚舅舅》以后，他的收获还是不被理解，继续受到恶意的讥讽。这使他痛苦。斯坦尼斯拉夫斯基曾有一段动人的回忆，记述着契诃夫受到这种不公平责难的情景。

> （他）常常是这样的，在房间里踱步，咳着嗽，浮着微笑，却带着一种痛苦感觉的痕迹……

像这样深沉的痛苦，是不可以用那种患得患失的痛苦去说明解释的。这是一幅直到今天还在令我们激动的图画。凡有正义感的人都会挺身出来为他战斗。即使在那时候，契诃夫也并不绝对地孤独，虽然爱他的人的圈子并不大，但可以说是真正的"苏格拉底之家"，这里面全是真诚的朋友，连半个冒充的朋友也没有。契诃夫的剧本就有那么大的力量，一旦你理解了它，被它抓住以后，你就要和他一样去唾弃那些矫揉造作的人工的技巧，你就会发现加以戏剧化的抽象格言和教训只是一种"不生产的本钱"。

我们读了丹钦柯和斯坦尼斯拉夫斯基写的《回忆录》，可以看到他们通过了如何艰难困苦的摸索过程，终于找到了契诃夫的道路。丹钦柯花了几晚的功夫来为斯坦尼斯拉夫斯基解释契诃夫的剧本。（这次谈话和他们那次决定艺术剧院诞生的十八小时谈话，可以说具有同等重要的意义。）这种把心爱的东西使同志也分享的心情是多么真挚动人。他们不能忍受别人用恶毒的字句来粗暴地凌辱他们所爱的人。丹钦柯和斯坦尼斯拉夫斯基在他们的《回忆录》中数次提到契诃夫如何忍受了那些难堪的毁谤，几乎每次他们都紧接着在下面的文章中马上予以驳斥，他们的那些话是动了感情的。

除了他们，还有高尔基。高尔基在给契诃夫的信中说，他看了《万尼亚舅舅》，"像女人一样哭了"，"觉得自己正被一把钝的锯子锯着"。他说："这完全是戏剧艺术的一种新型，是您给观众空虚头脑上的当头棒击。可是观众的愚蠢还是这样地死硬，在《海鸥》中，在《舅舅》中，人家都还不能十分理解您。您还准备写戏么？您的戏写得多么惊人地巧妙啊！"

倘使我们再举出格里高罗维奇的话，就可以看到契诃夫的周围有些如何深爱他的朋友。格里高罗维奇甚至这样责备那个自鸣具有"思想"的作家。把他和契诃夫相比，他说："这个作家连去吻一吻咬过契诃夫的跳蚤的踪迹都不配！"

丹钦柯和斯坦尼斯拉夫斯基对于契诃夫的剧本的爱好，不仅是站在读者或观众的立场，而且是站在演员、导演和从事剧场工作者的立场。他们在经验中深深体味到契诃夫的剧本要求着新的表演方法，旧剧场的那一套陈腐滥调是永远无法胜任的。契诃夫看到旧型剧场的演出说："演员们演得太多了。"这句话曾被丹钦柯借来区分新旧剧场演员之间的"最严重的不同之点"，并且认为这个排演工作中最重要的领域是契诃夫"第一个所偶然发现"。契诃夫所说的"演得太多"正是指那些叹起来成风车哭起来如倒海的演员，没有一个剧本更比契诃夫的剧本排斥这些东西了。

对于契诃夫还有另一种误会：以为他没有热烈的爱憎和分明的是非，故意把好的说得坏些，把坏的说得好些，在真中挑剔假，在假中制造真。的确，信奉这种"公平"哲学是大有人在的，记得有人曾把它带进了文艺的理论，声称这是处理人物的方法。如果用这种作品来和契诃夫的作品相提并论，我觉得除了再引一遍格里高罗维奇说的："这个作家连去吻一吻咬过契诃夫的跳蚤的踪迹都不配！"实在再找不到更好的回答了。

难道契诃夫的剧本可以列入这类作品中去吗？上文提到过的米哈伊洛夫斯基的确把他想象成这个样子，他在《论父与子和契诃夫》一文中说：

> 在契诃夫看来，一切都是一样——无论是人，是人的影子，是钟，是自杀——他自己从来不活在自己的作品里，他只是随便地在生活旁边散步，一边散步，一边在捕捉……契诃夫是用冷血偶然写些事物，所以读者也用冷血去读它。

"统治着青年知识界的批评家"米哈伊洛夫斯基的话不是没有影响的。这种"庸俗的、定型的、字模式的思想"是当时的潮流，许多"毫无天才而又诡诈的人物"就常常藏在写着"灿烂的人格"、"争取自由的战士"的书标下面。丹钦柯在他的《回忆录》中曾经愤慨地提到这种情形："当时，一个人要想在文艺界成名，只要受过几年苦，或者只要有过几年的充军就够了，这并不是一句嘲笑话。有一个时期，玛柴特就享受过惊人的成功，可是这个作家的整个天才，全包括在他那秀美的长髯里边了；他刚一从政治充军释放回来的时候，就恰巧发表了一篇小说。这时，大家都在恭维他，而那些真正有灵魂的天才作家，反而一点也引不起大家的注意。"

看看契诃夫的遭遇，可以相信丹钦柯的话并不过火。米哈伊洛夫斯基说契诃夫"用冷血偶然写些事物"的意见，是当时十分盛行的意见。许多人都断定"没有思想"的契诃夫的作品是平凡和琐碎"汇集而成"的。对于这种谬误的见解，佐勃柯夫的那篇文章就是最好的反驳。他说：

> 的确，契诃夫在日常平凡事件中刻画生活，在作品中充满着一些琐碎的，初看似乎是毫无意义的、相互间没有丝毫联系的事实和细节，可是同时，剧作家的他，在这日常琐事的基础上，却达到了深刻的、一般社会的与哲学的概括。

契诃夫所以能够从日常琐事的基础上达到深刻的哲学的概括，据高尔基说是因为契诃夫对于生活的那种"高度的看法"，契诃夫用这看法"照亮了它的倦怠、它的愚蠢、它的挣扎、它的整个的混乱……"

契诃夫的剧本，不是公式化和脸谱化的演员能够表演的，不是机械地把人物分门别类的庸俗社会学的方法能够分析的，也不是小市民的善恶观念和伦理观念能够理解的，站在现实之上，用高尔基所说的这种对于生活的"高度的看法"，才会明白契诃夫的"哲学的概括"。

远在契诃夫的优秀的剧作还没有出现之前，契诃夫就在一封信中讲到过称得起是伟大作家的条件：

> 其中最为优秀的作家是写实的，按照生活原来的样子去描写生活，可是因为每一行都像液汁一样地渗透着对于目的的自觉，所以您，除了原来样子的生活之外，还可以感觉到应该是的那样的生活，于是这一点魅惑了您。

这种作品决不是抑低作品内容的思想性，也不是左拉在《娜娜》末尾冷静到残酷地步去详细描写那可怜女人脸上的溃烂脓疮的那种自然主义，更不是把人物当做了简单的传声筒的公式主义。不是这样的。这种作者必须具有"满怀着热情地对于生活的确认，对人类的爱，以及对人类所负伟大使命的信心"，必须使思想、倾向，不仅存在你的头脑中，主要地应当存在你的心中，存在你的血中。它应当是"一种感觉"，"一种本能"，受到你自己的"人格印证"，被你"彻底同化"。杜勃罗留波夫说："艺术作品可能是某种思想的表现，并不是因为作者在他创作的时候听从了这个思想，而是因为那作品的作者被现实的事实所征服，而这思想正就是自然而然地从这种事实的现实中流露出来的。"我们应当这样来理解契诃夫关于"目的的自觉"这句话。

有人一提到古典作品，马上就把"批判地接受"加以机械地滥用，以为应该扬弃的是古典作品的内容方面或意识方面，应该学习的是"技巧"或"技术"或"技艺"方面，古典作家的意识是不正确的或根本是反动的，但他们的"技巧"或"技术"或"技艺"高超。这种倾向的发展，就是推崇堕落的、腐化的、色情的资产阶级艺术的技巧起来了。这好像是要在死人身上找生机，在垃圾堆中找养料。这种不正确的看法是由于把作品的思想性和艺术性作了机械的分割的缘故。

难道古典作品遗留给我们的不是那火一般强烈的现实感？不是把现实当做"可能性的创造的再现"的那种面对现实的态度？……总之，凡属优良传统的一切东西，反而不值一顾，只是在并不占重要分量或竟至使它脱离思想内容孤立起来的"技巧"之类狭窄范围中去找榜样么？对于契诃夫的剧本，也常常听到了类似的意见。契诃夫剧本中那抒情诗一般美丽的氛围气、简洁洗练的对话以及他所特有的凸现的形象……都曾被人称颂赞美。记得有人举出《海鸥》中描写月夜仅仅只有这么简洁的两句：

> 破瓶的颈子在堤上闪光，风磨的巨轮投下了一道黑影。

批评家认为这种月夜的描写比较果戈理或屠格涅夫的大段冗长和堆砌辞藻的月夜描写要生动得多了。其实这不是契诃夫的月夜描写，而是《海鸥》中那个作家特利果林的月夜描写，契诃夫并不赞同特利果林的创作态度，在《海鸥》中已经表现得清清楚楚了。我们怎么能够张冠李戴把它夸大起来作为契诃夫的"形象手法"呢？就算这些都是契诃夫的剧本值得称颂的地方罢，可是首先，我们不能把这些东西从契诃夫整个作品上割裂下来，当做孤立的东西去赞赏。

丹钦柯和斯坦尼斯拉夫斯基都曾经毫不掩饰地记述了契诃夫的赤裸裸的真实面目，有许多小节是为他们所不能赞同的。例如契诃夫和他夫人克尼碧尔之间的最亲密的通信。丹钦柯甚至说："假使契诃夫生前早知道给他人人的信件，连其中最亲昵的都会印行的话，他一定连信都少写百分之九十，更不必说写得那么亲昵了。"此外，最使他们惊愕不解的就是当艺术剧院重新把生命还给《海鸥》，使它在那样惨遭失败的命运中获得空前胜利以后，契诃夫竟把他的第二个剧本《万尼亚舅舅》交给皇家剧院去上演，而这个皇家剧院的名演员蓝斯基以前是认为契诃夫无权给舞台写作的！丹钦柯在他的《回忆录》里用了一章的篇幅来记述这件伤心事，并用了这样一个副标题："契诃夫辜负了我们"。可是真正的艺术家丹钦柯却这样解释这些事件，他说："后代的人们，请不要尽管在我们生活中这一类的事情上钻研得太深。"他叫我们"只须知道这个人在他的一生中都做了些什么有益的事情，我们只要把他们传下来的这些有益的事保持住就够了"。他说："只要遗产本身是巨大的有价值的，这个遗产就不是任何可笑的或适当的非难所能玷辱的。"他说："不论再出现多少新的故事来谈到天才普希金的放荡或是果戈理失了理性的宗教信仰，也不会使普希金和果戈理的遗产失掉任何东西。相反地借着这些，后代人们的想象中这些人物反而更有人性，更接近我们。这一点也是在接受遗产上所必需的。"最后他说："人们必须记住：当初塑造了粗盆瓦罐传给我们的，不是神仙；我们所要的是现实的乐观主义，而不是偶像的崇拜。"所以他介绍了克尼碧尔发表的契诃夫的书简以后，他又重复一遍他的主张："一个伟大人物的每一件小事都对我们有用，同时，也绝不会使他留给后代的巨大的遗产，损失一笔一画。"

一九五〇年四月二十二日

重读《约翰·克利斯朵夫》

　　罗曼·罗兰的《约翰·克利斯朵夫》在《半月评论》上发表了以后，世人分成了两个部分：爱罗兰的人和恨罗兰的人。我们以前的《约翰·克利斯朵夫》的读者，都已经作过这种选择。一部分人是把罗兰当做二十世纪黎明期的曙光，与当时压倒一切的鄙俗的物质主义和怯懦的理想主义做着战斗的战士，在文学中驱走重浊和腐败空气，输入了新鲜血液，照亮黑暗，震醒昏迷的巨人；他成了他们的"不倦的朋友，温柔而又易警的心，忠实且宽容的通信者，许多失意人的秘密的顾问"……另一部分人，正因为罗兰对于善的追求和对于恶的永不妥协的态度，正因为他是那些英雄传记、史剧、《约翰·克利斯朵夫》，以及第一次给黩武主义者以打击的《超越混乱》的宣言这类战斗的杂文的作者的缘故，而永远不能宽恕他。

　　经过了二次大战的火的洗礼和更加尖锐的生死斗争的考验，对于先进的理论有了更明确更深刻的认识，掌握了马克思列宁主义的读者，今天怎样来看待《约翰·克利斯朵夫》呢？现在这部书的价值是否有了新的变化？它还能像从前一样发挥巨大的作用，对于我们的事业也可以尽一些力量么？或者只有害处？

"人对人不是一条狼"，罗兰始终抱着这种不可动摇的信念，相信人类能够"臻于至善"的境地。这不是思想的商标，而是伟大的火焰，它燃烧在罗兰的全部人格和作品里面。这是对抗所谓拿好感觉写不出好作品的那条定理的重要根据之一。在半世纪前的法国文学中，还有什么作品比《约翰·克利斯朵夫》更早用事实的表现来反抗这条丑恶的定理呢？

"没有伟大的品格，就没有伟大的人，甚至也没有伟大的艺术家。"一九〇三年罗兰在《悲多芬传》的序文中写下的这个壮烈的宣言，将使那些反映了灵魂里的污秽、蒸发了思想的卑琐的作品，不能再在文学中僭占任何一个不重要的位置。如果要懂得这个宣言的价值，首先我们应该明白：这个人人已经领悟的简单的真理，在当时拥护它的人就要不顾一切地同堕落的潮流对抗，就要不怕被敌人叫着"异端"。我们不能因为自己执着火炬就嘲笑以前那些在湿柴烂草中点燃火种的人。倘使再看看罗兰的国度，即使直到现在，上述那条丑恶定理仍在改头换面的自然主义和否定了任何道德的某些新异的主义里面泛滥着，那么我们就应该以更严肃的心情来看待罗兰的这个宣言，应该觉得轻而易举地妄图一手推倒《约翰·克利斯朵夫》这个精神里程碑和一笔抹煞苦斗了一生的罗兰的伟大战绩，将是最不公平和最不负责的态度了。其次，虽然善的概念会随着历史而变化，虽然我们可能不在所有的地方同意罗兰的关于善的见解，尽管有人觉得《约翰·克利斯朵夫》的服饰不合时尚，使懂得怎样穿着才不会闹出笑话的人见笑，尽管有人发现了《约翰·克利斯朵夫》的过时的风格，使断章取义的人找到了挑剔毛病的机会，但是不相干，"这些都是细节"，"这个作品值得我们重视的地方，是这种热肠，这片伟大的火焰，这个对于人能臻于至善的信仰，这种对于善的确定的信念"，主要的是罗兰对于善的追求的"性格的本身"。

罗兰是在"两度被征服"的法国生长起来的。

巴黎公社的溃灭和普法战争的战败，使法国的知识分子压在悲观主义的重荷之下，在文学方面造成了自然主义的赫赫声势。其中最有眼光的人，也不过以为"思想可以不需要行动"。最忠实于艺术的人，也不过希望创作"一本描写虚无的书"。最能反映现实的人，也不过宣言"为叶子本身而观察叶子，要了解自然得和自然一样镇静"。最重视科学方法的人，也不过主张"收集、纪录所能获得的任何素材"。最有反抗精神的人，也不过被特莱弗事件"激起了一时的爆发"……其余的更是把小市民对于现实的追随代替了现实的表现，以坏感情代替好感情来作为创作的基础。他们也许可以驾驭熟练的语言惟妙惟肖地刻画各种冷淡的形象，利用采访的材料作庸俗社会学的图解，根据纯生物学的方法作心理试验的纪录……总之，他们可以描写一个人的每根头发的形状，却写不出一个平凡的灵魂的伟大。

罗兰就是在这种吞没一切的潮流中开始了自己的文学活动。他在一八九〇年给玛尔维达·封·梅森堡的信里，就已经对于把"生命和才能一直消磨在爱情圈子里"的莫泊桑表示了不满。他说"才能不过是广阔的艺术园地中更多的一粒砂"，在莫泊桑的作品中，"我们找到的只能是艺术，第二个还是艺术，除了艺术就没有别的……"

对于他同时代的布尔日，罗兰表示了更大的反感。莫泊桑虽然使他抱着"绝对的憎恶"，可是至少"可以恨他，因为他是一个人，他是有血有肉的人，他有一个残酷的性格——但无论如何总是一个性格"。可是"布尔日简直不像活着"。他说：

> 我讨厌布尔日的态度更甚于他的小说。他的枯燥的心理学似乎太容易了——除了使人不能忍耐之外。……我甚至并不觉得他和"心理学"有什么关系；他的每一个观察，不过是讲述、发挥、解释而已。人们可以感觉到布尔日先生率直的，但是五体投地的对于自己的巧妙的崇拜。每次他分析了一个感情世界的细节（而且难得有一次是深刻的），他似乎就以为是发现了美洲。此外，我也忍受不了他的教授式的冷淡。他的人物简直不是人，不过是几何学的图样。当我读他的时候，我觉得忍不住要跳到我的椅子上去（请别笑我），或打碎一只瓶子（请别笑我），或者惹我家里的一个什么人（请别笑我），为了要松弛一下我剧烈的厌倦无聊。不管如何对生活研究，这本小说总是死的；不但是死的，而且塞满了稻草。我说得有点辞不达意；可是我的意思是明白的。啊，像这样的作品永远不会慰抚我们生活中的烦闷，更不会在痛苦里面加上一丝甜味！①

罗兰一开始，就和这种文学潮流认真地对立起来。他扫荡了各种萎靡不振的腐败空气，而要"使英雄再生"！他在第一部"信心的悲剧"中说："只有爱才能了解别人。"他在第一部"英雄传记"中说："我们应当鼓起对生命对人类的信仰！"当时，只有像罗兰这样抱着无畏的大勇

---

① 引自满涛的译文。

者的精神，在血肉里面渗透着热烈的爱憎，才能够在荆棘和乱石中开辟道路。

罗兰从他决心把自己献给文学事业的最初时刻起，就知道了这是一场艰苦的顽强的战斗，似乎已经预感到将会给自己带来多少重大的创伤。

他的青年时代完全牺牲在枯燥乏味的考试上，为了不负家庭亲人的期望，他一步步地通过高等师范学校、学士、研究生……的考试。正当这一切最繁重的工作都做完了，上流社会的大门为他洞开的时候，他却不愿跨进去，而宁肯挑选一条艰苦的道路。甚至连深爱他的老师迦勃里尔·蒙诺也认为他放弃即将获得酬报的教书生活是一种"轻率的举措"。但是他早已决定了永远不做一个"只求成功，企图通过最稳当又最方便的捷径来达到目的的人"。

这样一个默默无闻的青年人，竟准备向整个堕落的文学潮流挑战，自然这不是一件容易的事。敌人的力量是这么强大：占据了全部的出版物，垄断了所有的剧场，阻断了他和读者的一切交通。他的经济又是经常受着威胁，没有一个有力量的朋友。在新闻界、出版界、剧场方面得不到丝毫的同情。虽然他写了一打的剧本，而其中八本竟未能印行，上演的只是少数几个，而且没有演过几晚的，大多只演一次便无声无息地埋没了。除了他那信任的朋友玛尔维达推崇过这些剧本以外，谁也没有提到过一个字。他和几个朋友自己掏腰包办了一个刊物，不登广告，也不领取一文稿费，默默地支持了十五年之久。他预备写出一系列的如历史铜像的英雄传记。就在他们的刊物上发表的《悲多芬传》以及其他几本传记，也被人当做废纸似地忽视了。甚至当他发表了八卷《约翰·克利斯朵夫》以后，他还是默默无闻，没有回声，也没有响应。虽然有好几次，只要他表示妥协就可以得到声名，但他都毫不犹豫地傲然地拒绝了。等到《约翰·克利斯朵夫》的《节场》那一卷发表了以后，他从此永远失掉了巴黎出版界对他的善意。

十年、十五年、二十年……他一直在孤独和寂寞中工作着。他在《约翰·克利斯朵夫》中写下的这句话："他的目的不是成功，是信仰!"其实正是他自己的写照。是的，写出《约翰·克利斯朵夫》的这个人，正像约翰·克利斯朵夫一样：有着他那种不问是人是鬼、是古是今，凡阻挡前进的就一脚踏倒它的硬干精神；有着他那种不为自己留些退路，也不为别人留些余地，碰见敌人就低着头撞过去的毅力。为了信仰就不怕失败，为了战斗就不怕受伤，为了洗清积满油垢的艺术界就不怕被冷淡、被打击、被围剿。

当时，也只有像他这样顽强的人，才能够屡仆屡起向腐败的文学潮流作孤军的抗战。

"世上不是稀稀落落有几颗石子，人类的元气真要丧尽了。"正是他才在巴黎的艺术"节场"中坚持了光明和进步。

《约翰·克利斯朵夫》第一卷《黎明》于一九○二年问世，最末一卷《复旦》是在一九一二年才完成的。罗兰下笔写这部小说之前经过了整整十年的酝酿。他在高等师范学校读书时就已经计划写一部"一个真诚的艺术家击碎世界岩石的历史"，一八九○年他在罗马的法国考古学院得到了约翰·克利斯朵夫更明显的面貌："这是个自由的人，为伟大的信心所激发，虽然人类弃绝他，他在人类中却还有着信心。"

罗兰在写《约翰·克利斯朵夫》以前，约翰·克利斯朵夫的影子一直占据在他的心里，使他感到压迫，有一吐为快的必要。这部小说不是临时抱佛脚到社会角落里去搜集一点材料就可以写成功的。不管如何伟大的自然主义的作品，都诚如他自己所说的："缺少那 Fiat lux!（要有光!）"因为"太阳的光明是不够的，必须有心的光明"。罗兰和自然主义作家的最大区别就在这里。他使别人感动之前自己先就感动，使别人相信之前自己先就相信。他把伟大的思想化为自己的血肉，把伟大的理想渗入自己的行动。信仰的火把首先就燃烧在他自己的心里。可是，多少人却把那些生吞活剥借来装饰门面的思想来和真正有血有肉的思想等量齐观! 多少人却把那些虚张声势的大言壮语来和战斗的大勇主义一视同仁!

　　尽管有一打以上的理由，用了陈腔滥调的传统理论，来指责《约翰·克利斯朵夫》里面常常占据了十几页甚至几十页的直接的叙述，说它破坏了艺术的法则，但是不相干，它不能损害这部伟大作品的一笔一画! 还有什么比这种对于艺术的阉割更使一个真正的艺术家不能忍受的么? 重要的是它的真诚、它的深厚的感情、它的火一般的现实感……永远和我们相通。

　　不错，《约翰·克利斯朵夫》可能赶不上现在它的读者的社会意识的水准。可是我们得说，这个"相信善的胜利的悲多芬"，仍旧可以作为那些"觉得没有心的参与的社会意识，就能济事的男女"的一个少不了的榜样。

　　一种社会意识如果没有伟大的品格作它的基础，没有人格的印证作它的血肉，没有心的参与作它的生命，即使以科学的方法来标榜，以客观的态度来吹嘘，它却无论如何也不能掩饰自己的冷淡。这种冷淡的表现，有时如罗兰在布尔日的作品里所看到的那种枯燥的心理学，简直不是人，而是几何学图样似的人物。有时如我们在辛克莱的作品里所看到的那种把政治经济学机械地翻译成形象语言的不高明的"暴露文学"。辛克莱可以写出"暴露"资产阶级罪恶的《屠场》《煤油》之类的作品，也可以写出世界主义的赞美诗：《两个世界之间》。难道是他朝三暮四，或者相反的人格可以产生在同一心灵的土壤里？他在那些"暴露文学"中所表现的没有心的参与的社会意识是虚伪的东西。这是每个投机取巧的商贩最难渡过的关口，也是我们区别真伪的最重要的试金石。我们把辛克莱从前那种貌似进步的社会意识当做欺人的赝品看待，就是根据它缺乏"心的参与"这个原则。反复无常才正是有些人所说的"转变"这两个字的恰当的注脚。如果不加分辨、不假思索把"转变"的恶名妄加在一个始终相信人能"臻于至善"的战士头上——他在最初因为时代的限制，虽然没有一下子完全脱出狭隘的栅栏，却早已包含了一种不可克服的思想去找寻积极的民众——这种张冠李戴只是由于根本不懂区别真伪的结果。

只有这样才会明白《约翰·克利斯朵夫》中的弱点，以及为什么我们要说这些弱点只是"过渡的"或"过时的"，而避免用"易朽的"这几个字。这不是由于我们的偏爱，对于罗兰抱着过分的崇敬，而是由于我们把这些弱点都看作是毫不伤害罗兰整个基本精神的细节。

罗兰走过了不少迂回曲折的道路，才达到了终点。在早期罗兰的形象中，也可以看出后期罗兰的萌芽，正像种子里已包含了未来植物的生命一样。相反的，那些投机取巧的商贩，虽然有时也可以伪装的面目出现在我们的面前，但他们达不到罗兰所真正达到的终点。我们如果以后来居上的态度，用挑剔毛病的办法，是可以把《约翰·克利斯朵夫》"批判"得一文不值，并且也可以有数不清的证据来证明自己的社会意识远比罗兰进步而引为骄傲。

过去有人曾经企图在《约翰·克利斯朵夫》里面找出"毒素"，来断定它是"资产阶级文学的回光返照"。① 且不说这种说法的离奇古怪，就是这个论者拿来作为根据的理由也是极其单薄脆弱的。他以为《约翰·克利斯朵夫》只是一本教授青年谈恋爱的书。这里用得着重引一遍罗兰自己的话，来证明他对于"把生命和才能一直消磨在爱情圈子里"的莫泊桑抱着怎样的反感吗？用得着用《约翰·克利斯朵夫》本身，来证明罗兰并非是一个教青年恋爱的老师吗？

《复旦》这一卷虽然被人看作是约翰·克利斯朵夫永远"告别了下层民众"，重复着又是"爱情"、"友谊"之类的少年时期的"贫乏可怜的人生"的表现，可是一位法国作家却说："阿娜和克利斯朵夫的遭遇是法国小说里面最伟大、最单纯、最美好的一样东西。"

不容讳言，用今天的眼光来看，《约翰·克利斯朵夫》里面是存在着"过时的"或"过渡的"东西。凡读过这部小说的读者，大概都会留着克利斯朵夫"蔑视群众"的印象罢。但那时候，罗兰看不到昏睡的群众的革命性，这不是他的过错，而是他的不幸。

我们更应当明白，克利斯朵夫所憎恶的"群众"并不是觉醒的大众，正如易卜生所反对的"多数"，只是代表"中等资产阶级的小小世界"的"多数"，而不是觉醒的大众的多数一样。在这个问题上，恩格

---

① 这里及以下观点引自何其芳的说法，但后来他的意见改变了，姚文元在批判他时又用同样的语言。这段历史可惜无文字查考。——补注

斯批判了爱伦斯德的机械论，因为爱伦斯德误把易卜生所反对的"多数"当做了劳动大众的缘故。克利斯朵夫憎恶的"群众"，只是那些浮沉在巴黎"节场"里的残渣，那些在小城市里用"人言可畏"作武器的小市民，那些在音乐厅或歌剧院里用悲多芬来消遣一两小时无聊光阴，并用恶毒的哄笑和倒彩来欺辱一个真诚的无名的音乐天才的听众……克利斯朵夫，这个刚强的艺术家为了反抗"时行的、病态的、空虚的艺术"，大胆地站起来向这批"群众"挑战，这在当时当地，还没有第二个人敢于这样做。因为那时候，倘用罗兰自己的话说，就是："数字——包括戏台下面看客底数字和卖座收入底数字——底宗教，在这商业化的民主国里控制了全部的艺术思想。批评家跟在作家后面，柔顺地宣言艺术品主要的功能是取悦大众。社会的欢迎是它的铁律；只要卖座不衰，就没有指摘的余地。所以他们努力预测娱乐交易所里的市价上落，在批评家的眼里窥探对于某部作品应该表示何种意见。于是所有的眼睛都相对睽视；彼此只看见各人固有的犹豫心理。"

诚如罗兰说的："在这样怯弱的一个时代里，谁又有勇气来干呢？谁肯以责任之故使自己陷入地狱呢？"那么能够把这个追求真理坚持进步而作着自我牺牲的战斗的约翰·克利斯朵夫，看作是尼采式的超人或者是真正群众的轻蔑者么？如果能够这样，当时那些"数字宗教"的奴仆岂不都变成了真正接近群众的人物？

远在被目为"蔑视群众"的《约翰·克利斯朵夫》发表之前，罗兰就发起了"民众剧场"运动，企图把艺术交还给民众，要用民众的力量拯救艺术，并且宣言说：

爽直地说话！不加涂抹不加修饰地说话！为了被别人理解而

说话！不是被一群精细的人理解；而是被千千万万人理解，被纯朴的人理解，被卑微的人理解……

倘说罗兰在《约翰·克利斯朵夫》里面"蔑视群众"，这是不理解在大众化问题上存在着平庸对原则的胜利和原则对平庸的胜利的区别，自然性对自觉性的胜利和自觉性对自然性的胜利的区别。罗兰反抗巴黎"节场"里面的"群众"，也正是为了要坚持这个原则性和自觉性的战斗！

是的，克利斯朵夫在《燃烧的荆棘》里也曾经接触了下层群众——与"节场"中的群众截然不同的另一个世界。这次"闪电式的地狱之行"，是罗兰在十卷《约翰·克利斯朵夫》中接触下层群众的唯一的一次。紧接造成奥里维之死的五一示威运动以后，克利斯朵夫又从这些下层群众的身边走开了。诚然，罗兰笔下的这些下层群众像"千头动物"似地蠕动着、狂叫着、暴怒着……他们的面貌也的确是"模糊"的。可是我们倘使看到那个被罗兰称为"直接从民间来的、有力的、坚实的"高尔基，甚至在他的早期，所把握到的坚强的性格也还不是完全觉醒的工人阶级，而只是流浪汉，那么对于罗兰又怎么能够作过分的苛求？何况他对于示威运动中的群众，除了感到目眩似的迷乱之外，并没有对他们进行诬蔑，这和他对"节场"中的"下贱的群众"的态度是根本不同的。

一九○○年，罗兰就在《民众剧场》里说，他找寻的是"自由思想的民众，不为物质的需要和难受的劳役所压迫的民众，不为偏见和宗教狂所蒙蔽的民众，以主人自居的民众"。

这种健康的积极的民众，固然在"节场"里找不到，即使在《燃烧的荆棘》里，当"人类的力量还没有被人民的胜利重新组合起来"的时候，也不过只能看到它的一股盲目的、还没有觉醒的力量。虽然罗兰没有找到积极的民众，可是他却宣誓要为"以主人自居的民众"光辉理想奋斗到底。仅仅这一点，就必须把这个伟大的精神战士的理想主义和犬儒者的懦怯的理想主义区别开来。他自己也这样说过："我嘲骂'理想主义的毒药'，那是为真正理想主义复仇。"

罗兰说，他在三十年的路程中，为了找寻这种积极的民众，把自己根须埋入黑土，终于碰见了高尔基的根须，而且像兄弟似地结合起来了。他在写给苏联人民的信中说：

> 你们的战斗不但为着你们自己，并且还为着我们，你们是为大家战斗的。

可是，有人说这是罗兰缴械投降式的突然转向，因为罗兰在《约翰·克利斯朵夫》中，曾经激烈地批评了"社会主义"，尤其对于那些"社会党员"简直采取了轻蔑的态度。对于这种说法，首先应当明白《约翰·克利斯朵夫》中以罗苏为代表的那些"社会主义者"究竟是怎样一种人物。这些人丝毫不能代表工人阶级是非常清楚的。何况其中还包括了那位巴黎交际场中的时髦人物吕西安；罗兰斥他为"社会主义的蛀虫"是并不过分的。因为克利斯朵夫在当时"社会党的宣传品上"，看到充满着吕西安之流的"为艺术而艺术的小文人，贵族的无政府主义者。……他们单有地位不够，还得有荣誉……社会主义的阁员也同意受勋是应该庆贺的事情……"

罗兰老实不客气地说:"他们实在并不信仰社会主义。"难道这不是正确的说法么?罗兰倘不无情地唾弃这种"社会主义",就绝对不可能对于真正的社会主义发出欢呼。

"不懂得罗兰的时代就不懂得他的作品。"刺外格在《罗曼·罗兰传》中说的这句简单的话,的确是一个重要的提醒。如果忘记了罗兰的时代以及在他周围的具体环境,那么无论是继承、无论是发扬、无论是批判、无论是否定,都是说不上的。

一位法国作家曾经指出《约翰·克利斯朵夫》中的"奇特的矛盾",就是其中某些场合的一种叙述手法同时也是一种思想方法的唯心论。但是为什么这些只是"过时的"或"过渡的",而不能采用"易朽的"分量比较重的说法呢?因为"单独的建筑物的门把可丝毫不能代表整座建筑物"。我们不能把《约翰·克利斯朵夫》的个别的弱点来掩盖它的全体,正如不能仅仅根据一颗完整的牙齿把一个生满脓疮的病人看作健康一样。

一九五〇年六月十五日

"要有光!"

　　当罗曼·罗兰逝世六周年忌就要到来的时候，我们首先想到的是他以不倦的努力争取人类和平的事绩，是他在"九一八"之后向日本帝国主义提出的控诉，是他在中国人民的力量还未更进一步组织起来取得最后胜利之前，就呼吁中国的"向上的灵魂"和他结成同盟，做他的朋友和兄弟。一九二五年他在《约翰·克利斯朵夫给他在中国的弟兄的文告》中，就已反对了法西斯侮蔑东方民族的人种论，用了充满热情的声音说："我不认识欧洲与亚洲。"中国的文艺工作者还应该记住：他是第一个肯定了鲁迅并读了《阿Q正传》而落泪的西方作家。正是这种说不完的友情把他和我们连结在一起，使得我们不能不带着激动来想这个人……

　　在二次大战法国沦陷期中，曾经有一个游击队员向他的访问者说了这样的话："我们不知道罗曼·罗兰现在怎样，只希望敌人没有伤害他罢!"这个不知名的战士用这样质朴的字句表示对于罗兰的关怀，也正反映了当时千万个罗兰的读者的声音。在那些黑暗的日子里，不知有多少人靠了他的力量才不致在沮丧中蹉跌，而战斗下去。据说许多在集中营和绞刑架上的法国人民的优秀儿女是默诵他那"即使战败，你还是属于一个永不战败的队伍，记住，你就在死亡中也将胜利"① 的箴言而从容就义的。

去年海外在一次纪念罗曼·罗兰逝世五周年的晚会上，称他是一个"最伟大的法国小说家和政论家"，"和平、自由、民主的战士"，并对他表示了崇高的敬礼。有一位发言者说："今天保卫世界和平的民主反帝阵营把罗曼·罗兰算入了它的行列，因为法国人民计算他在他们的行列中。"谁能否认这句话？且不去说那篇使他不能在祖国立足遭到毁谤和非难的《超越混战》的悲壮宣言罢，只要指出下列的事实就足够了：一九三二年在阿姆斯特丹举行的国际反战大会，一九三三年在伯雷耶耳纪念厅举行的大会，一九三五年巴黎的保卫文化大会……罗兰都是参加者。罗兰的名字是与和平分不开的。倘使今天他活着，那么没有人怀疑斯德哥尔摩的和平宣言会缺少他的签名。是的，罗兰仍旧在保卫和平的壮大的行列中，他活在我们每一个人的心上……

一九三一年他在给《士敏土》的作者革拉特柯夫的信中，曾有这样的告白：

> 我带到你们掌握着你们命运工作者的阵营里面，精神和人类自由的神圣大旗！不要抛弃它们，要为它们而感到骄傲！要因他们走来和你们并肩作战而感到喜悦！……旧世界的神们、自由、人道，从你们的敌人的阵营逃亡。他们来到你们那里。接待他们

———————

① 见《约翰·克利斯朵夫》。

罢！并且执着那个把他带给你们的人的手罢……

罗兰所走的是一段曲折的道路，经过了无数的挫折和痛苦，才达到了终点。可是这正如他本国的一位批评家所说的，我们不能以一种突然转向登记在罗兰那本能而又自然的发展里，因为在这建筑物里，一切都表示着一致。如果以为早期的罗兰是在个人主义的栅栏里，那就错误了。他在二十世纪的黎明就已表白了寻找"以主人自居"的积极民众，并且始终如一地号召青年跨越他向前进，他说："我们不需要尼采！"罗兰并没有把"自我"看作是绝对的超批判超逻辑的主体。只有这样理解才可以明白罗兰日后的"向过去告别"，把自己的根须深入黑土，与高尔基的根须紧密地纠结在一起。

罗兰从开始他的文学活动起，就用了大勇精神来反抗当时悲观主义的重荷与冷淡的自然主义的潮流。他说："没有伟大的品格，就没有伟大的艺术。"① 这句话直到今天我们听来仍旧会感到它的分量。思想不能借来，思想必须变成自己的血肉要求，必须化为自己的实践意志，必须建立在自己的人格基础上面。倘使不是用了挑剔文字的态度，那么我们可以理解罗兰所说的"伟大人格"并不是一种先验的独立的存在，它是在现实生活里面形成的战斗要求。凭藉了它，罗兰才能够承担了血淋淋战斗的考验，踏着铁蒺藜前进。

罗兰说："我们来到这世上，为的是发挥光辉。"可是，只有伟大人格才能够使作品放出生命之光来。法国一位理论家去年所发表的关于《约翰·克利斯朵夫》的论文，曾引用了罗兰的一句话，这句话是

———

① 《悲多芬传》。

值得我们重复一遍的：

　　　要有光！太阳的光明是不够的。必须有心的光明……

　　　　　　　　　　　　　一九五〇年十二月二十六日

谈人格力量

世界观是从生活实践中提炼出来的。一个作者即使是真诚地接受了先进的思想，如果不把它在生活实践中融作自己的血肉，那么就不能使它在作品中发出光和热来。

恩格斯在给敏娜·考斯基的信中，提出了现实主义而反对"倾向文学"。这意思是说文学是从现实生活里提炼出来的，抛弃了生活也就等于抛弃了思想。由于思想只是作者在生活实践中的一根引线，所以作者对于现实生活必须具有实践的而非抽象的把握。"倾向文学"从书本或别人那里借来思想，而作者并没有把它变成自己的血肉，因此也就失去了它那原有的光辉。

别林斯基在批判"倾向文学"时说："倾向自身应当不仅存在于作家的头脑中，主要的是在他的心中，在他的血中；最要紧的是，他应当是一种感觉，一种本能，只有那样他才是一个自觉的观念；倾向非要像艺术本身那样生发出来不可。一种从书中取出来的或从别人处听来的观念，即使照应有的样子受到了解，但是并未被你彻底同化，并未受你自己的人格印证，不仅对诗的活动，就是对所有文学的活动，都是一种不生产的本钱。"

这段话可以纠正直到今天仍旧存在着的对于现实主义的误解。提出现实主义正是要求使思想得到作者的"彻底同化",受到自己的"人格印证",变成自己的有血有肉的"自觉观念"。

苏联文艺界清算拉普派"唯物辩证法创作方法"之后不久,我国文学界也批判了初期革命文学理论中出现的"世界观论"。这个"世界观论"所以受到了批评,就因为它只是依靠书本上的先进的思想来解决问题,没有把它当做生活实践中的行动的指南,使它存在自己的血肉里面,变成自己的自觉观念。

别林斯基说的"人格印证"是指思想只能在现实生活中形成,从历史进程中产生出来的性格。如果不从有血有肉的性格和实际的行动里面去理解一个人的人格力量,那么怎么能够去认识他的倾向性和他的世界观?难道在这基础上提出的人格力量,就一定是一种先验的独立的存在,一种和历史和社会并立的超阶级的东西么?

一种伟大的思想得到了人格印证,才可以渗透到自己的感性的活动里面。否则即使照应有的样子去理解这个思想,借它来使用,反映在作品中还不过是一种"不生产的本钱",因为他没有和自己所固有的品质取得和谐一致。

提出人格力量正是要求我们不仅在口头上并且还要在实际上接受先进的思想,必须真诚地把它带进生活实践里面。

一九五一年五月十七日

附注：

本文原来的标题是《世界观·倾向性·人格力量》。现在发表的是原文摘要，笔者只作了删除，未作增补。

用光明暴露黑暗

一个朋友从远地写信来说，他要买一本美国作家考尔德威尔著的《烟草路》，因为他认为这是一本暴露美国资本主义腐烂的小说，又说这本书对于我们抗美援朝宣传的工作多少会有一点帮助。最近还看到许多文章在提到过去美国的进步影片时也常常举出《烟草路》的名字。

这恐怕是一个最大的误会。几年前我曾读过这本小说的中译本，至今记忆中仍旧存留着恶劣的印象。最近又找到另一美国作者根据同一小说所改写成的剧本。据说这个剧本是前几年百老汇上演的剧目中最红的一个，卖座之盛几乎是空前的，台上出现的被叫做"人"的动物在各种低级欲念中盲目地骚动着，这成了那些逐猎新奇追求刺激的观众的一顿丰盛美餐。可是任何一个有着正常的健全头脑的人都会对它无法掩饰自己的嫌恶。

只要翻开这个剧本，读不到二十页，你就会读出作者的整个灵魂的黑暗。他用那支下流的笔津津有味地描写着人类行为中的兽性。这是一个即将失去土地的农民家族：穷困、污秽、懒惰、退化。他们的形状也是丑恶的：没有光泽的棕黑色的皮肤、坚硬的头发、生着一粒粒玉蜀黍疹的面孔、长着从嘴唇中部直到鼻子左面大条裂缝的豁嘴……这些人只有低级的饥饿本能和尖锐的原始的色欲。为了抢食几个芜菁来塞饱肚子，一家人变得互不相识，像狗一样地在地上滚着咬起来。至于那些无耻的色情描写，更使人愤慨。

史特林堡剧中的一个阴险小人物曾说过这么一句话："说别人比我们坏，这也是一种安慰。"

《烟草路》作者企图摧毁人类精神中一切庄严的东西，利用潜伏在尚未洗净的人们意识中的落后性，使人退化到穴居时代以前的动物状态。这种作品可以用一句话来说，就是那条否定人的丑恶定理里面。

目前我们自然可以把美国作家所写的暴露文学介绍给广大的读者，但必须是反映真实生活的，如杰克·伦敦的《生活的爱》和马克·吐温的《镀金时代》这类现实主义的作品，而不是《烟草路》，因为它和我们所需要的那种真实无论怎么说都是完全绝缘的。真正的暴露文学不是从血泊里寻出闲适，不是把屠夫的凶残化为一笑，当然更不是假借暴露的名义来贩卖色情或用自己的兽性来侮辱人这个庄严的名字。对于美国的人民我们并没有丝毫的仇恨，绝对没有理由把我们的快意建筑在他们的被歪曲被糟蹋以致呈现出一幅丑恶不堪的漫画上面。这难道还用得着多说么？

《烟草路》之类到今天仍被提出作为有益的暴露文学看待，甚至以为它有助于我们的抗美援朝宣传，这说明了对于暴露黑暗这一问题仍旧存在着不正确的看法。很早以前，鲁迅就在《中国小说史略》中指出晚清的"谴责小说"和"黑幕小说"不同于具有真正暴露性的讽刺文学，因为前者虽然"命意在于匡世，似与讽刺小说同伦，而辞气浮露，笔无藏锋，甚且过甚其辞，以合时人嗜好"，后者"不过连篇'话柄'，仅足供闲散者谈笑之资……其下者乃至丑诋私敌，等于谤书"。这些都不是暴露文学所应采取的办法。

这是用不着再来提出的：那血淋淋的敌人兽行是应该记淑的，那反和平的阴谋和新战争的准备以及毁灭文化的行为也都是应该暴露出来的。这里最不需要的就是犬儒主义和温情主义。至于由于封建主义所造成的劳动人民的落后性，也是可以描写的。许多优秀的作品在这方面给我们提供了不少的例证。但这些辉煌的作品与《烟草路》之类绝无相同之点。它们不是嘲笑，不是挖苦，更不是高高在上来欣赏劳动人民身上的精神奴役的创伤，而是凝结了深厚的热爱，用了"哀其不幸，怒其不争"的激情作更有力的刺击，使他们抖掉身上的麻痹，走上阶级自觉的道路。

只有对于光明的拥抱力最强的人，才能够将黑暗暴露得最深刻、最彻底、最真实。正像古时一位不知名的哲人所说的：

> 知道恶不是为了作恶，却是为了认识恶的反面。

这是暴露文学不可缺少的一条进步法则。在暴露黑暗的根底不可能不潜伏着作者心里的光明和纯洁，在否定的同时不可能不存在着肯定，在憎恨敌人的怒火中间不可能不燃烧着对于人民的热爱，如果没有这种将人提高的信念作为暴露文学的基础，那么即使惟妙惟肖地刻画了各种丑恶的形貌，也会变成暴露黑暗的高尚目的的反面——仅仅暴露了作者自己的卑琐，使不坚强的读者一起堕入了浊秽。但这并不是说要作者在作品里拖一条软弱无力的公式化的光明尾巴，也不是说在描写所谓反面人物的时候必须拉出几个所谓正面人物作为陪客似地对衬一下。不是这样机械的，这样做只是说明了作者已失去真正拥抱光明的魄力而已。

捷克作家伏契克①在德国集中营里写成的报告，是值得我们仔细阅读的。他即使在最黑暗的地狱里，也被革命的乐观主义所鼓舞，坚定不移地信仰明天的胜利。当他被"绞索套着脖子"随时都会被敌人处死的最后时刻，他给我们留下了这样悲壮的遗言："人们，我是爱你们的！你们可要警惕啊！"他不像某些作者常常做的那样，运用虚浮的夸大手法把敌人描写成红眉绿眼的妖怪，却真实地暴露了特务的兽性，增加了人们对于特务的无比愤恨。他不像某些作者常常做的那样，淋漓尽致地叙述不必要的非刑拷打的琐碎细节，却真实地暴露了德国集中营的暗无天日的残暴。更重要的他使人了解了特务虽掌握了生杀予夺的大权，但远比他们所统治的犯人要孤独、懦怯和空虚。因为监狱对于革命者是一个"伟大的集体"，对于特务却是"自己把自己孤立起来"的地方。正是这种拥抱光明的力量，使这本书成了鼓舞人向上的不朽之作。同时这也说明了：黑暗不能用黑暗去暴露，必须要用光明去暴露它。

一九五一年二月十四日

---

① 伏契克，捷克斯洛伐克党员作家，二次大战在德国法西斯占领下的捷克从事地下活动，为敌人逮捕下狱，被判死刑。临刑前，他在狱中极其艰苦困难的条件下，写了一部报告文学作品《绞刑架下的报告》。

鲁迅的三十年战斗的起点

鲁迅精神是伟大的，只要真诚地学习他，就可以在他那坚韧的战斗意志和圣洁的人格典型里面，得到力量，充实自己。

鲁迅的骨头是最硬的。在他三十年的伟大战斗中间，他始终保持了最可宝贵的品格，不同于那些翻筋斗的作家，而显出了光辉的存在。他和青年们通信时，曾经不止一次地谴责了某些文士和各种庸俗根性：

> 中国有许多知识分子，嘴里用各种学说和道理来粉饰自己的行为，其实却只顾自己一个的便利和舒服，凡有被他遇见的，都用作生活的材料，一路吃过去，像白蚁一样，而遗留下来的，却只是一条排泄的粪。

他再三警惕青年们，必须坚持正确的原则立场，反对那种东倒西歪摇摆不定的态度，反对那种故作激烈而又受不住考验的空谈，反对那种专一冲锋反遭覆灭的无谋之勇的浪漫情绪，反对那种为对方留情面也正是为自己留退路的一团和气的作风。

他说："如果已经开始了笔战，为什么留情面？留情面是中国文人的最大毛病。"

他的战斗是最顽强的。即使在同辈们"有的高升，有的退隐"的时候，他不动摇。即使在敌人结成庞大的战线向他进行"围剿"，使他处于四面碰壁只身作战的境地的时候，他不气馁。即使在白色恐怖最严重、黑暗和暴力的进袭最激烈、压迫和残害最毒辣的时候，他不退避。相反的，他的是非更分明，爱憎更强烈，战斗更勇猛了。

他的战斗是最实事求是的。他不专讲"宇宙人生的大话"。他以为"赋得革命，五言八韵"的教条主义，对于革命是没有丝毫用处的。他反对伪君子的假慈悲，以为"压迫者指为被压迫者的不德之一的这虚伪，对于同类，是恶，而对于压迫者，却是道德的"。因此他反对赤膊上阵式的勇敢，而主张保全自己杀伤敌人的"散兵战、堑壕战、持久战"。

这些都形成了他的战斗的最大特色。

在他一生中间，曾经遭受敌人多少辱骂，各种肮脏的字眼，都从肮脏的嘴巴里喷出来，投到他的身上。他说："几粒石子，任他们从背地里扔来，几滴秽水，任他们从背后泼来就是了。"

他从没有患得患失地斤斤计较个人的私利。别人称他为"中国青年的导师"，把他比作"中国的高尔基"，虽然他丝毫无愧地可以配得上这些光荣的称号，但是他由于真诚而不是由于虚伪，谦逊地声明自己不是。

他为自己所选择的是一条艰苦的道路，除了为人民、为革命、为真理的神圣目标以外，没有任何世俗的东西可以打动他那钢铁般的心。他把别人不惜以各种手段去追逐抢夺的个人利益，一概踏在脚下。

他说："我对于声名、地位，什么都不要。"

这种像钻石般最可宝贵的品格，正是许多人最缺乏的东西。

他经过了不少痛苦的磨练和"上下求索"的追求过程，由进化论走到阶级论，终于成了一个共产主义者。但是，可以把他的初期和他的后期，当做南辕北辙式的两个不同的方向么？可以把他的合于规律的自然发展，当做变化无常式的突然转向么？

如果不理解他那一贯的战斗的现实主义精神，自然会这么说。

他赞成进化论，并不是把这学说当做抽象的概念来把握、来传播，而是把它当做人类所积累的智慧，从里面汲取养料、武装自己，去解剖旧社会，打击旧势力。他的两脚是站在中国现实社会上面。他的战斗要求是从中国现实社会出发，因此反映了中国人民的呼声。他的斗争对象是中国现实社会所存在的黑暗势力，因此体现了中国人民的斗争方向。他在一九一八年发表的《生命的路》有着这么有力的表白：

　　　无论什么黑暗来防范思潮，什么悲惨来袭击社会，什么罪恶来褒渎人道，人类的渴仰完全的潜力，总是踏了这些铁蒺藜向前进。

　　　生命不怕死，在死的前面笑着跳着，跨过了灭亡的人们向前进。

　　　什么是路？就是从没路的地方践踏出来的，从只有荆棘的地方开辟出来的。

这是多么雄壮，多么勇敢，多么乐观，多么充满信心！

他始终像燃烧的火把一样，用自己的热，用自己的光，鼓舞了无数的人。不论认识的或不认识的，都可以从他那里懂得自我牺牲的美德，充实自己的战斗勇气。他像一个伟大的火种传布者。在他和青年们通信的时候，他一次又一次地把希望栽在每个人的心里。他总是用着感人的诚挚的声音向青年们说：

革命的爱在大众。

想到别人和将来……

人生实在苦痛，但我们总要战取光明，即使自己遇不到，也可以留给后代。

将来总会是我们的。

他就是这样"在生活的路上，将血一滴一滴地滴过去，以饲别人，虽自觉渐渐瘦弱，也以为快活"。他去世的两个月前，再一次涌现了这样的感情：

无穷的远方，无数的人们，都和我有关。我存在着，我在生活，我将生活下去，我开始觉得自己更切实了。

不但给别人以力量，去充实别人，同时也从别人那里汲取力量，来充实自己。

他就是这样用了一生的心血去爱护、哺育、培养新生的力量。他并不嘲笑它的幼稚，因为"即使幼稚，也可以希望长成"。他也不怀疑它的单薄，因为"既然已有，即可望多起来"。对于下一代，他的慈爱是深远无边的。

一九○三年，鲁迅在《自题小像》的诗中，表示了对祖国强烈的爱，并且在这首诗中，誓言要用自己的热血为中华民族的彻底解放服务。

在他青年时期写的诗里说的"寄意寒星荃不察"，虽然引自《离骚》的"荃不察余之衷情兮"的旧典，但显然并不是以"荃"喻"君"，而是另有所指的。

这诗是作于他到东京的第二年。大概不仅是东京的许多中国留学生那种"学跳舞"、"燉牛肉"的昏聩现象刺激了他，主要的恐怕还是当时祖国人民的尚未觉醒，而使得他深深地不安。

在他最早写的《摩罗诗力说》中说：

今索诸中国，为精神界之战士者安在？有作至诚之声，致吾人于善美刚健者乎？有作温煦之音，援吾人出于荒寒者乎？家国荒矣，而赋最末哀歌，以诉天下贻后人之耶利米，且未之有也。非彼不生，即生而贼于众，居其一或兼其二，则中国遂以萧条。

从这种心情发出"寄意寒星荃不察"的感慨是自然的。在同一篇《摩罗诗力说》中，他把"立意在反抗，指归在动作"的俄国文学介绍到中国来，也正是本着唤醒昏睡麻木的渴望。他为了发出"自觉之声"，无情地鞭挞了古老中国由于长期专制统治所造成的精神奴役的创伤——奴隶性。而他自己就成了奴才哲学的最大憎恶者。这在他早期的战斗中有着鲜明的标记。

像《阿Q正传》这篇曾被歪曲为作者"心里藏着可怕的冰块"的讽刺小说，如果我们理解他那"哀其不幸，怒其不争"的基本命意和唤醒昏睡促其自觉的企望，那么无论如何也不能够把"冷嘲"和"滑稽"这种曲解去侮辱作者的。他倘使不是首先肯定了人民的力量，也就不会去批判由于长期的专制统治在他们身上所形成的精神的创伤。对于旧的批判得愈深，正是证明了他对于新的爱得弥切。

但是就在阿Q这个被他批判的对象身上，他也不是没有从这个人物对现状的不满中间，看出朦胧的反抗的萌芽。他在《一件小事》里面，通过那个车夫，更进一步地赞美了劳动人民的美德。那种质朴、坦白、正直、牺牲自己帮助别人的优秀的品质，深深地感动了他。他说："几年来的文治武力，在我早如幼小时候所读过的'子曰诗云'一般，背不上半句了。独有这一件小事，却总是浮在我的眼前，有时反更分明，教我惭愧，催我自新，并且增长我的勇气和希望。"

他的晚年，正是中华民族临到最危急的考验的时候，日本帝国主义向我们的国土进行疯狂的侵略，在中国共产党领导下的全国人民掀起了风起云涌的爱国运动，大局动荡，已是暴风雨的前夕了。他一连串地发表了声明，衷心地拥护中国共产党向全国人民提出的爱国主张，他说："因我不但是一个作家，而且是一个中国人。"可是就在这紧张关头，他病了，身体渐渐衰弱下去，友人们劝他出国疗养，他拒绝了，并且用"野人怀土，小草恋山"的比喻，说明自己"眷念旧乡"，"不能绝裾径去"。读着这样的话，谁能不从心里激起最大的感动！是的，他那"我以我血荐轩辕"的悲壮的誓言是彻底实践了。在他死后，人民用了"民族魂"的旗帜覆盖在他的灵柩上面，来表扬他的一生的伟大战绩。这称号对他是最正确也最恰当的。

一九五一年

反对"无巧不成书"的"巧"

　　"无巧不成书"的"巧",倘指的是偶然性,而这个偶然性又正是如普列汉诺夫所说的,"是一种相对的东西,它只会在诸必然过程的交叉点上出现",那么,还不成什么问题。如果把"无巧不成书"当做一切小说的一条不可避免的法则,因而向作者要求"巧的情节",并且认为:

　　　　真实的故事,不一定就能非常有力的动人,而要有动人的力量,那就还需要有巧的情节。

　　　　在小说里碰到日常生活里很难碰到的情节,人们才觉得巧,感到非常的惊异,显而易见,这个巧是所谓碰巧、巧遇、巧合。

这是一篇名为《谈"无巧不成书"》的文章中的两段话,照这样说,这个"无巧不成书"的"巧",是必须加以反对。即使声明自己也相信"一切现实主义的小说,整个的故事必须是真实的",即使声明所谓

"巧的情节"也并不是"离奇的、古怪的、不近人情的魔道，而是真实的集中的表现"；但是既然认为"真实的故事不一定就能非常有力的动人"，既然认为"在小说里碰到日常生活里很难碰到的情节，人们才觉得巧"，那么，所谓"碰巧、巧遇、巧合"之类的"巧的情节"，已经不是一般所说的现实主义的真实了。

难道真实的故事就不一定能够非常有力的动人么？难道日常生活里面还缺少使我们深深感动的可歌可泣的事物么？只要能够从本质方面、从发展方面，把现实生活中的真实表现出来，就能够非常有力的动人的。最能够动人的力量，除了真实还有什么呢？为什么这样不相信真实的力量，非得请出"巧的情节"来助一臂之力？为什么把我们的日常生活看得这样贫乏，非得寻觅它里面"很难碰到的情节"来作为写小说的出路？

有些文艺作者所以竭力追求什么"新奇"之类的东西，正因为他们日常生活的灰白贫乏，正因为他们不能表现真实，也不敢表现真实，只有在日常生活里去找寻很难碰到的情节，或者制造离奇曲折的故事，使得读者感到惊异，并且以此作为唯一的动人力量。所以他们只能在花样翻新上面着着比赛，在标新立异上面作着竞争，竭力逐猎"新奇"，而结果又往往不可避免地落进俗套，变成陈腔滥调。这也就是为什么许多作品，追求"巧"反而"不巧"，追求"不平凡"反而"平凡"的缘故。相反的，许多好作品，并没有追求什么巧的情节和不平凡的故事，而是表现日常生活里人人都可以碰到的东西，却往往给人以不平凡的印象和非常动人的力量。这是什么缘故？就因为文艺的真正的动人的力量，并不是巧的情节，而是真实。只要是真实的，就不问它在日常生活里很难碰到还是人人可以碰到，就不问它有了巧的情节还是完全没有巧的情节，都同样可以有力地感染读者的。

被称为俄国"自然派"奠基者的果戈理的作品就是一个例子。

从果戈理开始，俄国文艺在小说方面，由传奇性走到朴素的、散文的、日常生活描写，表现平凡的题材。虽然这使他遭受到抱着传统文学观念的人的剧烈的非难和攻击，然而现实主义的特色，正是在这里显示出来。针对着传统文学对于果戈理的责难，别林斯基这样说："一篇引起读者注意的中篇小说，内容越是平淡无奇，就越显出作者才能过人。当庸才着手描写强烈的情感、深刻的特色的时候，他会奋然跃起，紧张起来，唱出响亮的独白，侈谈美丽的事物，用辉煌的装饰，华美的形式、内容，圆熟的叙述，绚烂的词藻——这些博学、智慧、教养和生活经验的结果来欺骗读者。可是他如果描写日常生活的场面，平凡的、散文的生活场面，——请相信我啊，这对于他将成为一块真正的绊脚石，他那沉滞的、冷淡的和无精打采的作品会叫你不断地打哈欠。"①

这些话直到今天我们仍旧会感到它的分量的。那些追求"巧的情节"的作者不正是和别林斯基所说的"庸才"一样么？倘使让他们面对赤裸裸的现实，去描写"日常生活的场面，平凡的、散文的生活场面"的时候，那么所谓"巧的情节"就要成为他们的真正的绊脚石了。为什么以"巧的情节"作为动人力量的作家，如果描写"平凡的、散文的生活场面"，就无法掩饰自己的冷淡？用果戈理的话说，就是"对象越是平凡，诗人就越须要崇高，才能够从中抽出不平凡的东西来，使这不平凡成为完全的真实"②。

---

① 《论俄国中篇小说与果戈理君的中篇小说》，用满涛的译文。
② 《关于普希金的几句话》。

现实主义者所说的情节是以人物性格的活动与展开作为唯一的基础，只要真实地把握了人物性格，那么情节就会自然而然地在你面前出现。这里，情节就必须被人物性格所规定，而并不是预先虚拟了只有在日常生活里很难碰到的"碰巧、巧遇、巧合"之类的"巧的情节"才算情节。

不要追求"特殊的情节"这句话，不但可以对作者这么说，同样也可以对读者这么说。把文艺作品当做茶余酒后的消遣，好像抽一根烟或喝一杯茶似的玩意，这样的读者，今天并不是完全绝迹了的。过去由于各种错误的文艺观长期的侵袭，影响了一些读者，在文艺作品中只要求"新奇"、"刺激"、"趣味"……而不把读文艺作品当做一件严肃的事情看待，凡是轻松的就一口吞下，凡是吃力的就拒而不纳。比如这个"无巧不成书"的主张，以为文艺作品的动人力量仅仅是使读者"感到非常的惊异"的"巧的情节"，就是这种残余影响的一种。但是这样的时期必须结束了，不要再把引起读者的"惊异"的"巧的情节"作为文艺作品的动人力量罢！不要再去培养读者读文艺作品只是追求"这里面说些什么?"和"以后发生什么?"的"趣味"罢！——正如一位心理学家所说的，这样阅读文艺作品，"不能发展想象，而且恰恰相反，养成它不活动的习惯"，造成所谓"想象惰性"。

一九五一年十二月六日

别林斯基和果戈理

别林斯基直到今天仍旧是一个光辉的存在。

倘用他自己的话来说，他就是这样一种人："摒弃自己，克制利己主义，把自私的我踩在脚下，为别人的幸福而生存，为同胞、祖国的利益，为人类的利益牺牲一切，爱真理和善良不是为了求得酬报，而是为了真理和善良的本身，背起沉重的十字架，受尽苦难……"

倘用他自己的话来说，他就是这样一种文学工作者："忘我的创造，不求酬报的劳作，打开同胞的心灵，使之吸收善良和真实的印象，揭露罪恶和无知，忍受恶人的迫害，吞吃眼泪浸湿的面包……"

在那个时期和他对垒的敌人，哪一个不是把桂冠贱买贱卖，以天才自命？可是哪个又不是遭到时间的惩罚，使脚下的高跷折断，吹大了的肥皂泡破碎？如果不是别林斯基的缘故，谁还会提起那些早已褪色的名字？

别林斯基是一直活在人民世纪的。他留下来的遗产无比的丰富，成为我们吸取思想力量和人格力量的不尽源泉。他那许多深刻的见解和启示，对于今天还在发生作用。

为了树立"自然派"的大旗，在荆棘中开辟道路，他是打了多少硬仗！战斗得多么勇敢！如果不是他以摧枯拉朽的力量彻底地击败了迷漫在当时文坛上那些烦琐主义、感伤主义、神秘主义……的旧学派，转变了公众的文学口味，使他们在冷淡、毁谤、辱骂中认识了果戈理的真正价值，那么，果戈理是不是还可能在当时获得文学上的巨大影响，是值得考虑的。

自然，今天再也没有人会怀疑他所披露的真理了。再也没有人会因为果戈理鞭挞了官僚地主社会的丑恶而毁谤他"诬蔑俄国"了。再也没有人会因为果戈理把"不礼貌的、高等社会中所忌讳的字用得太多"而辱骂他"污秽和下流"了。谁再会把别林斯基不是由于个人利害打算而是由于对真理的公正无私的爱，恶意地说成是"祖国的仇敌"的行为呢？谁再会中伤他对于果戈理的公正评价是在"狂捧自己的朋友的作品"呢？可是，在那个时候，只要善意地提到果戈理的名字，说一两句公道话，几乎就要被当做愚蠢的罪行而受尽奚落；在那个时候，如果把一个低能或白痴捧作天才，比起说果戈理是伟大的作家，也还不至于受到那么多的侮辱。

一八三四年，别林斯基在他的第一篇评论《文学的幻想》里，用"我们没有文学！"的说法，来鼓舞大家冲破当时的低气压。那时，正是俄罗斯文学的沉寂时代：曾经给俄罗斯文学带来新生命的普希金暂时沉默下去了。年轻的莱蒙托夫，虽然已经写了不少的诗篇，但是还没有正式开始他的文学活动。而果戈理不过仅仅发表了他的最初的创作《狄康卡近乡夜话》。

文学园地是这样荒凉，仿佛活动和生命已经结束了，武器的铿锵声已经完全安静下来了。文学表现得没有性格，对社会没有力量，也没有影响。文学意见是这样脆弱和动摇，文学问题是这样暧昧和费解。阴沉和僵死的气息笼罩了一切……

在卑微的琐事的格斗中文学变得虚浮、堕落……

在喧嚷叫嚣的是那批文学告密者，宣称自己的"一只小指头比所有的文学家的脑袋有着更多的智慧"的布尔加林之流——那批陈腐的辞藻玩弄者，把自己拟为"俄国的巴尔扎克"；说自己的作品"给俄国文学打开了民族性的门"的马尔林斯基之流。泛滥在读书界的是那些盲目模仿外国、贩卖廉价"理想"、刻画的人物都是从一个模子里铸出来的作品。这些作品装腔作势、卖弄机智，宣扬着庸俗的道德教诲，修饰着像客厅地板一样光滑的文体，为了强求意义才用思想去凑合语言……

这时，毅然走着相反的道路的果戈理的作品，怎么能够不被看作异端？肯定果戈理的价值，就等于有意地去冒犯当时的权威，反抗当时的潮流。

别林斯基从他文学活动一开始，就证明了自己是这样一个战士。不了解"生活是行动，行动就是斗争"的人，是不会懂得他的。

他说：

难道对智的生活处之淡然的人，能够懂得，一个人可以把真理看得比礼貌更重要，为了爱真理，情愿受到敌视和迫害吗？呵，他们永远不会懂得，这是多么愉快，多么痛快的事：告诉一个不穿制服的退伍天才，他幼稚地以伟大自命，是可笑亦复可怜的，让他认识到，他享到盛名，不是由于他自己，而是大声叫嚣的评论家所造成的；告诉一位宿将，他是由于旧时的记忆或者旧时的习惯，才维持威望于不堕；给一个文学教师证明，他目光近视，落在时代后面，他必须再从字母学起；告诉一个天知道打哪儿钻出来的怪物、老狐狸和维克多，一个文学贩子，他侮辱了他所从事的文学和信赖他的善良的人们，告诉他，他嘲弄了神圣的真理和神圣的知识，使他的名字蒙受耻辱，剥掉他的假面具，纵然是男爵的也罢，叫他赤裸裸地站在世人面前……

这是多么勇敢的战斗气魄！在他通过果戈理为"自然派"所作的一系列的战斗中间，他始终怀着忠贞的追求，直率地阐发真理。他憎恨那种被他叫做"躲闪"的批评，而以"直率"的批评和它对立。

在问题涉及真理、涉及艺术的利益的时候，别林斯基是严格的。但是，他并不是一个俨然以教导者自居，喜欢挑剔、冷酷无情的人。他对待自己也毫不宽容。他说他"赋有着向前进，像对待别人的过错那样直率地把自己的错误和谬论揭发出来的本领"。他不是那种天塌下来也不管，只要自己的自尊心受到一点损伤，就马上跳起来的人。他以为"自尊心受到凌辱，还可以忍受，如果问题仅仅在此，我还有默尔而息的雅量；可是真理和人的尊严遭受凌辱，是不能够忍受的；在宗教的荫庇和鞭笞的保护下，把谎言和不义当做真理和美德来宣扬，是不能够缄默的"。

"狂暴的维萨里昂！"朋友们这样叫他。这是就他对待敌人态度的说法。对敌人，他的确是毫不退却的。这使他直到今天还在我们心目中留下永不磨灭的印象，只要想到他，我们就会赶走犹豫，排除柔弱，勇气从心里升上来。

他哺育了下一代，给当时的青年们带来了光明和鼓舞的火焰。那时，莫斯科和彼得堡的青年人，总是从每月二十五日起，就紧张地等待着他主编的《祖国纪事》的出版，互相探问：

"有别林斯基的文章么？"

"有的！"

于是厚厚一本杂志，从一个人抢到另一个人手里，被狂热地吞读下去。

他也给予了同时代的战友们不断的支援，源源地把力量输送到他们心里去。赫尔岑在他的《往事与沉思》里，曾经生动地记述某次他和别林斯基参加一个文艺晚会的情景：有一个从柏林回来的大学硕士，是一个带着玄学味道的空论家，这个人以无礼的态度侮辱被他们两个共同尊敬的十二月党人察达耶夫是"可耻的、卑鄙的"。赫尔岑以冷静的态度去驳斥这个硕士。忽然，别林斯基打断了赫尔岑的话，用带着激动的声音，在重重的言辞中加上致命的"刺"。那个硕士并没有狼狈，反而以自满自足的神气回答别林斯基说：

> 在有教养的国家里，有的是监狱，可以把那些侮辱整个民族所敬重的东西的疯子关起来……这是一件好事……

这时——用赫尔岑的说法：

> 别林斯基显得长大起来。他在这一刹那间是可畏的、伟大的。

他用双手抱住病痛的胸，直望着硕士，用喑哑声音答道：

　　"可是在更有教养的国家里还有断头台，专门惩治认为这是一件好事的人们。"

这样的别林斯基，这样一个成为俄国文学之光的人，他的名字是俄罗斯民族的骄傲。可是，他在短促的一生中，走了怎样一条崎岖不平的道路：没有诗也没有花的寂寞悲苦的童年，在父母身上也找不到一丝慈爱和柔和的影子；成年以后一直吞噬他的生命、销蚀他的精力的肺结核病菌，使他付出了巨大的代价；而野蛮的尼古拉一世的黑暗统治，对他的追逐和迫害从没有放松过片刻。谁想得到：在别林斯基写了大量的作品，他的名字像耀眼的北极光出现在俄罗斯文学天空以后，他还在受着贫穷的煎熬？

　　可是什么也都不能打倒他！

　　追击敌人光有勇气和热情是不够的。无论战斗多么激烈，他都从来没有陷入无原则的纠缠，作卑怯的人身攻击。相反，当他被论敌所激怒的时候，他在激动中所写下的文字，往往也是最精辟的。他说：

　　刺痛论敌应该用真理，而不是用虚构杜撰。

当果戈理的作品终于走进公众中间去，使当时的文坛不得不承认他的价值后，那些毁谤者一下子变成了谬托知己的人物，而且每个人都成了第一个发现美洲的哥伦布，好像只有他首先在冷落中赏识了这个新的天才。果戈理的作品也由"污秽的"变成"美好的"了。因为果戈理把他的《死魂灵》冠以"长诗"的称号，于是他们也就把里面所描写的全部人物都看作好人：玛尼罗夫的"好客"，绥里方的"纯洁的俄国天性"……甚至在"三驾马车"或"载重马车"上，他们也看出了什么"俄国民族的本质"。别林斯基把这种"赞美"当做"侮辱"看待。他说："因为赞美的文章更使公正无私和善意的人们受到凌辱。"

果戈理在《死魂灵》第一部里，曾向读者预约：他打算接着写"一个男子，有着神明一般的特长和德性，向我们走来，或者一个出色的俄国女儿，具有女性的一切之美，满是高尚的努力，甘作伟大的牺牲，在全世界找不出第二个"。这个预约被那些批评家像好戏就要开锣一样的喝彩欢呼。

可是，要在产生"死魂灵"的社会里，去找寻这种闻所未闻的出色人物是可能的么？当时，只有别林斯基被这个预约引起了"屡次三番的重复不安的思考"。他说：

> 预约的东西太多了，多到不知道怎样来履行这预约，因为世上还不会有过这些东西，我们担心的是，第一部里是喜剧性的东西，结果不要变成了真正的悲剧，而其余的两部，应该出现着悲剧的因素，却不要变成了喜剧。

这是多么清醒的预见！以后的事实证明了他不幸而言中。果戈理不是正像别林斯基所预言的，因为在《死魂灵》第二部里去虚构理想人物，以致连自己也不敢相信这个理想人物是真实的，而把手稿都烧毁了么？这个理想人物，不是正像别林斯基所担心的"应该出现悲剧的因素，却变成了喜剧"么？

别林斯基早就指出，只在果戈理"忠于现实的地方才看到天才性的特征"，如果果戈理根据"猜想和推测"，叛离了生活和现实，去杜撰理想的人物，那么就要和当时那些从不生根于现实的"理想"出发的浪漫主义者一样，不可避免地要遭受失败。尤其在那时候，真正的理想人物，一定是和旧社会作战的战士，而不是成为旧社会装饰品的懦夫。所谓"应该出现悲剧的因素却变成了喜剧"，正是由于把后者当做前者。

从别林斯基晚年所写的，直到他逝世以后才发表在国外出版的《北极星》上的那封给果戈理的公开信中，更可以看到他对真理是多么严肃和认真的。

果戈理发表了他的《与友人书简选》以后，引起了别林斯基的论敌不少快意。他们以为果戈理否认了自己的从前的作品，使别林斯基堕入了困难的窘境，于是幸灾乐祸地说：果戈理"使一些投机家陷于绝望"。别林斯基的这封信就是最好的答复，这封信给予了果戈理正确的回答。

别林斯基用"自然派"这个称号，要求艺术合于现实，忠于生活。在反对道德教诲主义的"倾向"上，别林斯基的看法契合于恩格斯的看法："我认为倾向应当是不要特别地说出，而要让它自己从情况和行动中流露出来。"他说：

　　……倾向本身必须不仅存在头脑里，却主要的必须存在心里，在写作的人的血液里；它主要的必须是一种感情，一种本能，然后恐怕再是一种自觉的思想，——倾向非像艺术本身那样地生发出来不可。读到或听到，甚至正当地被理解，但没有被自己的天性所融化，没有受到人格的印证的思想，不仅对于诗，就是对于任何文学活动，都是不生产的资本。①

它说明了文学是从现实生活里提炼出来的，抛弃了生活也就等于抛弃了思想，因为作者对于现实生活必须具有实践的而非抽象的把握。读到或听到的思想，即使正当地被理解，但是如果没有在生活实践中被自己所融化，就成自己的血肉，那么就如别林斯基所说的，这思想只是"不生产的资本"，就不能达到恩格斯所要求的：倾向"从情况和行动中流露出来"。

别林斯基曾指出在《死魂灵》里，"到处感触得到的，所谓是捉摸得到的透露出他（果戈理）的主观性"，他说：这"不是由于局限性和片面性而把诗人所描写的对象的客观现实实际加以歪曲的主观性"，而是"不许他以麻木的冷淡超脱于他所描写的世界之外，却迫使他通过自己的泼辣的灵魂去导引外部世界的现象，再通过这一点，把泼辣的灵魂灌输进这些现象……"作为"自然派"奠基人的果戈理，正是以这种面对现实的态度从事创作的。

可是当时有些人只在果戈理的作品里发现喜剧性的因素，或者顶多也不过勉强地承认他具有着忠实地摹写生活，以及在生活中发现庸俗性的本领。这更反衬了别林斯基对于果戈理作品的分析是深刻的。他认为果戈理的作品是"平静无事的结局"的悲剧，是要通过否定的东西告诉读者："在这世上真是烦闷呵！"从而在读者心里培植起改变现状的要求和追求光明的渴望。

---

① 《1847年俄国文学一瞥》，引自满涛的译文。

果戈理的作品，的确几乎有一大半都是描写官僚地主社会的黑暗、污秽、庸俗……但是它里面有着肯定的、光明的东西。它是为肯定而否定的。果戈理曾带几分夸大地说，在他的作品里，"谁都没有看到那个正直的人物"。这个"正直的人物"不是别的，正是鞭挞黑暗、污秽、庸俗的作者的"笑"。

别林斯基曾经愤激地提到，俄国文学界有一个时期"没有人肯相信俄国的智慧、俄国的语言能够有什么用处，一切外国的破铜烂铁很容易在神圣的俄罗斯被视为天才杰作，而自己俄国的东西，即使是天禀卓著的，也受到漠视，单单因为它是俄国的缘故"。

同样的，他也不赞成那种像烘烤甜饼似地大量制成的伪民族性的作品，这些作品，填嵌俄国人名，仿造俄国语言，滥用俄国成语和俗谚，但是却没有俄国现实生活的真实。他认为关于生活的描写是忠实的，作品才是民族的。

一方面，他反对"空虚愚蠢崇尚欧洲"的人，他说："世界主义诗人结束了，让位给俄国诗人。"一方面，他也反对"喀伐斯爱国分子"，他说："除了民族性之外，还必须是世界性的。"他是真正的爱国主义者。

> 这一天总会来到，文明将以波涛汹涌之势泛滥俄国，民族的智的面貌将鲜明地凸现，到了那时候，我们的艺术家和作家们，将在自己的作品上镌刻俄国精神的烙印。

别林斯基自己留下来的遗产，今天也获得了更伟大的意义，被千千万万的人所珍视。不过，对于这个活在我们一百多年以前的巨人，我们是无法要求他的每一句话、每一个字，都符合今天的尺度的。但是难道我们只能作直线式的理解或挑剔文字式的吹求么？难道就不能够从遗产中撇开那些由于时代限制所产生的东西而抓取它的基本精神，以此作为自己再向前进的借镜和启发么？

一九五二年十一月十九日

契诃夫和我们

契诃夫的作品，在五四以后不久，就已经和中国读者见面了。从那时起，就一直被中国读者所喜爱。还在二十五年前，也正是契诃夫逝世纪念的时候，鲁迅就曾经说过："契诃夫要算在中国最为大家所熟识的文人之一。"

契诃夫笔下的许多人物都是我们所熟识的：死去了儿子，找不到人倾吐衷曲，只有和自己的小马去谈心的贫穷的老车夫姚纳（《苦恼》）；思想僵化、以机械死板的规律去限制并妨害所有人的普利希别夫（《下士普利希别夫》）；照例在打输了牌或闹过酒之后，就要痛骂妻子儿女的家庭暴君日林（《家长》）；发现小时同学做了枢密顾问官，就马上改变口吻，脸上现出一副谄媚的、叫人恶心的恭恭敬敬神气的波尔菲里（《胖子和瘦子》）……这些人物好像生活在我们周围，我们随时随地都可以碰到他们。

契诃夫使我们觉得接近，不仅是由于他在作品里所表现的俄国社会和中国社会有着类似之处，而且也是由于他在作品中所显示出来的对生活的高度看法；用这看法照亮了它的倦态、它的愚蠢、它的挣扎、它整个的混乱……

"笑"是契诃夫作品的特点。就在他以契洪特笔名所发表的"小笑话"里面，我们也可以从"笑"的背后，看到积极的内容。

正像鲁迅在他所翻译的《坏孩子和别的奇闻》的《前记》中所说的：

> 这些短篇，虽作者自以为"小笑话"，但和中国普通之所谓的"趣闻"，却又截然两样的。它不是简单的只招人笑。一读自然往往会笑，不过笑后总还剩下些什么，——就是问题。生瘤的化装，蹩脚的跳舞，那模样不免使人笑，而笑时也知道：这可笑是因为他有病，这病能医不能医。

既然是把"生瘤的化装，蹩脚的跳舞"指给人们看，这种"笑"已经不是轻松的，而是严肃的了。所谓"契诃夫式的幽默"，被认为是喜剧性和悲剧性的有机的结合，就因为他使人笑后剩下来的，往往不是轻松愉快，反而多半是沉重的悲哀。

读契诃夫的作品和读果戈理的作品一样，开头是笑，继之却是眼泪，终于你不得不从内心深处发出这样的叫喊："在这世界上真是烦闷啊！"契诃夫通过平凡的人、平凡的生活，写出了"几乎无事的悲剧"，揭示了专制社会的不可医治的病症。人们在死气沉沉的、灰色的小市民生活中，毫无意义、毫无价值地浪费生命，消磨精力，一天比一天变得庸俗、愚蠢、冷淡。他的喜剧往往比别人的悲剧包含更多使人颤栗的东西。

我们看看他所写的《姚尼奇》，这正是说明一个人如何陷在庸俗泥沼中的真实而又可怕的图画。

契诃夫曾经对高尔基说过："俄国人是多奇怪的东西！他跟一个筛子一样，什么东西都留不住。年轻的时候，他贪馋得不得了，只要是他碰到的东西，他都抓来填塞他的心灵；过了三十岁以后，这一切都完了，只剩下一种淡灰色的杂拌儿。"

姚尼奇就是这样一个人物。最初我们看到他的时候，他年轻，有朝气，爱自己的工作。可是在那个沉闷和单调的城市里住了几年以后，他胖了，变得又肿又红，呼吸困难；而且有了一点不自觉地染上手的娱乐，就是每天晚上从口袋里掏出许多行医赚得的钞票。当他听到有房子出卖的时候，就毫无礼貌地去看那幢房子，穿过所有的房间，也不管那些惊奇地望着他、没有穿好衣服的女人和孩子，用手杖敲着所有的门，说："这是书房？这是卧房？那间是什么？"看病的时候，他也常常用手杖敲打地板喊："我问你什么就回答什么！别多开口！"

专制统治下死气沉沉的小市民生活，使他完全变了一个人。开头的时候，姚尼奇也想接近人，找人谈话，可是经验一点点地告诉他，只能跟那些人在一起打牌或者吃一顿，如果跟他们谈到些什么不能吃用的东西，他们立刻就会哑口无言，或者发出愚蠢恶劣的论调，使你只能挥挥手，离开他们远远的。哪怕跟他们之中最有思想的人，只要说"人类往前迈进，再过下去，就会用不着护照和死刑"，这时那位居民就会斜着眼睛，满怀猜疑地瞪他，问道："你是说，那时候大家可以随心所欲地在街上杀人吗？"

在这城市里，被称为最有才能的土尔金一家人，是吸引过姚尼奇的。可是，几年以后，姚尼奇再去拜访他们，发现母亲薇拉·约西福夫娜还是在向客人朗诵她自己所作的小说，女儿柯蒂克还是弹奏她的大钢琴，父亲伊凡·彼得罗维奇还是用说不完的俏皮话卖弄他的机智。甚至临别时，伊凡·彼得罗维奇也仍旧对柏娃说："柏娃，表演一个罢！"不过，这时柏娃已经不是一个腮帮鼓起的十四岁的孩子，而是一个长着胡子的年轻人了。姚尼奇看到他还像从前一样，摆好姿势，一只手往上举着，用悲剧的声调说："给我死去，不幸的女人！"这个表演现在只有使姚尼奇生气。他发现曾经被自己欣赏过的这一家人，原来竟是这样浅薄和空虚。

这是一个平凡人的生活历史。描写苍蝇、毒蛇，并不可怕，像姚尼奇所过的生活，散发着浓重的腐朽气味，才真是令人毛骨悚然。

有人说："安特莱夫叫人恐怖，并不使人恐怖；契诃夫不叫人恐怖，反而使人恐怖。"读了契诃夫的作品使人感到颤栗。不过，这并不是由于他刻意展示丑恶，而是由于他通过人人熟悉的平凡生活，揭露了那个畸形社会的矛盾、不合理和无法医治的病症。不理解他的人，说他是"用冷血偶然写些事物"，说他是"不可救药的悲观主义者"。可是，事实上相反，他揭开生活的可怕真相，是为了使人鼓舞起来。

他说："人要活得正派，活得像一个人，就得工作。带着爱和信念去工作。"他又说，可是人们并不这样做，而是拼命地吃喝，喜欢白天睡觉，闭上眼睛就打鼾，简直像狗似的，挨了打就轻轻地叫几声躲到自己的窝里去，得到爱抚就仰面躺在地上，四脚朝天，摇着尾巴……他指出这是可怕的，叫人感到颤栗。而他正是要使人在颤栗中清醒过来。

真诚、善良的万尼亚舅舅，充沛着无处可使的生命力，在"广袤而杂乱的俄国的穷乡僻壤里悄悄地腐蚀了一生"。枯燥、庸俗、可怕的生活环境，像水蛭一样吸干了他的生命，使他变得暴躁、乖戾、怀恨、嫉妒……

在最后一幕，那些无止境的、无聊的争吵已经过去了，老教授赛布雅可夫和他的年轻的妻子叶琳娜离开了，万尼亚舅舅他们似乎恢复了过去的生活，在安静的夜晚工作着，笔在纸上沙沙地写着，蟋蟀唧唧地叫着，温暖、舒适。表面上看，这一切是多么平静！这时，阿斯特罗夫医生走到地图前面：

我看，这会儿在非洲那种地方一定还是热得怕人罢？

一句话就把这表面平静的生活的帷幕揭开，使你看到他们的生活的不堪设想的空虚和寂寞！马雅可夫斯基曾说过，别的剧作家需要用自杀去解释的东西，契诃夫仅仅用这一句话就把它表现出来了。

契诃夫在《三姊妹》中，写出了庸俗和虚伪的胜利。娜塔霞和三姊妹的哥哥安德烈结了婚以后，闯进他们的家庭，一步一步地变成家庭的主人。契诃夫写娜塔霞的时候，没有为了所谓"加强效果"的夸张，他没有把娜塔霞写成一个天生的邪恶的性格。可是你愈看下去，就愈感到她的庸俗、虚伪、自私。她的感情愈真实，你就愈恨她。照理说，对了孩子的母爱，应该是动人的、使人感动的。可是当娜塔霞向人夸奖自己的孩子时说："这真不是一般的小婴儿！""真是一个可爱的小宝贝！"你不由地要从心坎里感到厌恶，觉得她的生活的天地是狭窄的，只关心自己的态度是庸俗的。后来，你看到她为了孩子的缘故，竟要伊琳娜让出房间，搬去和俄尔迦一起住，并且禁止假面舞会的举行，粗暴地夺去别人的欢乐，这时，你就会发现她的母爱原来是卑鄙的自私。

契诃夫能够随处发现"庸俗"的霉臭。《三姊妹》的结尾，庸俗和虚伪战胜了。娜塔霞愈到后来，愈占上风，像黑影一样遮没了一切。在娜塔霞的势力下，哥哥安德烈变得更懒惰、麻木、阴郁，他放弃了做一个学者的念头，甚至安心在妻子的情夫名下做一个地方自治会的会员，不准手下人叫他的名字，要叫他"大人"。大姐俄尔迦亲眼看到妹妹们的生活被破坏，但她没有办法伸出援助的手来，"她的胸怀里面连一个抗议庸俗的有生气、有力量的字都没有"，她只有哭泣。当娜塔霞吼骂老奶妈，叫老奶妈滚出去，她只能说："你刚才待奶妈这么卤莽……对不起，我实在看不惯……我眼里都发黑了……""亲爱的，你要懂得……我们也许受的奇怪的教育；我真受不了。这样的待人我真难受，我要病了……我真绝望!"第二个姊妹玛霞，从表面上看似乎有着怪僻、无恒、刻薄的性格，但实际上，她善良、洋溢着热情、有着崇高的梦想。她和魏尔希宁的恋爱，完全不是一个军官钟情有夫之妇的缠绵的俗套恋爱故事。他们分别的时候，玛霞一个人孤单单地留下来，站在篱垣旁边；正在开拔的军队的军乐声还可以隐约听见，一阵痛哭窒息了她。她不由自主地唱着"海湾里有棵碧绿的橡树"……从这里可以看到她的"生活的渴望和对生活的怨恨"。那个最小的姊妹伊琳娜，在最后更是陷入不幸之中，她是违背了自己的志愿去嫁给男爵屠寻巴赫的，因为这是唯一的办法，至少男爵并不坏，无论如何将来的生活要比眼前有希望。可是连这个也被剥夺去：男爵在决斗中被打死了。

一九五四年

车尔尼雪夫斯基与《怎么办?》

对我们来说,车尔尼雪夫斯基的名字是并不陌生的。虽然,车尔尼雪夫斯基的著作,翻译过来的还很少,我们只读到了他的一本论文《艺术与现实之美学的关系》和一部长篇小说《怎么办?》,但是在马克思主义的经典著作里,我们曾经不止一次地看到了他的名字。几乎每一位革命导师,都曾经给他以高度的评价,认为他给我们留下来的丰富的遗产,具有重大的意义。

车尔尼雪夫斯基是列宁所喜爱、所崇敬的作家之一。列宁说,他是"一个革命民主主义者,他善于用革命精神去影响他那个时代的一切政治事件,通过审查上的重重障碍,鼓吹了农民革命的思想,鼓吹了群众为推翻一切旧政权而斗争的思想"(《"农民革命"与无产阶级农民革命》)。

早在我们读到《怎么办?》的中义译本以前,我们就曾经听到说,这部被称为"生活的教科书"的长篇小说,不仅影响了他那个时代的青年,而且影响了他以后几代的革命家。列宁、季米特洛夫,直到年轻的卓娅……都曾经受到这部小说的深刻影响和革命教育。

我们早就把车尔尼雪夫斯基当做先驱者看待了。通过关于他的生平的介绍，我们已经认识到，他是一个把一生都献给争取祖国和人民的幸福的伟大战士，他有着远大的、清明的目光，坚贞的意志，毫不畏缩的战斗精神。

他是在上世纪五十年代开始了文学与政论的活动的。这时期正是旧俄罗斯在经济发展和政治发展上面临着剧烈危机的时期，腐朽的农奴制经济在动摇和崩溃，农民反对农奴制压迫的斗争在日趋活跃，同时西欧的革命也带来了巨大的影响。连尼古拉一世本人都宣称：革命正疯狂地以它的目光注视着神圣的俄罗斯。由于震慑于革命的事变，反动统治者就以残酷的手段来镇压革命力量，迫害作为当时俄国解放运动主力的平民知识分子。

在文学活动方面，这是一个"检查恐怖的时代"：关于别林斯基和赫尔岑的文章不准发表了，甚至连他们的名字也不准提到了。屠格涅夫因为写了一篇悼念果戈理的文章而被逐出彼得堡，萨尔蒂可夫·谢德林因为写了中篇小说《纷乱的事件》而受到流放处分，奥斯特洛夫斯基因为写了喜剧《自家人好算账》而受到警察的监视……反动统治者对文学活动的迫害一连串地出现了。

一八五三年，车尔尼雪夫斯基参加了《同时代人》的编辑工作。很快他就成为这个杂志的思想上的领导者，使它成为宣传革命民主主义的机关刊物，成为反对专制政治和农奴制度的论坛。一开始，车尔尼雪夫斯基就知道这是一场艰苦的战斗，他准备为自己的理想而付出最高的代价。他给自己的未婚妻的信中说：

　　从我这方面来说，把另一个人的生活同我自己的结合在一块是卑劣的、可鄙的,因为我不敢确信我能否长久地享受生活与自由。我既然有着这样一种思想倾向,我就应当时时刻刻等待着宪兵出现,把我押送到彼得堡,关进要塞里面,上帝才知道关多少时候。我在这里所做的事情使我很有被判苦役的危险……此外,我们国内不久将发生暴动,如果发生了,我一定参加进去……

车尔尼雪夫斯基把革命的民主主义者集中在《同时代人》的周围,号召人民为了从专制政治和农奴制度的桎梏下获得解放而斗争。他看出一八六一年废除农奴制度的"改革"是符合地主阶级的利益,实际上是对农民的掠夺。他揭露了六十年代的自由主义者,由于对革命的恐惧,向专制政府奴颜婢膝,因而同样是人民群众的敌人。他把他们叫做"空谈家、吹牛者、蠢才"。

六十年代初期是《同时代人》得到收获的时期,也是遭到严重迫害的艰苦时期。保守派和自由主义派联合向它进攻。他们把车尔尼雪夫斯基说成是"一个吞噬一切的怪物,一个类似马拉或者几乎是彼得堡的纵火者那样的人"。他们用尽了一切卑劣的伎俩,造谣、诽谤、告密……接着来的是沙皇政府的加紧的迫害和摧残:杂志屡次受到当局的警告,随时都有被罚停刊的可能。在不到一个月的时间内,两位经常给杂志撰稿的作家被逮捕了。就在这一年内,车尔尼雪夫斯基的最亲密的战友杜勃罗留波夫逝世了。第二年(一八六二年)沙皇政府逮捕了车尔尼雪夫斯基,没有找到任何的法律根据,就对他作了荒谬的判决。他在被捕以后,受到了粗暴的侮辱,被判处了七年多的苦役,囚禁了二十年以上,而且其中有十一年之久都是被监禁在可怕的维留依斯克的狱中。这是被称为"世界的边缘"的北方的一个地名,那里是"凄凉的、冰天雪地的、有八个月长的残酷的冬天统治着的不毛之地"。他的被捕和受辱,引起了广大人民的愤怒。

车尔尼雪夫斯基自始至终都是坚强的。反动的统治者对他的各种迫害,无论是苦役、精神上的凌辱、长期的监禁……都丝毫不能摧毁他的战斗精神,动摇他的革命信念。沙皇政府要他自己提出呈请赦免的请求书,他断然回答道:"我认为我的流放是因为我的脑袋和宪兵长官苏伐洛夫的脑袋的构造不同,难道这也能请求赦免吗?……我肯定地拒绝提出请求。"他在被监禁的长期岁月内,没有一句抱怨诉苦的话,这在他给妻子的信中可以得到充分的证明。

他是这样一个战士!迫害不能使他低头,艰难不能使他气馁。即使在悠长的孤独的监禁生活中,他也没有感到孤独,没有丝毫的悲观失望。他永远是有信心的、乐观的、有力量的,因为他对人类的历史,有着科学的认识,相信社会主义的理想一定要胜利。他正是像他自己说的那种人:"他会怀着坚定的信心等待下一次黎明到来,他平静地观察星宿的位置,计算着离曙光出现的时候到底还有几个钟头。"他也正是像他在小说《怎么办?》中所描写的那些"新人"。他们为了自己理想的实现,可以付出任何代价。甚至,当他们遭到最悲惨的命运的时候,他们也不认为这是牺牲自己。他们不把实践自己信念的行为看作是冷冰冰的义务。他在监狱中仍旧没有放弃自己的工作,政论不能写了,他就从事创作和翻译。《怎么办?》这部长篇小说就是当他被拘禁在彼得堡罗要塞中,利用受审以外的时间(仅仅以四个月的工夫)写出来的。沙皇政府审查了小说的原稿,准许发表,所以于一八六三年在《同时代人》上刊出了。但是反动统治者很快就发现了自己的错误,马上禁止了它。经过了四十年光景,它才获得重印的机会。不过,查禁并没有阻止它的流传，长时期以来，它的手抄本被广大的青年贪婪地阅读着。

《怎么办?》是以家庭生活为题材，主要的线索是描写薇拉·巴夫洛芙娜和罗普霍夫、吉尔沙诺夫的恋爱故事。这部小说与当时那些恋爱故事有着巨大的区别。它开拓了广大的领域，成为革命青年的"生活教科书"，而不是告诉读者一些关于恋爱的悲欢离合的故事。情节甚至可以说是次要的。车尔尼雪夫斯基为了使他的作品和那些用陈旧的美学观点所写的"家庭生活""恋爱故事"……的作品对立起来，在小说中插进了作者和"敏感的读者"的对话。

这部小说是在代表反动阶层的"敏感的读者"的理解能力之外的。开头他们几乎以为这是一部侦探小说。看下去，他们发觉自己上当了，并没有惊人的情节、爆炸似的冲突。再看下去，他们不能理解，并且提出抗议：怎么作者竟描写他的女主角如何吃东西，这难道不是给女主角丢脸，使她成了"粗俗的唯物论者"么？怎么在故事的高潮出现了一个与情节没有什么关系的拉赫美托夫，这难道不是破坏了美学的原则，伤害了艺术性的统一么？……在这些对话里，车尔尼雪夫斯基给"敏感的读者"以多么辛辣的嘲笑！他使陈腐的美学标准露出了千疮百孔！

《怎么办?》的副标题是《新人的故事》。的确，用这个名字来说明这部小说的内容是最恰当的。因为这部小说里面的主要人物拉赫美托夫、罗普霍夫、吉尔沙诺夫、薇拉·巴夫洛芙娜、卡杰琳娜·瓦西里耶芙娜以及那个"穿丧服的太太"……都是当时社会上刚刚出现的新人。车尔尼雪夫斯基说："在我们国内，这种典型是新近才产生的。"他们有先进的思想，勇敢地背叛了旧社会的原则和虚伪的道德观念。

他们和当时拥护农奴制的保守派与资产阶级自由主义分子完全不同，并且站在反对的立场上。只要看看小说中的第一章，那个根据旧社会的道德观念生活的玛莉亚·阿列克塞芙娜，对他们怎么也捉摸不透，无论如何也不能理解怎么会有按照不同原则生活的人，就可以明白了。至于小说中的"敏感的读者"，虽然要比玛莉亚·阿列克塞芙娜有学问得多，也更狡猾些，但是他们对这些新人的估计和猜测，却时常闹了大笑话，证明了自己的愚蠢。这是因为这些新人的社会理想和生活原则与他们完全不同的缘故。

这些新人的形象，对过去俄国文学史中时常出现的"多余的人"来说，也可以说是个新的现象。他们和过去那些伟大作品里面的人物，有着基本的区别。从普希金的《叶甫盖尼·奥涅金》起，这些人物的全部生活，"就是对事物的现存秩序在反拨意义上的否定"（杜勃罗留波夫）。当时的社会还没有出现车尔尼雪夫斯基笔下的新人，作家不能违反现实去虚构人物。无论是奥涅金、彼巧林、罗亭，以至奥勃洛莫夫……他们虽然有着不同的个性和特点，但他们都是那样一类人物：没有明确的生活目的，一方面对现实生活的庸俗和虚伪抱着轻蔑和鄙视的态度，一方面又无法把自己的精力用到有意义的事业上去。于是他们有的变成厌倦、阴郁、玩世不恭；有的变成说话的巨人、行动的侏儒，陶醉在自己的漂亮话里；有的把一生埋葬在穿着拖鞋和睡衣的懒惰的生活中……总之，他们"不可能冷静地实践，稳步地、慎重地工作，积极地考虑……"较之这些人物，《怎么办?》里的新人使我们看到了一个新的世界。他们有着先进的思想、坚强的信念，有所爱，也有所憎。他们企图使劳动者成为自由、幸福和欢乐的人，并且他们准备献身给争取祖国的光明前途的伟大事业。

　　我们可以举出他们中间的最出色的人物拉赫美托夫作例子。车尔尼雪夫斯基说他"在那一伙人中间就好比茶中的茶素,醇酒中的馨香……这是优秀人物的精华,这是原动力的原动力,这是世上的盐中之盐"。

　　拉赫美托夫以一个被他的朋友称为"严肃主义者"的面目出现在我们的面前。"他享有这个为千百万人所熟悉的光荣的名字的权利并非受之于造物,而是凭着自己的坚强意志争取到的。"他出身于一个贵族的家庭,在大学读书期间,他就与自己出身的环境斩断了关系。他刻苦地锻炼自己,过着严格的生活,种过庄稼,做过粗工木匠、搬运夫、纤夫。他说:"我需要这么做,这会使老百姓尊敬我,喜欢我。这是有益的,可能有用的。"他曾经以纤夫的身份走遍了整个伏尔加河流域,并且在比赛力气中胜过了三四个最强壮的伙伴,人们给他起了一个"尼基土希卡·罗莫夫"的绰号——这原是一个有名的力大无比的纤夫的名字。由于预计斗争的艰苦,他甚至残酷地对待自己,试验自己的毅力。有一次人家发现他睡在上面钉着几百只尖头朝上的小钉的毛毡上过夜,背部和身体的两侧都被血浸透了。他说这是"一个试验,必需的试验,当然不合理,但是将来说不定需要这样的。我知道我受得了"。他只吃黑面包,认为自己没有权利为那些可有可无的嗜好浪费金钱。他严格地支配时间,给自己规定了"不许任性"的禁例。他甚至强制自己的爱情,对向他表白爱情的女人说:"我对您比对任何人都坦白;您知道,像我这样的人是没有权利把别个的命运跟自己的连在一起的。"

　　这样严格、苛酷地对待自己,几乎像禁欲主义者一样,难道不是过分不近情理、违反人的天性么?不说别的,就连拉赫美托夫的亲密的朋友们对他也在尊敬中带有几分畏惧的成分。可是只要你真正地理解了他,走进他的内心世界,你就可以看到一颗赤诚的心和活泼愉快的性格。他会因为一个人善于开玩笑而喜欢那个人。他说:"我并不是一个抽象的思想,我也是一个渴望着生活的人啊。"他并不像别人误解的那样,是一个"阴郁的怪物"。

我们只要看看那一场他和薇拉·巴夫洛芙娜的单独的谈话,就可以对他多懂得一些了。他受了罗普霍夫的嘱托,在薇拉·巴夫洛芙娜陷入痛苦境地的时候去安慰她。虽然他说的话,在表面上看是理智的、甚至无情的,但是他的目光多么锐利地抓住了对方的隐秘的内心世界,他的语言又是多么有力地解除了对方的苦恼。薇拉·巴夫洛芙娜听了他的正直的、诚挚的、在理性中含有最大友情的谈话以后,觉得他又温存、又愉快、又善于体贴,反复地对自己说:"啊,他多好,他多好啊!"

拉赫美托夫并不是不懂得生活,不知道享受生活的人。他成了一个"严肃主义者",正如他自己所说的:"我们替人们要求充分的生活享受,——我们应该用自己的生活来证明:我们要求这个不是为了满足自己个人的欲望,不是为自己个人,而是为一般人,我们说那些话完全是由于主义,而不是由于个人的爱好,由于信仰,而不是由于个人的需要。"

车尔尼雪夫斯基把拉赫美托夫和其他新人的共同信仰叫做"合理的利己主义"。这是一个令人奇怪的名词。但是问题不在名词,而在它所包含的内容。凡是读完了这部小说的读者,就可以知道这个"合理的利己主义"正是为了去反对一般人概念中的利己主义。这些"合理的利己主义"者解释自己的信仰说:"我的好处就是一切人的好处。我的幸福就是大多数人的幸福。我的利益就是公共利益。"他们把自己的利益和集体的利益当整体看待。违反集体利益的个人利益,对他们来说就不是"合理的利己主义"的利益了。追求这个东西,不仅背叛了"合理的利己主义"的原则,而且是卑劣,是羞耻。他们只在争取集体利益的斗争中,得到快乐和享受。

有人曾经根据社会学的观点反驳"合理的利己主义"的主张,因为"合理的利己主义"者认为人总是照他觉得最有利的那样来行动的,这样岂不是把人当做自己行为的主人?但是人并不是自己行为的主人,难道人的出身、教养、社会环境等等不是造成了他的性格,决定了他的行为么?

自然,我们今天不会把革命道德观叫做"合理的利己主义",可以用更适当的名字去称呼它。我们对革命道德观的理解,也可以比车尔尼雪夫斯基更完整、更科学。但是,当时的革命民主主义者车尔尼雪夫斯基,是以一个革命教育家作为自己的职责。正像卢那察尔斯基在《车尔尼雪夫斯基的长篇小说》中所指出的,如果一个革命教育家不是告诉人们有改造社会的力量,而是对人们这样说:"人们的一切行为都是自然而然的产生的,是由一定的原因引起的,所以用不着去理会什么道德和教育,因为要发生的事终归是要发生的。"那么,"这不仅不合乎启蒙者的精神,而且决不合乎马克思主义"。

车尔尼雪夫斯基的革命道德观是要号召人们成为自觉的人,根据集团的利益去辨别善恶,去采取行动,不屈服于黑暗势力之下,而应该成为改造环境、征服环境的人。

《怎么办?》这部长篇小说是不朽的。直到今天,它对我们仍有着巨大的意义。问题不在小说的每个细节,以及作者在小说中所显示的每个观点，甚至可以说某些地方，今天来看已经是完全过时了的。列宁说，车尔尼雪夫斯基"幻想经过旧的、半封建的、农民的村社过渡到社会主义，他没有看到并且在十九世纪六十年代也不可能看到，只有资产主义和无产阶级的发展才能创造出实现社会主义的物质条件"（《"农民革命"与无产阶级农民革命》）。这种空想的社会主义，在小说中同样可以发现。他在小说中用了不少篇幅去描写薇拉·巴夫洛芙娜的工厂，就带有这种性质。但是他所创造的新人的形象，永远是有生命的，正像季米特洛夫在给《怎么办?》写的序文中所说的，他们可以给我们以革命的教育，可以帮助我们成为一个"坚强的、有自制力的、毫不畏缩的、能够自我牺牲的人"。

作为革命战士的车尔尼雪夫斯基，以及他所写的伟大的作品，都是为我们所崇敬、所喜爱的。因为我们把他看作自己的先驱者，从他那里可以学习到有益的东西。

一九五四年十月十九日

巴尔扎克的小说情节

　　巴尔扎克的写作生涯不容许他从容不迫地精心撰构，他像一架写作机器，每天的工作时间都排得满满的，恐怕连构思都是匆忙的、赶时间的。

　　如果挑剔的话，他在小说中安排的某些情节，就不总是经得起细心读者认真推敲的。例如《邦斯舅舅》中，作者说，邦斯不知道自己收藏的古董在市场上的行价，因为他不上拍卖行。直到庭长太太带着女儿到他家里相亲那一大，他才从浪子勃罗纳那里发现自己的收藏原来是一大笔家财。这里有一个很大的破绽。在此以前，我们从小说中已经读到，邦斯在送给庭长夫人那柄华多绘的扇子时，曾经说出了一大批古董（瓷器、家具、绘画）的行价，甚至连古董商人都要向他求教。我们能想象邦斯天真到连自己的收藏家底的一个大概数目都不清楚吗？还有，邦斯给庭长女儿和勃罗纳作媒，开头是那样一帆风顺，可是眼看大功就要告成的时候，勃罗纳突然提出了独生女问题，于是一下子告吹了。这种急转直下的情节，虽然很能吸引读者，但也是不自然的，这是一般以出其不意取胜的情节小说的通病。不幸，巴尔扎克有时也采取了这种手法。这并不是说出人意料的情节都是坏的。莎士比亚戏剧情节的传奇性就是值得赞美的。在莎士比亚笔下，无论怎样突如其来的情节，都具有充分的说服力，是可信的。读莎士比亚的时候，自然而然地被情节所卷走，不感到它们的离奇曲折，只觉得惊心动魄。而一般情节小说，只是在挑动读者的好奇心，迫使读者只是想知道：下面会发生什么，结局会是怎样的……

一九七六年

向自由王国飞跃

艺术的本性就是人充分发挥自身的创造力向自由王国飞跃。只要多少领略过创作的甘苦，就可以懂得创作自由乃是艺术的生命。我并不认为作家可以抛弃自己的时代责任感，不顾作品的社会效果。作家不仅为自己写作，也是为人类的进步写作。但是，有一个事实，是每个作家都不得不承认的：写作需要自由，不能受到任何方面的横加干涉。作家一旦进入创作过程，倘使不顾艺术本身的要求，无论受到别人的强制，或出于自己的意愿，用临时抱佛脚的方式，增加一些与作品自然流露出来的思想感情格格不入的成分，这种在主题思想上追求急功近利的做法，意味着艺术的消亡。违反艺术本性去追求社会效果是不行的。

我觉得一位十九世纪理论家所提出的创作理论，至今看来仍值得注意。他说："创作是无目的而又有目的，不自觉而又自觉，不依存而又依存，这便是创作行为的法则。"这并非戏论。在艺术创作中，别人强迫不行，就是作者心悦诚服地去接受那些就艺术本身来说是异己的成分，也是不行的。创作自由就是不受干扰地遵循艺术本性向自由的王国飞跃。套用我国一句老话就是"从心所欲不逾矩"。决定作家写什么、怎么写有种种因素，创作行为不是主观任意性的。我觉得恩格斯在致梅林的一封信中谈到思想体系问题和上面所说的情况有些近似。他说："思想体系虽然是思想家有意识做成的，但其意识是虚假的，推动他的真正动力对于他始终是莫名其妙的，否则就不成其为思想体系的过程了。"每个人的生活经历、内心活动、思想感情、教养、气质、才能、禀赋以及个人感受、生活方式等等，是积年累月形成的，甚至某些是来自遗传的素质。当它们一旦形成后就成为客观因素，你不能违反这些因素。这应当是个常识问题。如果写出来的东西不行，只能在平时通过长期的艰苦锻炼去改变这些因素，而不能在这些因素未变之前，在创作时急于事功，用取巧的办法，妄求取得脱胎换骨之效。

　　荀子曾经说过这样的话：可以强迫人的口沉默不讲话，可以强迫人的身体或伸或屈，但是不能强迫人的内心改变他的意念，是之则受，非之则辞。荀子在两千多年前就懂得这一思想规律，今天我们怎么能主张违心之论呢？撒谎还成什么文艺家？龚自珍是中国最早的杂文家，他曾经说过：庖丁之解牛，羿之射箭，僚之弄丸，伯牙之操琴，古之神技也。如果你对庖丁说，不许多割一刀，也不许少割一刀；对伯牙说，只许志于高山，不许志于流水；对羿和僚说，只许东顾，不许西逐，否则我就要鞭打你：那么这样一来神技也就没有了。作家进入创作过程，就只能顺沿创作自身的轨迹前进，而不能以主观的任意性去代替。有人说，鲁迅的小说《药》，由于作者在坟上添了一个花圈，就增加了作品的亮色。我不赞成这种说法，亮色必须在作品中自然而然地流露出来，而不是外加的办法所能收功奏效的。

一九八〇年

有生命力的文学是站着的文学

在文学史上，随着每个重大历史时期的递嬗，都经历了一场艺术形式的变革，尽管莎士比亚仍然像歌德所说的是一位不可企及的伟大作家，可是现在哪个剧作者还会用莎士比亚那种繁缛的充满隐喻和双关语的枝叶披纷的语言呢？今天的小说作者也不会再采用巴尔扎克按部就班去描写宅邸、陈设、人物、服饰、面貌那种整齐划一因而多少显得板滞的表现手法了，虽然巴尔扎克仍然为今天的不少作者所敬重。这并不奇怪，因为十九世纪作家所惯用的表现手法已经不能完全适应表现我们今天生活的气息、节奏、氛围和复杂多变的内容了。现实生活要求充分而完美地去表现它本身的新形式。

在最近一次座谈会上有两位作家的发言不约而同地说出了和我完全一致的信念："只有真的才是美的和善的。"我认为这一说法较之过去出现过的把真善美割裂，或者把真善美并列的观点是更合理的。表现手法毕竟不是文学的最根本问题。我同意另一位作家所发出的呼吁：面向严酷的生活，不要为了追求艺术上的声、光、色的美，而把文学注意力从我们还来不及思考和整理的重大生活问题引开去。不要把形式或表现手法在文学创作上的作用加以无节度的夸大，应该承认有不少杰出的作家是"不穿制服的将军"。他们并不特别关心形式和表现手法问题，殚精竭虑地在这方面反复推敲，下工夫去精雕细琢。他们在构思的时候，往往把全部精力倾注在人物性格和生活意义的思考上，而在表现这些内容的时候却漫不经心，匆忙落笔，只求达意就行了。这类作品是榛楛弗剪的深山大泽，而不是人工修饰的盆景。它们蕴含着内在美，可以用我国古代文学家陆机所说的"石蕴玉而山辉，水怀珠而川媚"去形容这类作品的内容意蕴所发挥的作用。尽管写出这类作品的作家没有穿上镶滚金边、威风显赫的元帅服，但任何人都会承认他们是文坛的宿将，征服人类心灵的大师。

五四以后，鲁迅首先在国外的艺术形式和表现手法引进到他那和我国传统作品截然异趣的新小说中来，从而开辟了我国新文学史的第一页。如果没有鲁迅筚路蓝缕、披荆斩棘之功，就不会使我们的小说如此顺利地出现今天这种局面。从国外引进新的表现手法这项工作并没有终结，仍应继续下去。我们早就形成固步自封的闭关锁国。其实早在解放初"一边倒"的情况下，西方就已成了一个未经探测像被魔法禁锢起来的世界。对于这片陌生的土地，我们虽然一无所知，却信心十倍地确认那里的一切，从社会、政治、经济、工业，直到科技、文化、道德、艺术等等，都是垂死的、腐朽的、行将崩溃的。可是当我们痛定思痛，懂得了必须总结过去的经验教训之后，通向西方的窗户终于打开了，我们像华盛顿·欧文笔下的里普·范·温克尔从一场大梦中醒来，惊讶地发现我们并没有看见事实的真相。过去那种深信不疑的确认，原来是经不起事实考验的主观独断。现在我们再向西方望过去，对那些五彩缤纷朱紫杂陈的奇景应接不暇，不免看得眼花缭乱，头晕目眩。于是在匆匆忙忙引进西方的科学技术、成套设备和文化艺术的同时，也涌进了贴上洋商标的盲公镜，已经过时的喇叭裤，走了样的开字头。面对这种从未碰到过的新形势下的新问题，如果有人主张重袭前清顽固派保存国粹的政策，或者干脆采用义和团扒铁路、砍电线杆那套蛮干办法，这是要坚决反对的。迷洋心理固然是值得关心和重视的社会问题，但是我们也不必感叹人心不古，世风日下。我们应认清这是历史对长期以来所形成的闭关锁国的无情惩罚，不必强制那些盲目迷洋的小青年改装易服，还我故衣冠。我们要学会循循善诱，相信他们一旦有了较高的文化素养，他们自会懂得怎样把自己打扮得更美一些。

应该承认，我们过去在写人的时候很少或根本不涉及下意识或其他复杂的心理因素。现实中的人的动作或反动作并不都是像有些小说中所写的那样是经过理性的审慎衡量的，他们往往凭着感情冲动或其他心理因素去行事。为了弥补这种缺陷，去借鉴现代西方的各种艺术流派是必要的。但是必须要有冷静的头脑去辨认、识别、取舍、融化。我不赞成像某些谷易激动的外国人那样一窝蜂地搞什么"热"。西方一些作家所盛行的不断花样翻新的做法并不值得我们效法。是不是可以把那里文艺界不断出现的旋生旋灭的种种新异流派，看作是一种逐新猎奇的风习。要知道新的并不一定都是好的。我愿再重述我的一位朋友说过的话，面向严酷的生活，不要借"艺术美"回避生活的尖锐矛盾。风中的物体会有各种各样的形态，站着的、摇摆的、倒伏的，但有生命力的文学从来都是迎着压力站着的文学！

一九八〇年

让酷评的幽灵永不再现

请你们在公文上老老实实照我本来的样子叙述，不要徇情回护，也不要恶意构陷。

——莎士比亚：《奥瑟罗》

为什么到今天我们还不能按照艺术本身的规律对作品的倾向性作出合情合理的评价？我们对于这两年间涌现出来的一些不是按照通常习惯把角色划分为好人和坏人的写法，而是表现生活真实的作品，并不是都能接受的，有时甚至还发出了不公平的责难。作家需要别人实事求是地正确理解他的作品。评论者纵使不能成为作者的知音，至少也要尽量去理解作者的创作甘苦，可是有的评论者往往把已经习惯了的审美趣味的惰性当做评价作品的唯一准则。如果一部作品出现的人物既不能简单地归为好人，也不能简单地归为坏人，却是像真实生活本身那样具有复杂的性格，而作者对这样的人物又不是简单地抑扬或作出一览便知的褒贬，而是同情中夹杂了批判的成分或批判中夹杂了同情的成分，那么这些评论家就不免对之瞠目结舌，不知所措。而比这更糟的是不屑理解就硬以已经定型的习惯标准率尔判定是非。我不知道评论者根据什么逻辑又有什么权力，可以把别人作品中的复杂的人物性格按照自己所熟习的非此即彼的分类法去任意归类，把作品中的复杂的思想感情强行纳入自己看人论事的简单划一的尺度去妄作解人，然后再把这种歪曲了原著精神实质纯属捕风捉影的主观臆断当做铁证，从而义形于色地进行无的放矢的指摘？最近我读了一位批评家对一部有争议作品的批评文章，我感到自己不能沉默，因为这类批评并不是孤立的现象。我在本文里不可能以更多的篇幅来评论这个作品的功过，我只是想顺便提一下，嬉笑怒骂虽然皆成文章，但是意在求胜却不应是批评的应有态度。我不懂那位批评家的评论文章为什么要运用比"一个阶级只有一个典型"更偏颇的理论，把作者写的在十年浩劫中一个胡作非为——用作者的话来说"倒下去的人越多，官做得越大"的部队坏干部——充当做人民解放军的全体，从而对作者大张挞伐，并加上了给"最可爱的人"抹黑，给老干部"挂走资派黑牌"等等吓人的罪名？过去一位外国戏剧家把我国的京戏中武士背上的四面靠旗当做了四支军队，这虽然可笑，但是，呜呼！他毕竟还没有把一个军人，哪怕他是军队的"大首长"，作为整个军队的化身！我不懂这篇评论为什么既然声明不敢说作者笔下的一个人物的思想就是作者的思想，可是紧接着笔锋一转，又以这个人物误入歧途的行为作为唯一的根据，去呵责作者本人竟"公然宣扬叛国无罪"？倘使把这种方法施诸前人，像普希金和莱蒙托夫这样的现实主义作家也会遭到无妄之灾。评论者可以质问：奥涅金开枪打死了自己的朋友蓝斯基，这是什么行为？毕巧林的故事冠以"当代英雄"的美名，这是什么思想？作者必须为自己笔下的人物负起道德上以至法律上的责任，因为作者并没有在自己人物身上粘贴区分善恶的显眼标签，为读者提供现成的褒贬答案。如果作家没有采取金圣叹评《水浒》那种眉批夹注的办法，对书中人物的每句话和每一行动都作出塾师批卷式的诸如"妙"、"丑"、"狠毒"、"可畏"、"绝倒"之类的按语，那就是作者没有表态，没有批判，没有站稳立场。我想，鲁迅所说的分明的是非与热烈的爱憎和这种评论要求完全是风马牛不相干的两回事，那是需要具有思想力和艺术鉴赏力的评论者以严肃认真的态度实事求是地深入到作品艺术形象的真实性中去探讨作家思想感情的复杂表现，才能作出中肯的审美判断。十年浩劫期间遍及全国的大批判造就了一批比著名的忒耳西忒斯还要严厉，还要粗暴，横行阔步的酷评家。随着"四人帮"的覆灭，这种显赫一时的大批判再没有耀武扬威的余地了。但是余毒未清，大批判的病菌也会侵入我们肌体。但愿那种无限上纲，罗织罪名，打"语录"仗式的驳难攻击，永远消失不再重演吧。

一九八〇年

和新形式探索者对话 *

　　我觉得目前在不少青年作者中所出现的这场意识流热，是和我们过去多年来对西方所形成的闭关锁国的情况密切相关的。同时，是不是有一种避开生活中的尖锐矛盾，认为还是在形式上进行突破比较保险的心理也在无形之中起着作用？过去那些机械的模式和因袭的陈规，压得青年作者喘不过气来，激起他们追求新异，恐怕也是一个重要原因。就后一种情况来说，我还要请青年作者们仔细读一读契诃夫的《海鸥》。这个剧本并不像通常所理解的那样只是单纯地描写恋爱，它也是反映当时俄罗斯文艺界的一幅精致的缩影。十九世纪末二十世纪初，在俄罗斯艺术领域内也经历了一场追求新形式的热潮。《海鸥》中的特里勃列夫就是投入这场热潮中的一位青年作家。他被抛在穷乡僻壤，默默无闻，但他怀着一颗赤诚的心，真挚热烈地探索形式的创新，企图以此来向周围死气沉沉的艺术界的陈腐空气进行挑战。戏在开始的时候，他的母亲伊琳娜，一个自私、俗气、心地狭窄，却在当时戏

---

* 本文收入时作者作了删节。

剧圈子里享有声誉的女演员，和她的情夫特利哥林，一位平庸的却又有些小才气的作家，一起回到乡间来了。特里勃列夫让自己的女友宁娜为他们演出自己新写成的一个剧本。这个剧本的开场是一段独白：

> 人们、狮子、鹧鸪和苍鹰，长角的鹿、鹅、蜘蛛，住在水里的沉默的鱼，和海星，和眼睛不能看见的一切生灵——一切有生之伦，一切有生之伦，一切有生之伦，既已完成了他们悲哀的循环，都已经寂灭。千年，万年，地球上不曾生出生命，只有这凄惨的月亮在空虚里点着它的明灯。草原上，不再有鹭鸶长啸一声而惊醒，菩提林里，也没有五月甲虫的声音。空虚呀，空虚，空虚；恐怖呀，恐怖，恐怖；寒冷呀，寒冷，寒冷！（稍停）生物的尸骸都已化为灰尘，永恒的物质已将他们变成了岩石、流水和浮云。一切的灵魂全都化为一体，而我，我就是这世界的灵魂……

我不知道契诃夫凭借什么力量，竟像普洛士丕罗挥动一下手中的魔杖，就写出了这段奇异的独白？他是一个坚贞不渝的现实主义作家，可是他模拟追求形式创新的表现手法却远远驾凌在当时那些新流派的新作品之上！我们究竟应该怎样来对待特里勃列夫在艺术形式上的这种探索和尝试？他那自私的甚至对自己儿子也嫉妒的母亲，充满了陈腐的偏见，除了已经习惯盖上通行公章的东西之外，把一切新事物都看作异端。她用不屑一顾的轻蔑口吻说："颓废派。"这三个字一下子就判定了这部作品的死刑。她的情夫、那个平庸的成名作家特利哥林是懂得创作甘苦的。他说："每个人都是按照自己所喜欢所能够的来从事写作。"倘使问我本人对于特里勃列夫写的这段独白怎样看法，我要这样回答：我反对伊琳娜那种一笔抹杀真诚追求艺术新形式的努力。粗暴地去刺痛艺术家的自尊心，使他人的尊严受到凌辱，那是不尊重人、不关心人的表现。我宁取特利哥林比较通情达理的宽容态度，我也要说，每个人可以采取他自己所喜爱的艺术表现手法，而不应把自己的审美趣味强加于人。不过，我想还是让真诚追求艺术新形式的探索者特里勃列夫自己来发言，也许更能对我们的青年作者有所启发。他在探索的道路上逐渐发觉在艺术形式和表现手法上新的并不一定都好。他对宁娜说："我的剧本那么愚蠢地失败了。我已经把它烧掉，片纸不存了。你怎么知道我心里的苦恼啊！"后来，特利哥林从他那里夺去了宁娜的爱，而不久又把她抛弃了。他陷入更大的痛苦中，可是艺术家的良心使他公正地说："特利哥林已经找到他自己的一套手法了，所以他写起来就很容易。对于他，破瓶的颈子在堤上闪光，风磨的巨轮投下一道黑影——那就是月夜的情景。可是，我呢，颤栗的光影，星星们安静地眨着眼睛，远远的地方有钢琴的旋律，在寂静芬芳的空气里渐渐消逝……唉，这真令人苦恼！"由于这种清醒的自省，特里勃列夫对于自己所卷入的那场追求新形式的热潮终于大彻大悟。我们应该牢牢记住紧接上面的反省，他说出的这几句话："我越来越相信，这并不是新形式和旧形式的问题，要紧的是，一个人写作的时候应该根本不会想到形式，而是它自然地从灵魂里涌了出来的。"这几句话说出了一个经过认真实践的探索者的心声，他曾经在自己的探索过程中呕尽心血，遍尝甘苦，我想这个过来人的告白至少可以作为一种意见供我们的青年作者参考吧。我觉得这几句话也可视为契诃夫本人的文学见解。照我看来，其中确实触及艺术的创作规律。表现手法并不像有人所理解的那样，是作家可以随便挑选的时装。它和作家的气质、趣味、个性以及感受生活的方式结合在一起。黑格尔在《美学》中提出"形象的表现方式正是作家的感受和知觉的方式",可以用来说明形式必须自然地从灵魂中涌现出来这句话所包含的深刻意蕴。要知道在十九世纪末二十世纪初俄罗斯艺术界所出现的追求新形式的热潮中,契诃夫不仅以自己的新型剧作出色地完成了对传统戏剧的巨大变革,而且开启了莫斯科艺术剧院在表演艺术上所作出的卓有成就的突破和创新,为这个新的表演体系铺平了道路。丹钦柯曾经在他的回忆录中说,新表演体系的建立是从契诃夫批评旧剧场"演员们演得太多了"这句话得到最初启示的。所以至今莫斯科艺术剧场的大幕上仍以海鸥为标志,来纪念契诃夫的开创之功。这说明现实主义本身也不是僵滞不变的,而是有它自己的发展历程的。随着时代的进展,杰出的现实主义作家都在突破和创新上比许多新流派做出了更大的贡献。我觉得契诃夫本人的情况和上面举出的《海鸥》的例子,可以启发我们认识这一点。我们应该记住,不管什么形式或表现手法,不管是借鉴传统固有的或引进国外新生的,文学的内容与形式必须是从灵魂里自然涌现出来的。让我们把这句话作为新形式探索征程上的起点吧。

一九八〇年

有真实的地方就有诗

  我想谈谈我对文学的真实性和倾向性的一些意见。我不能同意所谓真实性强倾向性差的说法。这样的分割是重蹈社会和艺术二元标准论的故辙。二十世纪三十年代末期，我曾在当时的刊物《文艺新潮》上发表文章附和过藏原惟人把艺术作品分析为社会价值和艺术价值的观点。据说这一理论是从苏联传入日本的，它来源于拉普时期苏联文艺界对普列汉诺夫提出的艺术作品具有"社会等价物"所作的解释和引申。由于缺乏资料，我没有经过查考，尚未究明原委。如果有人对这方面进行探讨，那对我们文艺理论研究工作会是很有益的。在四十年代初期，我开始对自己曾经相信过的这个观点产生怀疑。试问：在艺术形象的真实性之外有什么倾向性呢？也许某些概念化作品正是表现了这种筋骨外露的倾向性的，例如，我国革命文学发端时期文学作品中的光明尾巴之类。但是不久，成熟起来的文艺理论界就已辨明它的虚妄，因为提倡这种倾向性不是尊重艺术感染力的潜移默化作用，而是主张耳提面命的生硬灌输。不过历史的教训并没有得到普遍的承认，文学的真实性和倾向性问题仍尚待解决，过去的谬误在新形势下还在改头换面地时隐时现。我以为真正的倾向性不能游离于艺术形象的真实性之外，而是从艺术形象本身自然而然流露出来的。当时我是读了《海上述林》介绍的理论，才取得这种认识，纠正了过去的偏颇。我认为硬加到作品上去的倾向性是造成概念化的根源之一。倾向性是作家的立场观点在认识、掌握和表现生活时有意或无意的表露，它只能从艺术形象的真实性中显现出来。怎么能说一部作品写得很真实而它的倾向性却不好呢？倘说倾向性有问题，也只能通过艺术形象的真实性的不足去探索原因加以论证，而不能离开作品本身的艺术形象的真实性去评论短长。

一九五二年我出版的一本论文集是以"向着真实"作为书名的。现在二十八年过去了。我不讳言这书中存在不少缺点和偏激之处，但是我对于"向着真实"这句话仍深信不疑。那时我在书里曾明确反对冷淡旁观的态度和把写真实当做有闻必录作生活起居注式的自然主义烦琐描写。当我用"向着真实"作为自己书名的时候，我完全没有料到在以后历次文艺思想批判的政治运动中，写真实竟成为最受攻击的目标之一，历经厄难。直到今天在有些人心目中，写真实和抄袭自然仍无异于同义语。我不懂这种误解怎么竟如此根深蒂固？这里我想举一个可资借鉴和参考的例证。黑格尔曾提出："一切现实的皆是合理的，一切合理的皆是现实的。"这一著名命题曾引起普鲁士政府的感激和进步党人的愤怒，双方都没有理解它的合理内容。在这种误解始终没有消除的时候，恩格斯曾对黑格尔所用的现实一词作了切中肯綮的阐释，他指出："黑格尔的意思根本不是说，凡存在的一切无条件地都是现实的。在他看来，现实的属性仅属于那同时是必然的东西。"我认为这段话可以有助于我们来澄清在写真实问题上所形成的种种混乱，或者至少可以使我们受到启发，对真实这个概念也作出相应的正确理解。为什么一定要把真实和存在混同起来？为什么一定要把真实和本质隔绝开来？根据什么理由可以断言真实的属性一定不是仅属于那同时是必然的东西？如果有人对真实的含义作了歪曲的理解和滥用，那么文艺理论工作者的责任，是应该分清是非辨明真相，还是将错就错把罪咎推到无辜的真实头上？这样平凡的真理竟要大声疾呼地申辩，真是令人为之扼腕。

一九八〇年

个别不能完全列入一般之中

　　我不赞成矫枉必须过正的办法。难道以偏纠偏是科学的态度吗？至于以自以为是的"正"去纠自以为是的"偏"就更不应该了。现在有人以写本质去代替写真实，我并不以为然。生活的本质不是存在于生活的现象之外，也不是先验地产生于生活的现象之前，本质总是依附或潜在于具体的现象之中，赤裸裸的一无凭借的本质是没有的。我们只能吃到葡萄、苹果、桃子和梨，而不能吃到抽象的纯粹水果实体。《神圣家族》曾对上述例子详加论证，从而揭露了思辨哲学的秘密。难道我们还要退回到比思辨哲学更为虚妄的玄学上去，认为只有本体才是实相，而万有——即从作为空玄无形绝对精神的本体幻化出来的瞬息万变刹那生灭的现象界——则都是假相？倘使一旦偏离了作为感性形态的具体现象去侈谈本质，不管在什么动听的名义下，都会造成一种抽象思维的专横统治。黑格尔虽然是个思辨哲学家，但是当他的辩证法一旦使他从思辨结构摆脱出来作出把握事物本身的真实叙述的时候，往往说出一些深刻的道理。他在《小逻辑》中曾用这样的命题来表述现象和本质的关系："凡现象所表现的没有不在本质内的，凡在本质内的没有不表现于外的。"从一滴水看大千世界曾被认作是荒诞不经之言，不可为训。可是，我看这个比喻也有某些合理的成分。各种现象都在不同程度上表现了本质，就像个别是一般这一直接判断一样是不容置疑的。

既然一切生活现象都从不同的侧面反映了生活的本质，因此这就给题材的多样化提供了广阔的天地。在文艺创作上题材的选择不应加以限制。作家对某一题材怎样去写，从什么侧面去写，则更不能挑剔苛求，横加干预。表现战争，可以正面去写战火纷飞、硝烟弥漫的冲锋陷阵场面，也可以不尽情铺展这类场面，而着眼于人物性格去写几个普通战士的悲欢，和他们那年轻而纯洁的心灵对于并肩作战的生者与死者的真挚情谊。表现十年浩劫，可以正面去写"四人帮"及其帮派分子的篡党夺权阴谋，也可以不详细涉及这类场面，而侧重去写这场灾难的受害青年，怎样怀着一颗赤子之心在当时特定条件下由于盲目追求革命理想而误入歧途，或者一个纯洁少女处于非人的境遇下，在人性上所发生的自我异化。后者难道就不能震撼人的心灵、引起人的思考、激发人的良心？但是这类作品往往遭到不公正的责难，理由之一是不典型，而所谓不典型就是没有写所谓的本质。可是，大自然的无情规律不是上帝，它并没有自己垂青的选民，只把本质赋予为数稀少的特定对象，而使其余的对象一律成为无家可归的孤儿，永远被放逐在本质的圣殿之外。

我在去年《文艺论丛》上发表的一篇论述审美主客关系的札记中，曾援引过费尔巴哈对于"类在一个个体中得到完满无遗的体现"的思辨观点的批判，并根据自己的理解加以论述。其中有些意见对于正在讨论的写本质问题也许有些用处。因为有些人不是把本质看作是某种现象的本质，而是加以扩大化，把它看作是属于更广范畴的共性或类。这就重复了费尔巴哈所批判的要求"类在一个个体中完满无遗的体现"的错误。比如过去曾经出现过的一个阶级只有一个典型的观点，正是反映了这种错误理论的最好例证。事实上，任何作为感性形态的"这一个"，都不能一劳永逸地体现作为类的全体代表的本质，正如历史长河的人类认识过程，决不会在某一瞬间获得绝对真理，突然戛然中止，再不能前进一步一样。本质并不能一举囊括作为感性形态的"这一个"的现象群体，后者有些成分是本质所不能完全纳入的，因为本质是排除干扰经过净化的抽象。车尔尼雪夫斯基所提出的命题"茶素不是茶，酒精不是酒"，虽然曾受到朱光潜先生的指摘，但我始终相信它是真理。试问，茶素能代替茶、酒精能代替酒吗？在文学创作上，用写本质去代替写真实，那结果往往是以牺牲本质所不能包括的现象本身所固有的大量成分作为代价的。这个代价却未免太大了，它剥去了文学机体的血肉，使之变成只剩筋骨的干瘪躯壳。黑格尔说得对：化学家分析一块肉，指出这块肉是由氢、氧、碳等元素构成的，但这些抽象的元素不再是肉了。我们可以援此为例打个比喻，倘使有人请客吃饭，他端出来的不是一盆肉，而是氢、氧、碳等元素，并且说这就是本质的肉，是肉类的精华，比平常普通的肉更好，你将会怎样想？不幸的是这种写本质的偏见竟如此难以消除，以致把几十个或上百个人的共同点抽象出来概括到一个人的身上，和后来发展到尽量把所有的优点或缺点集中到一个人身上的典型论，曾风靡一时，至今尚流传不歇。我想套句古话来回答：尧之善不若是之甚也，桀之恶不若是之甚也。作品不能使读者相信，还谈得上什么感染力？文学作品当然要表现生活的本质，但这并不意味着排斥生活的现象形态，经过作家提炼、加工、熔铸了的生活现象，可以像许多人喜欢讲的那样是容许变形的（变形只是艺术手法中的一种，不是唯一的），但不能放纵意志的任性，海阔天空、漫无边涯，而必须随心所欲不逾矩，要有适当的分寸。经过作家反映出来的东西必须和现实生活本身一样保持着细节的真实性，而不能抛弃生活现象形态本身所具有的属性。在这样的情况下，透过现象显示本质是文学创作的真正困难所在。而作家就是要在这种困难条件下披荆斩棘，逞才效技，施展自己的本领。

一九八〇年

失去爱情而歌与失去金钱而歌

目前，社会效果已成为一个经常涉及的题目。其实，这本来是不言自明的，文学作品既然公之于众，怎么可能没有社会效果？问题是不能把社会效果作简单化庸俗化的理解。过去的教训不能忘记，否则又要退回到所谓为政治服务的"赶任务"、"写中心"等等偏向上去。社会效果归根到底仍离不开倾向性问题。我曾经说过，倾向性是作家的思想感情在认识、把握和表现生活真实时在艺术形象中的自然流露。杜勃罗留波夫曾经说："艺术作品可能是某种思想的表现，并不是因为作者在他创作的时候听从了这个思想，而是因为那作品的作者被现实的事实所征服，而这思想正就是自然而然地从这种事实中流露出来的。"作家的思想感情不是一朝一夕所形成的，其中包含着性格、才能、天赋、气质等等复杂因素，是经过长年累月的熏陶和磨练才形成起来的。在这方面我们的研究还处于幼稚阶段，许多微妙的精神现象还有待于我们经过不断的探索去一一揭开其中的奥秘。这里我所能说明的是作家的思想感情，有一个自然形成的长过程，决不是临时张罗、依靠人工装修的办法所能奏效。一旦进入写作阶段，作家为了追求社会效果，不从自己的真情实感出发，企图用强制手段，进行削足适履的弥缝修补，纵使出于自觉自愿，也仍然无济于事。因为他不能在顷刻之间使自己长期定型的思想感情骤然发生脱胎换骨的变化。倘使硬要这样做，那势必会束缚作家的自由抒发，变成创作活动的无情桎梏。自然，作家写作有时也会考虑到社会效果，但是，这种考虑首先必须尊重生活，不能违反艺术的规律。只有在作家的思想感情适应并服从艺术形象的真实性情况下，他才能使自己关于社会效果的考虑步入正轨，否则就会出现有时令成功的作家也难免感到不安的二元化倾向，这也就是说，作家在艺术形象中不自觉流露出来的潜在的思想感情和他为了追求社会效果强加到作品上去的外露的思想感情，形成真假混杂、表里牴牾的矛盾，从而造成思想感情本身之间和它与艺术形象之间的分裂。这势必破坏了艺术必须浑然一体的和谐一致性。

　　思想必须获得人格的印证，只有伟大的性格才能写出伟大的作品。从某种意义上来说，倾向性是不以作家本人的意志为转移的。强扭的瓜不甜，强扭的思想不真。艺术最不能作假，作品无法掩饰作家的灵魂。一个人被胁以刀锯鼎镬也不肯吐露的内心隐秘，有时也会不知不觉地在作品中经过折射露出或隐或显的痕迹。作家在写作的时刻，如果强迫自己去写对他是陌生的、未经消化的、并未扎下根的思想感情，那么，不是煮成一锅夹生饭，就是弄虚作假。艺术要求真诚，假、大、空是会引起读者厌恶的。文艺复兴时期，摆脱了经院神学束缚、代表人文主义的哈姆雷特在一场戏出场的时候，一边读着手里的一本书，一边说："空话，空话，空话。"这重复了三遍的两字评语难道不能使我们引以为戒？难道还要重蹈言之无物或言不由衷的故辙？没有获得人格印证融为自己血肉的思想是虚假的。游离于艺术形象真实性之外的倾向性，不是脉管中流动的血液可以灌注全身，赋予肌体以生命，而是贴上好看商标的赝品，顶多只能起着暂时的蒙混作用，利用假相去唤起错觉。可是人们只要揉一下眼睛，那些五彩缤纷的幻景就会立刻烟消云散。从艺术形象的真实性之外去评论倾向性，恰恰无视文学作品是活的有机体。其实把文学视为活的有机体并不是什么新的见解，古代文艺理论家早已认识了这一点。亚里士多德曾在这方面作过充分的阐发。刘勰说"义脉不流则遍枯文体"，也是把作家的思想感情看作是血液在布满全身的脉管中流动不息，灌注艺术以生气和生命。

最后，还需要补充一点，作家的思想感情固然需要是真实的，但也并不意味着凡是真实的思想感情都可以打动别人。罗斯金曾经说过："少女失掉了爱情而歌令人感动，而守财奴失去了金钱而歌就不会令人感动了。"（大意）这就说明真实的思想感情还需要是高尚的。

一九八〇年

追求真理的热忱

　　我想谈谈怎样从文学的真实性和倾向性方面去看待文学史上那些杰出的作家。这是一个很复杂的问题，绝非三言两语可尽。我只想就其中关系比较重大的方面谈谈自己的想法。过去，我们只谈这些作家的阶级局限性，几乎已经题无剩义。但是，我觉得是不是也应该进一步探讨一下，在某种程度上他们也可以摆脱这种局限？我认为不能把阶级的局限认作是他们绝对不能逾越的鸿沟。恩格斯曾经概括了文艺复兴时期杰出人物的特点。他认为在那个人类前所未有的伟大变革的进步性运动中，顺应时代的需要出现了一批学识渊博、思想深刻、性格坚强的多才多艺的巨人。他说，这些"为现代资产阶级打下基础的人，无论如何，都是些不受资产阶级观点局限的人"。这清楚表明文艺复兴时期的那些杰出作家是摆脱了资产阶级观点制约的。例如，莎士比亚就是明显的例子。如果说，莎士比亚笔下的一些英雄人物如亨利五世和《约翰王》中的庶子菲力浦，还是体现了刚刚从中世纪社会母胎脱生出来的新兴资产阶级依附王权去消灭封建割据的观点，那么，莎士比亚在另一些剧作中却摆脱了这种阶级观点的局限。比如《李尔王》就存在这种情况。李尔让出王位之后，失去了君王的尊荣，降到底层。当他认识到并懂得了民间的疾苦，人的感情在他身上觉醒起来。他在大雨倾盆、狂风怒吼、雷电交加的旷野上所发出的那段关于"衣不蔽体的人们"的独白，曾被柯勒律治说成是比大自然的暴风雨更为壮烈的心灵的暴风雨。我们可以把它看作是莎士比亚本人的动人心魄的内心表露。倘使莎士比亚对于资本主义原始积累时期的圈地运动的羊吃人现象，和由此所造成的无家可归的流浪汉遭受统治者血腥立法的残酷迫害，不是抱着深恶痛绝的态度，他是写不出这场戏的。在同一剧作和另一剧作中，莎士比亚还如实地反映了出现在他那时代的另一类人物形象，他们泼辣、强悍、精力饱满，却又像魔鬼般的奸诈，像豺狼般的狠毒，这就是那些在资产阶级萌芽时期的最早野心家冒险家爱特门、埃古之流。倘使莎士比亚不是对他们疾恶如仇，就不会像禹鼎铸奸般地把他们载入自己的戏剧史册，垂诸后世。对于莎士比亚这样的作家究竟应该怎样予以正确的评价？按照通常的说法，就是这些作家体现了人民的要求和愿望，他们的作品是具有人民性的。这样说大体上是不错的。不过，人民性却往往被笼统地加以解释，成为一个模糊的概念。我们通常把文艺复兴说成是资产阶级上升时期，并认为在这样的时期，资产阶级和无产阶级的矛盾尚未激化，而且在反封建反神权方面，资产阶级和劳动人民的基本利益是一致的。这就是资产阶级作家可以体现人民的要求和愿望，在作品中表现人民性的理由和根据。六十年代苏联出版的奥夫斯亚尼柯夫编纂的《简明美学辞典》仍沿袭这种说法。实质上，这种说法是以资产阶级在上升时期和劳动人民有着基本一致的利益为前提的，因此这可以被理解作资产阶级作家表现的人民性仍然是站在资产阶级立场上反映了资产阶级的观点，从而小心地回避了恩格斯指出的"无论如何都是不受资产阶级观点局限"的科学论断。为什么要采取这种遮遮掩掩的态度呢？我们应该理直气壮地承认这一真理：在某种情况下作家可以在一定程度上摆脱阶级的制约，不受阶级观点的局限。

自然，我们也应该看到过去那些杰出作家的世界观呈现了错综复杂的情况。但我不同意把他们的具有矛盾的世界观完全看作是保守的，甚至是反动的。如果我们承认生活在阶级社会中的人除了具有阶级性之外，还可能具有某种不是阶级性这一范畴所能容纳的人性，那么，为什么那些杰出作家反而不可能出现这种情况呢？也许人性和人道主义是使他们在作品中摆脱阶级局限的一个主要原因。我以为这问题可以进行探讨。这里，我且不谈这个问题，只想再援引恩格斯所举的另一例证。他曾经说："歌德像黑格尔一样，各在自己的领域内，都是真正奥林帕斯山上的宙斯，然而两人都未能完全免去德国庸人习气。"这句话如果作简单化的理解就会产生误会。我以为所谓庸人习气主要指的是政治态度方面，歌德他们不像文艺复兴时期的巨人那样具有革命激情和坚强性格，用笔或兼用笔和剑投入那场人类前所未有的伟大的进步性变革之中。他们小心翼翼，不敢得罪或碰疼当时普鲁士的专制政府，甚至有时还表现了懦怯的态度。可是，在另一方面他们又都在自己领域内是真正的奥林帕斯山上的宙斯。这一点不可轻视，值得我们思考。我以为，他们在自己领域内作出了对人类的伟大贡献，不仅仅需要天才、勤奋、毅力和学识，而且也需要追求真理的热忱和忠于科学、忠于艺术的优秀品质。这种品质同样值得推崇，并且和他们在政治态度上所表现的庸人习气恰恰相反，形成奇异的鲜明对照。而事实却正是如此。我觉得在巴尔扎克、果戈理等等这些作家身上也都具有同样的情况，我们只要读读他们的传记就可以明白。例如，像巴尔扎克年轻时为了献身文学，要用自己的笔去开拓拿破仑的剑所不曾达到的领域，甘愿清贫自守，住在拉丁区的阁楼，忍受饥寒的煎熬，而放弃家庭的接济和优裕的生活享受。他成名后，也曾经以艺术家的公正而为被漠视、受冷遇，甚至为连雨果也不理解加以一笔抹煞的司汤达仗义执言。为此他宁可放下手边正在进行的主要工作，写出了《拜尔先生研究》。再像果戈理为了坚持他所开创的以自然派命名的现实主义创作道路，在当时充满陈腐偏见的文艺界，遭受多少责难和辱骂，但他毫不妥协，始终坚守自己的岗位。晚年，他虽然产生了思想危机，但终于从斯拉夫主义迷乱中挣扎出来，亲手焚毁了体现这种思想迷乱的《死魂灵》第二部手稿，而不愿背叛自己的艺术信念。这类可歌可泣的动人事迹，直到今天仍使我们深深感动。如果他们以庸人习气去对待自己所从事的文学事业，就会由奥林帕斯山上的宙斯一变而为渺小的侏儒了。当马克思批评当时的庸俗经济学的时候，曾说："超利害关系的研究没有了，代替的东西是领津贴的论难攻击；无拘无束的科学研究没有了，代替的是辩护论（Apologotik）者的歪曲的良心和邪恶的意图。"这不是表明超利害关系无拘无束的科学研究是存在过的么？马克思说的古典经济学家就是这样的。《资本论》所提到的那些工厂视察员和公共卫生报告医师也是这样的。他们恪尽职守，无党无私，毫无顾忌地秉笔直书，揭示劳动人民的悲惨处境，而并不计较个人得失，趋承上意，像从前诗人所说"颠狂柳絮随风舞，轻薄桃花逐水流"的风流人物那样随波逐流，趋炎附势。科学家不怀任何私人利害打算去探索自然规律，艺术家不怀任何私人利害打算去追求生活真实，他们决不肯为了领取津贴去充当统治阶级的御用工具，决不肯歪曲自己的良心，怀着邪恶的意图进行颠倒黑白的论难攻击，就这方面来看，应该说他们具备了伟大性格，因此他们才写出了伟大的作品。还应该说，正是由于这种缘故，他们才可能在一定程度上在一定范围内摆脱了阶级制约，不受阶级观点的局限。可是，过去一涉及追求真理的热忱或忠于艺术的良心这类提法，马上就会有人出来呵责，斥为宣扬唯心主义。他们忘记了恩格斯早在一个多世纪以前就已回答了史达克对于费尔巴哈提出的理想的力量所作的责难，他说："如果一个人只因他具有'理想的意向'并承认'理想的力量'对他的影响，就算是一个唯心主义者，那么任何一个稍稍正常发展的人就都是天生的唯心主义者了。于是这一点不可以理解：世上怎么会有唯物主义者呢？"让经过惨痛经验教训而在当前这场思想解放运动中重得确认的实事求是精神永远发扬光大吧！

一九八〇年

历史会为它们作证

　　我们究竟应该怎样看待那些揭露丑恶或抉发弊端的作品？这类作品往往遭到人们的误解。但文学不应说谎，不应粉饰。刘勰在一千多年前就曾经批评过那些回避生活真实的玄言诗赋。他说的"世极迍邅，而辞意夷泰"，就是对这类虚假作品的针砭。在我们的文艺界，歌颂和暴露向来是一个有争议的问题。我很怀疑文学作品能不能按照长期形成的习惯划分为歌颂文学和暴露文学，我更不能赞同把那些揭露丑恶或抉发弊端的作品看作是违反文学将人提高的使命的。我认为，这是一种误解。倘使追源溯流，应该说它根源于古老的美学偏见。黑格尔在《美学》的序论中，曾指出西方惯用的几个美学名词（Asthetik 或者 kallistik）都不能十分恰当地表现美学的内容。但是，他自己也没有摆脱上述那种偏见，对美作出精确的界说。他在《美学》中说："如果事物内在的概念和目的本身已经是虚妄的，原来内在的丑在它的外在的实在中也就更不能成为真正的美了。"由于强调理想美，他认为反面的、坏的、邪恶的力量不应作为不可少的反动的根源，这种偏见使他对自己所崇敬的莎士比亚也作出了一些显然错误的审美判断。比如，他认为艺术不应引起罪恶和乖戾的印象，因而对《雅典的泰门》和《李尔王》都不无微词，责备前者"没有合理的情志"，而后者则是"尽量渲染罪恶"。幸而黑格尔常常从抽象领域进入到现实世界，摆脱了他的思辨结构框架，这才使他对许多作品也包括莎士比亚剧作，作出了深刻精辟的分析。如果他僵硬地死守上述那个美学命题去评骘一切，那么，他那部具有卓识的《美学》就将成为令人无法卒读的著作了。过去，我们的文艺界也出现过类似的看法。有的文章曾根据自然形态和加工后的艺术形态"两者都是美"的观点加以引申说，倘使自然形态本来就不美，那么加工以后的艺术形态，也就一定更加丑化了。这种认定艺术作品只应表现美的对象的观点是这样褊狭，以致使无数生活现象都被摒斥于艺术领域之外。试问：我们如何按照这种理论去评价文学史上大量存在着的现象呢？车尔尼雪夫斯基的美学尽管在深度和广度上逊于黑格尔的美学，但是他所提出的美是生活这一命题，在突破传统美学偏见这一点上，确是石破天惊之论。他在青年时代所写的批判思辨美学的学位论文中，就已一针见血地指出："把艺术作品的必要属性的形式美和艺术的许多对象之一的美混淆起来，是艺术中不幸的弊端的原因之一。"应该说这一观点具有重大意义，它使艺术进入了生活的广阔大地。

不幸的是，直到今天我们有些评论者仍落入传统美学偏见的窠臼，有意无意之中还在宣扬只有美的对象才是艺术所表现的题材，从而严格地规定了什么是应该写的和什么是不应该写的。最近我读到一篇谈真实性的文章援引鲁迅的话作为自己立论的根据，因为鲁迅曾说过癞头疮、毛毛虫、鼻涕、大便等是画家不取为题材的。我以为这位论者只是借权威以助己说，死扣字面而并没有去探讨问题的实质。什么时候我们才能摆脱依傍，从实际出发，经过独立思考去解决具体问题呢？我们需要踏踏实实的文风，以纠正长期以来贪图省力，不去论证也不去分析，只是搬弄经典条文作为现成结论的陋习。鲁迅确实说过画家不会去画癞头疮、毛毛虫、鼻涕、大便，但是用摘句办法并不能说明这些对象就是艺术表现的禁区。因为鲁迅本人就着重地写过阿 Q 的癞疮疤，他在《长明灯》里还用癞头疮的绰号代替人名。读过鲁迅小说的人都会知道，他是没有这种清教徒式的戒律的。他曾经写过豆腐西施的圆规式的小脚，四太太耳朵后的积年老泥，王胡把虱子放在嘴里毕毕剥剥地咬嚼，甚至还有七大人拿在鼻子旁擦着的屁塞……然而，这些比鼻涕、大便更丑恶的东西，却并没有使他的作品堕入浊秽。谁会说鲁迅描写了这些东西是为了陈列丑恶呢？它们都是根据作品的内在要求，为了写出人物的性格面貌，揭示生活的原有底蕴所不可缺少的。把美学简单地认作表现美的对象这种理论是这样站不住脚，甚至只要举出被称为唯美主义的王尔德所写的《道林格雷的画像》就足以把它驳倒。谁会说这部小说是以美的对象为题材呢？我想，鲁迅认为丑恶的东西恰恰相反，是那些假借美的名义掩盖真相、粉饰生活、歪曲现实的倾向。这里不妨用他所举出的一个极端例子来说明，那就是他所说的把无名肿毒美化为"红肿之处，艳若桃花；溃烂之时，美如乳酪"。十分可悲的是，文艺领域内所出现的弄虚作假的那套伎俩，正是重演了这段历史。

那种把艺术当做是"被装饰了的自然"的陈腐美学观点，早在一个多世纪以前就被驳得体无完肤了。可是在我们这里还有一定的市场。"拔高"这两个字因为使人马上会联想起臭名昭著的"三突出"，总算是已有了不光彩的名声，虽然它在有些作品中仍在探头探脑地现身显灵。由于我们对于艺术比生活更高更美的误解是这样根深蒂固，以致违反真实的作品仍在流传，悠然自得。我曾经听到一位电影导演感慨地用假、大、洋、新四个字来概括这种倾向。我觉得这四个字在我们新兴的电视剧中表现得较普遍。自然，电视剧也有好的，如根据《许茂和他的女儿们》改编成的《葫芦坝的故事》就是一例。但是不少电视剧却是为了炫耀装饰性的趣味以投合时好而制造出来的。在这些片子中，农舍有如旅馆，打仗形同阅兵，田地好像花园，而且不问时空条件，一切陈设、用具、服装，都力求最新、最洋、最讲究的款式，但在内容上空空洞洞，没有生活的气息，没有时代脉搏的跳动。我感到奇怪，为什么我们对于这类远离生活的装饰性作品竟熟视无睹，很少听到有人发出呼吁？

由于我们把歌颂和暴露截然分割开来，很早我们就已形成一种习惯，认为所谓歌颂的作品总是美的、好的，所谓暴露的作品总是丑的、坏的。因此，对于那些掩盖真相粉饰生活的作品，总是那么心平气和，尽管它在散布弄虚作假的浮夸作风；对于那些秉笔直书抉发弊端的作品却总是那么痛心疾首，尽管它在培养实事求是的社会风气，有助于改正我们的缺点，激发我们前进。在抉发弊端和将人提高或培养高尚情操的问题上，我们还墨守传统美学的偏见，断言这两方面是势如水火，绝不相容的。直到今天，有人还在认为写社会缺点就是散布悲观情绪，没有鼓舞人们的斗志。也有人认为可以写阴暗面，但必须要有光明人物来衬托，如果没有一个光明人物出来现身说法，那就是违反了文学必须表现典型的原则。还有人认为写我们的缺点，就应该加倍地去写敌人的罪恶。甚至就是不涉及缺点问题也是一样。比如以解放战争为题材，要写我军的牺牲，就必须加倍地去写敌军的惨重伤亡。

不管作者把侧重点放在哪里，不管作者要表现什么，也不管作品总要受到题材的一定局限不可能这样来处理，倘使作者不硬加上这一条，那就是长敌人志气，灭自己威风。这不禁使我想到老舍在解放初所写的《学习当先》一文中说过的几句话。这几句话的大意是，任何作品都不可能是一部包罗万象的百科全书，每篇作品都针对一定对象，作者只能在这篇作品中有限度地传达某一点思想，激起某种感情的反应。倘使作者写的是垂杨柳，而批评者说他没有写出黄花鱼，那只能说是强人所难的题外发言了。现在三十年过去了，评论者对于那些抉发弊端的作品所发出的求全责备，使人不得不遗憾地认为他们仍旧是老舍所说的那种强人所难的题外发言。我不知道我们的作家倘使像《毁灭》作者那样，以那支近于溃败的游击队走出原来战地作为收尾，将会遭到怎样的责难？也许被呵责为败坏士气毁我长城还算是从轻末减了。可是，试问：《阿Q正传》里有什么先进人物或正面形象呢？阿Q的阶级成分大概可划为贫雇农。鲁迅既哀其不幸，又怒其不争，而最后给他的大团圆却是以被枪毙收场。当时也有人指责鲁迅写阿Q时"心里藏着可怕的冰块"。自然，鲁迅写的是旧社会。但是今天的评论者也完全可以根据上述那种逻辑，振振有词地去责备鲁迅当时作为一个革命民主主义者，却没有在这篇小说中去讴歌那时争取民主的革命志士。至于契诃夫就更不在话下了。他那时代的权威批评家曾一口咬定他是一个"不可救药的悲观主义者"。

须知，黑暗不能用黑暗去暴露，而只能用光明去照亮它。有憎才有爱，能杀才能生。作者没有要歌颂的东西也就没有要暴露的东西。为什么一定要把歌颂和暴露机械地割裂开来，以为暴露仅仅出于单纯的憎恶情绪，或甚至是发泄不满？难道对于丑恶的东西批判得越深，不正是出于对光明的东西爱之弥切么？我以为，作品的光明首先要存在作家的心里。至今我仍相信罗曼·罗兰说的这句话："要有光！太阳的光明是不够的，必须有心的光明。"作家心里有光才能真正揭露阴暗，才能使自己的作品放出光辉，哪怕他只抉发弊端，只写丑恶现象，他的作品也是闪着亮色的。一部作品是否具有高尚的情操，并不在于它写的是什么，也不在于它有没有写到光明，而是在于他具有怎样的思想感情。作家的思想感情是健康的，他就不会专挑病态的东西来欣赏，在作品中陈列丑恶。让我们抛开习惯的成见，不要以将会引起不良社会效果的杞忧来对后一类作品轻率地进行裁决。我们应该把文学的社会效果看得复杂一些，不要简单地以为作品的功能只是诱发读者去效法其中的人物。就像名为蜾蠃的细腰蜂捕捉螟蛉封在窠里日夜唱道"像我像我"，于是那小青虫也就成为细腰蜂了。如果真是那样，读者从作品中读到扒手就去学扒手，读到强盗就去学做强盗，那么，暴露一切丑恶的东西就必须列入文艺的禁区了。请相信我们读者的识别能力和欣赏水平，他们并不像有些评论者所想象的那样盲目和浅薄。请相信我们的作者，他们并不像有些评论者所想象的那样，是一些喜欢挑剔苛求、心怀不满的愤世者。作家只要严格地要求自己，真诚地热爱人民，忠实于生活，忠实于艺术，他就会顾忌皆去，相信自己的感情，相信自己的写作不会背叛自己的信念，相信自己在作品中会流露出高尚的情操，能够达到将人提高的目的。这样的作品是经得起时间考验的，历史将会为它们作证。

一九八〇年

人性札记

《资本论》第三卷提出过"最与人性适合也最光荣的条件"。马克思并没有对人性这个概念作进一步说明，我们还不能确切地知道它具有怎样的含义。但是《资本论》第一卷在批判功利主义者边沁的效用原则时曾这样说："假如我们想知道什么东西对狗有用，我们就必须探究狗的本性。这种本性是不能从'效用原则'中虚构出来的。如果我们把这一原则运用到人身上来，想根据效用原则来评价人的一切行为、运动和关系等等，就首先要研究人的一般本性，然后要研究在每个时代历史地发生了变化的人的本性。"从这里我们可以看出，马克思把人的一般本性和不同历史时代变化了的人的本性加以区别，认为在研究不同历史时代变化了的人的本性之前，首先要研究人的一般本性。这是肯定人性存在的说法，并否定了有些人所说的只有有阶级的人性这一观点。在这一点上，马克思并没有摒弃他在早期著作中关于人性的基本观点。

对于马克思上述人性理论究竟应该怎样来解释？美国的新弗洛伊德派精神分析学家弗洛姆在六十年代初出版的《马克思关于人的概念》

第四章《论人的本性》中，曾经作了这样的解释："与一般的人的本性和人的本性在各种文化中的特殊表现之间的这种区别相一致，如我们上面所说，马克思区别了两种类型的倾向和欲望：一种是不变的或固定的倾向和欲望，例如饥饿和性的冲动，它们是人的本性的组成部分，仅仅在它们在各种文化中所采取的形式和方向上可能发生变化。另一种是'相对的'欲望，这不是人的本性的组成部分，'它们起源于一定的社会结构和一定的生产和交换的条件'。"① 弗洛姆用人的"不变的"欲望和"相对的"欲望来解释人的一般本性和不同历史时代变化了的人的本性之间的区别，同时又把人的不变的欲望解释作饥饿和性的冲动，认为只有这个不变的方面才构成人性的内容。这是用弗洛伊德所谓人被生物的、本能的冲动（即弗洛姆所说的性和饥饿）所支配的人性观点来附会马克思的人的一般本性概念。我以为这是不符合马克思的原旨的。

目前在关于人性问题的讨论中，有篇文章对上述马克思的那段话也作了某种类似的解释。这篇文章提出了不少新见解，澄清了长期以来存在着的一些混乱观点，这是应该肯定的。但是，它认为所谓"人的一般本性"主要是指人的自然属性，即人性的抽象部分，例如"饮食男女"；所谓"在每个时代历史地发生了变化的人的本性"则主要是指人的社会属性，亦即人们社会关系的总和，其中包括人的阶级属性，从而断言人性是人的社会属性和人的自然属性的对立统一，脱离了社会性的人和脱离了自然性的人，都是"半面人"，不是真人、活人。

的确，人具有各种属性，每种属性都是人本身所固有的、不可缺

① 见《哲学译丛》一九七九年第二期。弗洛姆文中的末一句是引自马克思和恩格斯合著的《神圣家族》。

少的。诚如这篇文章所指出，许多自然科学学科，例如医学、人种学，以至一些社会科学学科，例如人才学中的最佳年龄部分，都是以这种人的自然属性或某个方面为对象的。但是我不同意这篇文章把"人的一般本性"认作是人的自然属性。我认为马克思所谓"人的一般本性"恰恰是指人的社会属性，而并不像这篇文章所说的是一种"抽象的人性"，仅仅属于生物学或生理学范畴。马克思在《关于费尔巴哈提纲》中论述人的本质时写道："就其现实性来说，它是一切社会关系的总和。"马克思在《资本论》中所提出的"人的一般本性"也就是《提纲》中所提出的"人的本质"，两者都不是指"抽象的人性"，而是指现实的人性。既然这篇文章承认，人的社会性是马克思和恩格斯多次重复的论断，为什么马克思在《资本论》中提出一个"抽象的人性"来呢？这是令人费解的。

如果说"人的一般本性"是指人的自然属性，那么我们就无法解释马克思和恩格斯早期著作中关于人性问题的大量论断。例如《神圣家族》在阐述异化理论时指出，由于资本主义社会制度的生活条件"达到了违反人性的顶点"，"无产阶级身上实际上已完全丧失了一切合乎人性的东西"，以至使它"不得不愤怒地反对这种违反人性的现象"。这里所说的"人性"决不是指人的自然属性。因为属于生物学或生理学范畴的人的自然属性，例如饥饿和性的冲动等等，是人的本能，这种本能在任何生活条件下也不会"完全丧失"的。人的自我异化并不是在生理本能方面即人的自然属性的意义上发生，而是在社会生活条件方面即人的社会属性的意义上发生的。那么，我们究竟应该怎样来理解马克思所说的"人的一般本性"呢？我认为这一概念不是指人的自然属性而是指人的社会属性，是根据马克思早期著作关于"人的本质"的论断。《资本论》只提出"人的一般本性"，却没有对这一概念作具体的说明，可是马克思对于"人的一般本性"就是"人的本质"的更确切的说法，两者的含义在基本上是一致的。马克思在《评J. 米勒的〈政治经济学原理〉》中，论述了以自然经济为基础仅限于使用价值生产的社会里的人的本质时说："可以这样设想，我们似乎是作为人进行了生产：我们中的每一个人都似乎在他自己的生产中又一次肯定了自己和别人。第一，我似乎在我的生产中把我的个性，把我的个性特征对象化（客观化）了，因此，既在生产活动中享受了个人的生活表现，又在观察对象中享受了个人的欢乐，我懂得了我的个性是一种客观的、感性上可以观察到的、因而也是一种不容置疑的力量；第二，在你的享受中，或者说在你使用我的产品中，我似乎直接地得到了享受，我意识到：在我的劳动中，我似乎满足了一种人的需求，也就是说，把人的本质对象化了，因此给其他人的本质需要提供了适合于他的对象；第三，对你来说，我似乎一直是你和族类之间的中间人，也就是说，你已经意识和感觉到，我是你的存在的一个补充，是你自身的一个必要部分，因此，无论是在你的思维中，还是在你的喜爱中，我都似乎得到承认；第四，我似乎在我个人的生活表现中直接地创造了你的生活表现，即在我的个人的活动中直接地证实了并且实现了我的真正的本质，我的人的本质，我的社会本质。"这里说得很明白，人的本质是人的社会属性，而不是人的自然属性。人具有各种属性，但是人的本质并不是所有这些属性加在一起的混合物，或者这些属性的任何一种都成为人的本质的组成部分。人的自然属性，像前面说的饥饿和性的冲动等等，也是动物所具有的。构成人的本质的东西，恰恰是那种为人所特有、失去了它人就不成其为人的因素。而这种因素就是人的社会性。上述马克思的那段话和他在《关于费尔巴哈提纲》中所阐明的观点一样，是从人的社会关系上去探讨人的本质的。人的本质不能从孤立的人来考察，而必须从人与人之间的关系上来考察。正如《资本论》第一卷第一章所说："人到世间来没有携带镜子，也不像费希特哲学家一样，说'我是我'。人最先是以别一个人反映他自己。"

根据我的理解，马克思在评米勒《政治经济学原理》时论述人的本质，是在阐明没有阶级的社会、尚未发生自我异化情况下的人的一般本性。这种人的本性是通过劳动生产活动来加以论述的。照马克思看来，劳动产品是人实现自己的表现，由此人认识了自己的本质，看到了自己作为人的实践力量，从而享受到一种欢乐。同时，劳动产品又使人与人之间结成了亲密关系，因为任何人生产的劳动产品，都给别的人的需求提供了对象，成为别的人的补充，是别的人作为人的存在的不可缺少部分，从而得到了别的人的认可。这对于创造劳动产品的这个人来说，也是他的一种欢乐的享受。基于劳动生产所形成的"我为人人，人人为我"这种现实的社会关系，充分地反映了人的本质。人的一般本性的一切精神表现，都是从这种人与人之间的现实的社会关系上产生出来的，都是具有现实的物质基础的。由此可见，马克思所谓"人的一般本性"，既不是人的自然属性，也不是"抽象的人性"。

事实上，弗洛姆把人的一般本性认作是人的固定不变的欲望，例如饥饿和性的冲动等，这些观点是偏颇的。在二次大战后，我读到过一部根据考尔德威尔《烟草路》改编的同名剧本。这部作品就是按照人的生物学或生理学的自然属性去表现饥饿和性的冲动的。它在西方曾经轰动一时。这部作品描写一个即将失去土地的农民家族：穷困、污秽、懒惰、退化。他们的形状也是丑恶的：没有光泽的棕黑色的皮肤，坚硬的头发，生着一颗颗玉蜀黍疹的面孔，长着从嘴唇中部直到鼻子左面大条裂缝的豁嘴……这些人只有低级的本能和强烈的色欲，为了抢食几个蔓菁来塞饱肚子，像狗一样在地上滚着咬起来。至于那些无耻的色情描写，更使人感到愤慨。作者把堕落的资产阶级的性意识硬栽在这些下层人民身上，叫他们公开展览令人作呕的肉市场。这部作品说明如果经过抽象使人的自然属性还原为动物的机能，发展到极端，就会导致否定人的地步。甚至连一些卓有成就的自然主义作家，也由于他们往往把人当做生物学或生理学的人去描写，以致使自己的作品受到了损害。例如左拉在《娜娜》的末尾详细地去描写那个不幸死去的女人脸上的一颗颗脓疮在怎样溃烂，这就给人的心头蒙上了一层消沉的阴影。

欧仁·苏是法国的一位三四流作家。《巴黎的秘密》也不是出色的作品，只是一部写得相当俗气的通俗小说，其中还夹杂了许多有关基督福音的说教。但是由于这样一部作品在描写玛丽这个人物的开头部分中真实地反映了生活的某些方面，表现了她的人性的优美，《神圣家族》还是对它作了适当的肯定。玛丽是作为一个卖淫妇成了那个罪犯麇集的酒吧间老板娘的奴隶出场的。虽然欧仁·苏后来给这个女性编造了一个皈依宗教的虚伪结局，把神圣的光轮笼罩在她的头上，可是在开头的时候，作者却没有用理想化去歪曲她，而是如实地描写了她的"本来的形象"。《神圣家族》就这一点作了这样的分析："尽管她处在极端的屈辱的境遇中，她仍然保持着人类的高尚的心灵、人性的落拓不羁和人性的优美。"很明显，这里说的"人性"也决不是指人的自然属性。值得注意的是紧接着上面的分析，《神圣家族》对玛丽的这些品质提出了一句概括性的说法，这就是"在非人的境遇中得以合乎人性的成长"。我觉得这句话非常精辟地说明了文学作品中的人性问题。如果像欧仁·苏这样一个平凡的作家在描写玛丽的某些段落里，一旦从她的非人境遇中表现了她的人性的闪光，尚且使自己的作品获得了生命，那么，那些像巨人一样屹立在文学史上的伟大作家，难道不是在这方面取得了更辉煌的成就？

不过，这里马上会发生这样的问题：既然《神圣家族》在阐明异化理论时曾说，由于资本主义社会制度的生活条件达到了违反人性的顶点，以致使"无产阶级身上已完全丧失了一切合乎人性的东西"，那么，为什么《神圣家族》在分析玛丽的时候，又说她"在非人的境遇中得以合乎人性的成长"？我们怎样来解释她的"人性的优美"？我以为玛丽身上所表现出来的人性，不是《资本论》所说的"人的一般本性"，而是"历史地发生变化了的人的本性"。玛丽在那极端屈辱违反人性的生活条件下，无法不丧失马克思所指出的在私有制以前没有阶级的社会中那种在本原意义上的"人的本质"。因为这种生活对她来说是一种反常的强制，而不是她的人的本质的表现。她不会从自己的生活活动中，由于实现自己，认识到自己作为人的力量，并由此和别的人结成一种亲密的关系，而得到欢乐的享受。在这些方面，由于资本主义社会制度的罪恶，使她完全丧失了人的一般本性。但是，她不是一个毫无反抗屈服于暴力之下没有防御能力的羔羊，而是一个善于捍卫自己权利并能坚持斗争的女郎。因此，在她身上出现了在特定历史时代的"变化了的人的本性"。《神圣家族》说："玛丽所理解的善与恶不是善与恶的抽象道德概念，她之所以善良，是因为她不曾害过任何人，她总是合乎人性地对待非人的环境。她之所以善良，是因为太阳和花给她揭示了自己的像太阳和花一样纯洁无瑕的天性。最后，她之所以善良，是因为她还年轻，还充满着希望和朝气。"这种对待非人环境的合乎人性的善良，是在一定历史时代所形成的变化了的人性。它和人的一般本性有区别，但是也有联系，因为它也是人的社会属性的特殊表现。同时，它也是在本原意义上的人的本质在特定历史条件下经过了曲折发展的特殊形态。

一九八〇年

鲁迅传与传记文学

　　解放后三十年过去了。我们已经积累了足够的资料，写出了许多回忆录、事迹考之类的专文或专著。在资料整理方面，如辑佚、校勘、疏证、注释、考据等等，更是做了大量工作。这都为写作鲁迅传提供了有利条件。为什么新的鲁迅传偏偏姗姗来迟至今没有人写出来呢？原因恐怕是多方面的。我想其中相当重要的一个原因是和我们文学理论研究的现状有关。在我们文学理论研究领域内，直到目前为止还留下许多空白点，而传记文学这一课题似乎始终没有提到日程上来。在国外，传记文学早已成为专门名家的学问。且不说所谓"拿破仑学"学者充塞各国图书馆内的众多拿破仑传，仅以卓别林的传记来说，以我有限的见闻，就不下六七种之多。有卓别林本人写的自传，也有别人为他写的传记，而且写法不同，各有各的侧重面，各有各选择的角度，很少雷同，都具有自身的特色。例如，二次大战前法国作家菲力普·苏卜根据卓别林在影片中所创造的那个流浪汉所写的《夏洛传》，就是通过卓别林的艺术创造来探讨他的内心世界。这在传记文学中别具一格，被称为"幻想人物传记"。如果我们把国外的各种传记的写法进行比较研究，是有助于丰富传记文学理论的。我国史学在世界上素享盛誉。黑格尔曾经说，印度虽以史诗著称，但却是个史学很不发达的古国，在那里年代记载纷乱不全，使人茫然不可测知。他对中国两千年来从未中辍的史书，感到了惊讶并表示了赞美。我国古代史学家以编年体或纪传体来写历史。《史记》中的列传，既是历史，又可以说是早期的传记文学。我以为，对于我国史书中的传记文学更应加以总结，把总结的成果引进到我国传记文学的理论中来。

　　我提出上面的意见，并不是说要等我们的传记文学理论有了一定的研究成绩之后，再来写鲁迅传。在学术上，理论研究和创作实践往往是互相促进的。如果我们写出几本具有不同风格、体例互异的鲁迅传，未始不是对于我们尚处于草创时期的传记文学理论提供有益的研究资料，开拓理论研究的境界，从而对推动理论研究起着催化剂作用。恕我冒昧地对我们的鲁迅研究者提出一点意见，那就是不要把注意力拘囿在狭窄的领域里，天地是广阔的，何必都挤在大体雷同的题目里做着大同小异的研究呢？我们应该提倡一下敢为天下先的开风气精神。研究鲁迅不一定都非得走直径，仅仅限于与鲁迅直接有关的范围，似乎一旦离开了鲁迅的名字，就是离题旁涉、越俎代庖，属于自己职责以外的事了。是不是可以开拓一些表面看来似乎与鲁迅研究并无直接关系而实质上对于鲁迅研究却大有裨益的领域呢？我们的鲁迅研究者中间倘使有人愿意一边研究鲁迅，一边也钻研一下传记文学，纵使自己不写鲁迅传，而是为写鲁迅传开路，创造一些有利条件，那也应该算是作出了一定成就，其贡献并不在辑佚文、释僻典、作注疏之下。

　　我没有钻研过传记文学理论，只偶尔涉猎一些中外传记作品。听说新的鲁迅传之所以难产，往往在于人们把写鲁迅传认为是一定要作出新式高头讲章式的皇皇巨制，工程浩大，不可轻易下笔。我建议是不是可以多出几种不同类型不同写法的鲁迅传？传记文学本来就不应有必须遵循的刻板模式，或一定的规格和一定的写法。例如，卡莱尔的《英雄与英雄崇拜》和罗曼·罗兰的"英雄传记"，虽然都以伟大人物为对象，以吐露自己的景仰之情，但由于这两位作者在英雄的概念上有显著的分歧，所以这两种性质类似的传记存在着极大的差异。卡莱尔把英雄视为领袖群伦、迥拔众生的先知或神人，认为世界不过是他们的"理想的实现，意象的形体化"。而罗曼·罗兰所写的英雄却并非这类高不可攀的超人，他们"并非以思想或强力称雄的人，而是靠心灵而伟大的人"。罗曼·罗兰的英雄传记是一系列闪耀光芒的青铜像。这些人物不是神，而是也有缺点、经过世间磨难、有爱有憎、有血有肉的人。他们使我们觉得可亲，可以理解，可以作为学习的榜样。如果有人写出一本像罗曼·罗兰写的《贝多芬传》《托尔斯泰传》《米盖朗琪罗传》那种格局的鲁迅传，不堆砌资料，不炫耀广博的征引，不在无关宏旨的细节上作烦琐的考证，而是深入到鲁迅的内心生活中去，探索他的精神世界及其复杂的历程，那将会是一本很能引人入胜的著作。

我认为，我们写鲁迅传不必拘于一格。如果有人采取另一种写法，像车尔尼雪夫斯基写的以别林斯基文学活动为中心的《果戈理时期俄罗斯文学概观》那样，从我们现代文学史的波澜起伏的背景上，理出鲁迅的思想脉络和他在每一历史阶段留下的战绩，那也是很有意义的。不过，这就需要对鲁迅的对手，如早期代表国粹派的《甲寅》杂志，陈西滢和他所属的新月派首领胡适，提倡语录体小品文的林语堂和以苦茶名斋的周作人，以及在另一领域内，而属同一营垒的创造社、太阳社，直到晚年时左联内部的两个口号之争，都进行系统的探讨，占有充分材料，才能作出公正的史的评述。如果只根据鲁迅本人的文章来品评，明于此而昧于彼，那就会使他的许多针对性的观点难以索解。似乎我们至今还没有充分掌握鲁迅对手的资料，把双方的观点摆出来，作出实事求是的深入评述。今天我们可以用清醒冷静的头脑公正地去评价过去我们文学史上那些功过是非了，不能以单纯的顶礼膜拜之情，更不能以意气用事的褊狭之见来代替科学的论断。让我们采取车尔尼雪夫斯基在《果戈理时期俄罗斯文学概观》中论述别林斯基与波列伏依、森柯夫斯基、歇唯辽夫的论争时，以及在论述别林斯基所属的斯坦凯维奇小组和赫尔岑所属的奥格辽夫小组之间发生分歧时，那种忠于历史、尊重事实、公正无私的良史直笔吧。

　　记得有位外国传记文学家说过，伟大作家把他的一生都蒸发在自己的作品里，因此没有给传记作者留下更多可写的东西。我并不这样想，作品是作家的心血结晶，直接或间接地反映了他的生活经历，有意或无意地表露了他的内心世界，离开作品是不能理解作家的。但是，他的性格的成长，思想的发展，感情的变化，他所处的时代、环境，和他在文学史上所占的地位，所起的作用，以及对他留下来的遗产作出适如其分的评价，则都需要传记作者去探讨，去研究。鲁迅传有许多方面可以写，也可以用多种方式去写。一部不够，几部也不嫌多——自然这不是指那类粗制滥造的雷同之作。

一九八一年

鲁迅论与综合研究法

　　我们的文学理论研究工作，分工分得很细，好处是向专的方向发展，使各个专题可以研究得深，研究得透，避免囫囵吞枣，只留下一个模糊轮廓的粗枝大叶作风。但是，分工过细也会产生另一种弊端，那就是各守各位，画地为牢，为各自所选择的专题所拘囿。这种河水不犯井水的办法，势必造成隔行如隔山的很大局限性，结果是研究中国的对外国的置之不顾，研究古代的对现代的茫然无知。从事文学理论的可以昧于美学意识，遑论把文史哲融会贯通在一起？鲁迅、郭沫若、茅盾、老舍、巴金……都成了一家之学，一个萝卜一个坑，研究者各守自己的领地，只盯住自己的专题，谁也不肯越雷池一步，放开眼界，关心一下自己那个小天地以外的广大世间。这种情况倘不急速扭转，将会使我们的研究者成为分工的奴隶。早在一千多年前，刘勰就已感叹前代和同代那些"各照隅隙，鲜观衢路"的理论家，"各执一隅之解，欲拟万端之变，所谓东向而望，不见西墙也"。我很怀疑目前我们那种分工细到这种地步的研究方法，到底会出怎样的成品，会有怎样的功效？研究自然应有重点。人的才能、禀赋、志趣、爱好互异，修短殊用，难以求备。何况每人都受到时间、条件、精力的限制，怎么能够成为无所不晓的饱学之士？少时读到胡适说的"为学当如金字塔，要能博大要能高"，虽然心向往之，但实际上却是可望不可即的奢想。这类旷世奇才虽然不是没有，毕竟极为罕见。恩格斯谈到人类文化史上发放异彩的十九世纪，也只举出两个半的百科全书式的天才。不过，我觉得，我们的研究者最好从拘于一隅的狭窄范围走出来，就力之所及争取做到博一点，至少对于和自己专题有着密切关联的学科，也花工夫去钻一下，这不仅有好处，也是必要的。试问：研究我国现代文学的某一作家，能够不去了解他的时代、社会和环境么？——这就需要有一些政治、经济、历史的知识。能够不去了解他和前代或外国作家的继承或借鉴关系，和同时代作家的交互影响以及对后代所发生的作用么？——这就需要有比较全面的文学史和文学理论的知识。能够不去了解他在作品中反映出来的时代思潮、思想根源和美学观点么？——这就需要有一定的思想史和美学的知识。我以为，这些知识都是文学理论研究者不可缺少的。鲁迅研究并不例外，甚至还应该特别注意这一点。鲁迅曾经说过，专家多悖，博学者多浅。倘使抛开上述应有的知识，孤立地研究鲁迅和他的作品，不但难免于悖，而且也往往流于浅薄和空疏。因此，我倡议鲁迅研究要尽量采用综合研究法。

六十年代初期，我们报刊上开始出现过号召研究者注意科学杂交和边缘科学的呼吁，有关科研工作方法问题一度引起了学术界的注意。在古史研究上还提出过文献和文物结合的研究方法，并取得了一定成绩。但是这个良好的开端不久就夭折了。而国外的科研工作却早已迈进综合研究时代，通过杂交出现了许多前所未有的跨界学科，不仅开拓了广大的科研领域，并且取得了惊人的飞跃和突破。我们如果仍旧抱残守阙，固步自封，那将大大地陷于落后状态。近年来，我们学术界重新注意到综合研究是科研工作的必然趋势，可是，在文学理论研究领域内对于这么重要的问题似乎仍未引起普遍的重视。是不是可以在鲁迅研究上先尝试一下采用综合研究法呢？鲁迅的学识是广博的、多面的。他的作品涉及古今中外，其本身就蕴藏着多种学科的综合，一直延伸到自然科学领域。如果不采用综合研究法去进行剖析，就难免捉襟见肘，穷于对付。不要以为对鲁迅作品中所涉及的那些人名、书名、事件……找出出处，作出注解，就算大功告成，任务完毕。这些工作对研究者只起着资料性的作用，只能说是研究的初阶或前奏。我并不是轻视这些注疏考证工作，这种工作也还有待于进一步整理、汇总、编辑成为系统的工具书。迄今我们还没有出版一部鲁迅辞典，而国外著名作家辞典早已大量问世。最近我收到一部国外寄来的两厚册《莎士比亚辞典》，词条达五万左右，内容详赡，检索方便，对研究莎士比亚大有裨益。我们还缺乏这类工具书，出版界也不够重视这方面工作。我曾搞过一点我国古代文论研究，我所用的诸如《通检》之类工具书，却是法国巴黎大学汉学院委托我国专家编纂的。我也接触到一些从事古代文论研究的大学中年教师，他们苦于缺乏必要的工具书。例如，较普通的《说文解字诂林》《经籍籑诂》《三通》《清经解》《增订简明四库目录标注》之类，有的对此竟茫然不知，而我们的出版界至今仍迟迟不予重印，这是有碍研究进展的。

据说鲁迅辞典已在着手编纂，但愿早日出版。然而，无论在鲁迅研究方面从事注疏考证，或编纂鲁迅辞典，毕竟不能代替综合研究。我们需要从鲁迅作品中去探索其中所涉及的人名、书名、事件等和他在思想上的渊源关系。就是对于他并未正面涉及的，也要善于去分辨，去寻找其间的蛛丝马迹。例如，鲁迅晚年有些文章是以周作人为对象的。据我浅见，鲁迅的《喝茶》就是和周作人的《苦茶随笔》针锋相对的。这篇文章十分精辟地勾勒出在大动荡时代的那种回避现实、不敢使自己的灵魂粗糙起来，却又变得具有病态的敏感、细腻，以致不能经受时代风暴考验的怯懦性格。再如，鲁迅在《题未定草》第九篇中引张岱《琅嬛文集》述明末东林党和非东林党中的君子与小人一段所发的议论，也是驳斥周作人的。两人同引这段话，却作出了截然不同的相反结论。这些地方都没有只字提及周作人，只有读了周作人文集后，进行比较，才可见出端倪。鲁迅和周作人的分歧代表同一时代两种思潮。如果有人写出这一对兄弟，如何在早期重视手足之情，以后由于思想上的分歧而产生了矛盾，那将是一个有兴趣的题目。

此外，我认为，鲁迅写的《论辩的灵魂》《牺牲谟》《评心雕龙》等杂文中所勾画出来的强词夺理的诡辩，十分深刻地揭露了一直在我们社会中流传不绝阴鸷反噬之术。试举第一篇中的一则为例："你说甲生疮。甲是中国人，你就是说中国人生疮了。既然中国人生疮，你是中国人，就是你也生疮了。你既然也生疮，你就和甲一样。而你只说甲生疮，则竟无自知之明，你的话还有什么价值？倘你没有生疮，是说谎也。卖国贼是说谎的，所以你是卖国贼。我骂卖国贼，所以我是爱国者。爱国者的话是最有价值的，所以我的话是不错的。我的话既然不错，你就是卖国贼无疑了！"我们是多么熟悉这种诡辩术。在十年浩劫的大批判中就弥漫着它的魔影。如果有人采用综合研究法，从逻辑学角度加以剖析，揭示这种诡辩由于用心险恶在怎样玩弄权诈，甚至不顾违反逻辑的常识，把真理践踏在脚下，那不仅在学术上有很大价值，而且也更有积极的社会意义。可是这项工作，鲁迅研究者没有去做，逻辑学者也没有去做。我们的逻辑学家从生活语言中取材，从名著中取材，为什么竟遗漏了比马克·吐温《竞选州长》所揭露的造谣报纸更可畏、更毒辣如上述"鬼画符"之类的丰富材料呢？这说明综合研究法在我们某些领域内还是一片未开垦的处女地。

一九八一年

鲁迅研究和利用科研成果

　　科研工作有一个利用已有成果问题，这也是采用综合研究法经常碰到的问题。任何研究工作者都不可能靠一己的力量精通和自己研究专题有关的门门学科，他需要利用已有的科研成果，并以此为凭借，联系自己所要解决的问题，进一步钻研下去。这些科研成果越是成绩斐然，他的研究也就越能达到高水平。这种情况可以用俗话所说的"水涨船高"来作比喻。一个国家往往很难使某一学科单独地取得超越的惊人成就。为我国所发明并具有古老传统和积累了丰富临床经验的针灸，现在已发展为针刺麻醉。可是由于在有关机制研究方面（包括神经生理学、心理学、生物化学等的科研工作）跟不上，以致在针灸理论研究上就不能取得更大的进展。文学理论的研究往往不得不依靠史学、哲学、美学等已有的科研成果。倘使研究者选择的专题所涉及这些学科的有关问题，没有任何可资利用的成果，都得白手起家，从头做起，那会是一件令人感到苦恼的事。我想，这种苦恼是不少严肃认真的研究者深有感受的。不过，这里需要说明利用已有科研成果，不是就现成、图省力，更不是指那种转相抄袭的陋习。掠人之美据为己有的抄袭之风，似乎至今未引起广泛的注意，很少有人出来加以指摘。我们时或可以看到，有人提出一种新观点或新论据，于是群起袭用，既不注明出自何人何书，以没其首创之功，甚至剽用之后反对其中一二细节加以挑剔吹求，以抑人扬己。这种学风必须痛加惩创，杜绝流传。所谓利用已有科学成果，应该是在别人所达到的成就上，联系自己研究的课题，进一步做更刻苦更深入的钻研。要对别人的创见采取尊重态度。我们应该像马克思写《资本论》那样，对古往今来提出任何一种新见解的理论家，都在正文或脚注中一丝不苟地予以注明。我们必须培养这种学术道德风尚。

在鲁迅研究上利用已有科研成果问题，已经应该提到日程上来了。虽然目前可资利用的科研成果除资料性的外尚不太多，但毕竟不是没有。例如有些关于中国近代思想史的文章，对于研究鲁迅早期思想，就颇有参考和借鉴价值。自瞿秋白提出鲁迅是由进化论到阶级论的观点以来，近半个世纪过去了。但我们对于鲁迅早期的进化论的思想的研究，似乎一直踏步不前，没有多少进展，还留下许多有关问题需要解决。五四前后，进化论成为当时的进步思潮，而且各种流派的作家，从鲁迅直到胡适，大多卷入这个思潮中。为什么在五四时代，进化论成为当时新文化运动中的思想巨潮？那些受到进化论影响的思想家在吸取进化论观点上又有什么分歧？鲁迅的进化论思想和达尔文的《物种起源》有什么关系？和严复的《天演论》又有什么关系？这些问题都应该成为研究鲁迅早期思想的重点，可是目前尚缺乏深入的钻研。我觉得，鲁迅研究者很可以借助最近出版的李泽厚《中国近代思想史论》中的《论严复》一文来解决上面最后一个问题。鲁迅自称受到严复的《天演论》的影响，赞许严复的感觉敏锐，又说他不是翻译而是做了《天演论》。《论严复》一文论述了严复的思想渊源，指出《天演论》一书按语中多以斯宾塞的普遍进化观念来反驳赫胥黎的人性善的社会伦理学说，并且阐明了斯宾塞的社会达尔文主义理论何以在当时对中国进步思想界发生如此巨大的影响。自然，这些问题还要进一步深入探讨。社会达尔文主义就其本身来说是具有反动性的，但同时它也为一些进步作家所接受。因此，我们对斯宾塞的社会达尔文主义这一学说，还需要作出更深入更全面的评价。我以为，鲁迅研究者倘使沿着这条道路走下去，顺藤摸瓜，一步步深入，就会在鲁迅早期的进化论思想问题上有所突破，从而打破目前停滞不前的局面。希望史学界、哲学界在中国近代思想史上创造更丰硕的成果，以作为研究鲁迅早期思想的起飞跳板。

一九八一年

不要把理论联系实际简单化

　　理论联系实际是谁也不否认的。但在强调理论联系实际时，有时往往用功利主义观点对基础理论一概加以抹杀，全都斥之为脱离实际。这是多年来轻视基础理论的后果。黑格尔曾批判过这种实用主义的态度，他在《小逻辑》里批判了一种观点：即理论研究必须立即产生实用价值，否则就把它说成是空疏无用的学究把戏。他曾举出当时有些著作不去探讨事物的自身性质，只是把它们作为工具去实现其自身以外的目的，比如不去探讨橡树自身的性质，只是去考量橡树皮如何可以剥下来作为木塞以实现其封酒瓶的实用目的。黑格尔嘲笑说："曾有不少书是根据这种作风写成的。"这种急功近利的观点在我们这里也很流行，我们往往很不适当地对德国人具有特色的理论表述作出了种种苛求和挑剔。如一位研究鲁迅的专家认为德国古典哲学家例如康德等的风格非常坏，因为他们所表现的思想内容很抽象、很晦涩，是从概念到概念。我不同意这种批评，我认为这多少有些粗暴和简单化。德国古典哲学遭过几次殃，斯大林就曾经认为，德国古典哲学是对法国资产阶级革命的反动。这与恩格斯在《路德维希·费尔巴哈与德国古典哲学的终结》中说的恰恰相反。恩格斯指出德国古典哲学为当时的德国资产阶级革命作了理论准备。最早发现这些积极因素的是海涅，他从当时那些表面看来迂腐而晦涩的哲学中，发现了隐藏着的革命意义，他甚至把康德以来的德国古典哲学家比拟作法国资产阶级革命者。斯大林在这个问题上是有偏见的，否则我们怎么能说德国古典哲学是马克思主义的三个来源之一呢？不错，黑格尔的哲学是晦涩的，马、恩都这样说过，但并不能因此认为它是抽象朦胧的。它的晦涩主要是黑格尔体系造成的。他的体系严格遵循自在——自为——自在自为这三段式，而且把它毫无例外地用在每个小章节中。黑格尔哲学显得晦涩，就因为他在论述时为了迁就这种刻板的先验的体系，往往不得不抛开事实的实际情况，采取了强制的人工手段，因此往往在一个环节向另一环节过渡时，就用了十分牵强以至神秘的说法，来维持他的体系的完整。不过在其他方面黑格尔哲学并不晦涩，只要弄清他的特有术语，我们就会发现，他的表述和论证很清晰，像一杯没有杂质的清水那样透明。黑格尔曾说哲学是思想的思想，所以他不在正文中列举具体的例证。费尔巴哈说他把很多具体例证放逐到脚注中去了。但恩格斯对他运用个体性、特殊性、普遍性三范畴来阐述思维活动曾给予高度评价。我们一般只讲到个别和一般两个范畴。其实毛泽东也在文章中运用过这三个范畴，如论述中国革命战争的战略问题中，就谈到了战争（普遍）、革命战争（特殊）、中国革命战争（个别）的关系。早在先秦，我国名辩学家就已相当充分地提出了这三个范畴。如《墨辩》所提出的"达名"（如"物"即普遍性的概念）、"类名"（如"马"即特殊性的概念）、"私名"（如"臧"即个体性的概念），亦即是荀子所谓"大共名"（如"物"可统摄万有）、"大别名"（如"马"既区别于牛羊，又可赅括一切不同形式的马），以及"推而别之至于无别然后止"（如"臧"这是某个人的专称）。我以为无论在哲学、美学或文艺理论中只用一般和个别两个概念是不够的，许多问题只有用三范畴才能阐释清楚，可是我们的理论很少运用后者，这不能不说是个缺陷。

德国古典哲学的内容是极其丰富的，不能因为运用纯抽象思维的表述方法而没有多举实例，就批判它脱离实际。这种错误的判断是由于从形式去看问题的结果。恩格斯就说过，黑格尔哲学形式上是唯心的，而内容上却是现实的，意思说它是从现实实际的事物中概括出来的抽象，即列宁所推崇的那种区别于"抽象的普遍性"（通过知性分析方法所得出的共性）的"具体的普遍性"（通过理性把分析综合统一起来统摄整体的方法所得的共性）。理论联系实际是必要的，但不要作简单化的理解。

一九八二年

文学的启蒙与启蒙的文学

　　英国拍的电视剧《安娜·卡列尼娜》，尽管有这样或那样的缺陷，但我认为基本上是忠实于原著的。（有人说改编者自己写的文章也对原作作了不确切的理解。但我怀疑这是不是为了迁就清教主义舆论的压力？）但上映以来遭到一些观众的反对，有的说"安娜是破鞋"，卡列宁是"正人君子"。这和有人说"《红楼梦》是吊膀子的书"情况差不多。这反映了某些观众和读者对文艺作品的审美水平还很低，识别能力也很差。这里就有一个文学的启蒙和启蒙的文学的问题。我希望我们文艺理论工作者写一部文学的启蒙书，来提高读者的鉴赏力，使许多优秀作品不致变成卞和献玉那样不被理解，甚至蒙受不白之冤，而让那些趁潮趋时之作仅仅由于其本身迎合猎奇的趣味与别人对它的吹捧而享有虚妄的声誉。

　　文学需要启蒙，这是一方面，另一方面，我们对高级读物不能与启蒙的通俗读物一样看待，一样要求。文学作品如果不能诱发读者的想象，使他的想象生动活跃，广泛开阔，并产生一种欲望，要用自己的想象去补充作品中似乎言犹未尽的虚线，那就标志着它的失败。同样，文艺理论如果不能激起读者的思想，引起强烈的求知欲，使他头脑中出现许多从未想到过的问题，并渴望去解决它们，那也标志着它的失败。

过去，有些理论著作对佛学的论述有些简单化，认为佛学只是"迷信虚妄，蠹国殃民"，几乎一无是处。我觉得对佛学不能一概否定，佛学也有经过批判可以吸收的成分。比如鲁迅翻印的《百喻经》和其他一些佛书，其中一些故事如"唾面自干"、"瞎子摸象"等等，今天已成了家喻户晓的格言。我们实际上已受到不少佛书的影响，甚至在生活用语中也有不少成语、词汇来自佛书。恩格斯在《自然辩证法》中说过，辩证法最早见于古希腊人和古代佛教徒的著作。魏晋时代有个著名僧人鸠摩罗什说过一句话，"有似嚼饭与人，非徒失味，乃令呕秽也"，很足以发人深思。把嚼过的饭喂人，既不卫生，也不利于增强人的消化力。理论文字要通俗易懂，但也不能采取嚼烂了喂的办法，使人一览无余，从而造成思想上的惰性，只知就现成、图省力，这不是好办法。因为思想是不能由别人来代替的。我们要培养读者的思考能力，这和提高人们的精神文明是有关系的。提高精神文明就要善于独立思考，而不能随声附和，必须要有明是非、辨善恶、识美丑的能力。

一九八二年

文艺理论体系问题[*]

　　理论家建立自己的理论体系，是一个长期而艰巨的工作，这很不简单，不可能一蹴而就。今天上午有人发言，说要从文学史上，特别是从创作实践上去探讨，这当然是一个方面。除此以外，我觉得更要从美学上去探讨。有人在发言中提到编写文学概论要采取归纳法。这大概是指从大量材料的剖析中得出原则，而不是相反，从定义出发再去找材料来证明先入为主的原则，即过去所谓"以论带史"的办法。过去所宣扬的那种"以论带史"的办法当然是不对的。但史学家（其他理论家也一样）如果在研究过程中掌握了充分的材料，从材料的剖析和探讨中构成了系统的观念，然后在表述过程中，再以这观念为指导去处理材料，那就不能用"以论带史"去对它加以指摘。这种从材料中抽绎出原则，再以此为指导去处理材料，就是理论系统的构成过程。我们把这一过程的前一阶段称为"研究方法"，后一阶段称为"说

---

　　* 这是作者于一九八二年四月一日在广州召开的全国高校文艺理论研究会第四次年会上的发言纪要。本文作为单篇发表时，在全文前有一小段引言，现抄录如下："这次来开会没有准备发言，会议主持人临时给我出了一个题目，要我谈谈文艺理论的体系问题。我对这问题没有钻研过，只能简单地谈谈自己读文艺理论书时的一点体会，供大家参考。"

明方法"，说明方法必须以研究方法为前提，并建立在研究方法的基础上。马克思在《资本论》中说："说明的方法，在形式上当然要与研究的方法相区别。研究必须搜集丰富的材料，分析它的不同的发展形态，并探寻出这各种形态的内部联系。不先完成这种工作，便不能对于现实的运动有适当的说明。不过，这层一经做到，材料的生命一经观念地反映出来，看起来我们就好像是先验地处理一个结构了。"所以理论家是否占有充分材料，对材料的剖析是否全面，从材料中抽绎的原则是否正确，是构成理论体系的先决条件。自然，在以提炼出来的原则为指导去处理结构时也有一些问题值得注意，那就是一旦被处理的材料或新发现的材料和原则发生了矛盾，怎么办呢？这时就要对原则加以重新审定。假使原则并不是全面地概括了材料的内容，或有其他更严重的缺陷，那就要对原则进行修订或补充，甚至全部推翻，再从研究方面开始。这是建立理论体系应当注意的问题。我认为在编写文学概论时，对创作实践进行总结当然是很重要的，但是也要吸取理论上的已有的科研成果（特别是美学上所取得的成就）。我提倡在科研上要搞综合研究法。假如不搞综合研究法，我们的理论就很难有所突破。这是个长期而艰巨的任务。今天想搞出个现成方案恐怕不那么容易。但是，从教学的任务来说又必须要有。我们不能搞一次完成论，只有不断改进，不断提高，要有这样一个过程。

关于文学理论或美学的体系，我觉得有两位理论家的论著值得我们参考和借鉴。一个是黑格尔的《美学》，一个是刘勰的《文心雕龙》。这两部著作都可以称得上具有自己理论体系的著作，所以我在这里简单谈谈自己的体会。我不是说我们的文学概论要抄袭这两个体系。照着葫芦去画瓢，硬搬过来的办法是要不得的。我不过是说我们可以把他们的体系进行总结，从中吸取经验教训。

　　先讲黑格尔美学体系。恩格斯曾说，黑格尔在体系上所花费的精力比他在其他方面进行的思考要多得多。但是他的体系有很大缺点，除了客观唯心主义所形成的头脚倒立的情况且不说外，就是刻板地甚至迂腐地要求整齐划一，常带有明显的人工强制性的痕迹。特别是他从一个概念向另一个概念过渡的时候，往往用了人工的强制手段，这就造成了黑格尔体系的晦涩难懂。黑格尔哲学其实并不难懂，难懂的只是他特有的名词术语，如果把它们搞清楚，就会发现他的表述是很清晰的，他的逻辑性是非常强的。我以为这和德国哲学自康德以来所倡导的批判精神有关。这里所说的批判，决不能理解作大批判式的批判，而是指对于概念进行清理，筛汰其中模糊不清的杂质，使之通体透明、清晰、准确。黑格尔哲学的晦涩难解是在那种用人工强制手段的转折上、过渡上，当实际情况无法过渡的时候，他还是挖空心思硬要设法把它们纳入他的体系轨道。过去，我们往往强调必须打破黑格尔的体系，但是我们也应看到，他的体系中也不乏可资借鉴和参考的东西。例如黑格尔哲学、美学所体现的范畴之间的内在联系。他很看不起一部书各个章节之间毫无关联，只是把一堆问题杂凑在一起。他认为有价值的著作应该是一个有机整体，部分和部分之间以及部分与整体之间都是有机地结合在一起的。这一点虽然从表面看不出来，但其中确实蕴含着内在的联系。我是搞大百科全书的，新出的英国《大不列颠百科全书》十五版有一知识纲要，即企图阐述知识的体系。它画了一个圆，认为其中任何一个学科、任何一种知识彼此之间都有一种联系。现在有关知识分类和知识系统问题已成为一种专门学问。黑格尔很早就看到这一点。假如扫除了事物的彼此相外性，从表面看来似乎是一些偶然的现象中找出事物的必然联系，那就是说，我们发现了其中的规律，至少这是规律的重要内容之一。

此外，黑格尔的哲学也好，美学也好，都体现了逻辑的完整性和首尾一贯性。我们搞文艺理论的人往往对逻辑不够注意。苏联在斯大林时代也曾经反对过形式逻辑，甚至认为形式逻辑就是形而上学。这是很错误的一种观点。形式逻辑还是很重要的一门学科。一个人的思维假使没有逻辑性就容易产生混乱。当然，黑格尔认为逻辑发展过程只是理念的自我运动，这一点是不足为训的。我们要从黑格尔的颠倒地反映世界的形态中去剥取它的合理的内核。在黑格尔哲学、美学中，体现了一个由低级到高级、由萌芽状态向成熟状态发展的进程，形成了环环相扣的逻辑链锁，这是很重要的。假如没有逻辑发展的完整性和首尾一贯性，就构不成体系。即使有个体系，也是一个坏的体系。

黑格尔大约是最早提出历史与逻辑一致性的理论家。这一观点曾受到马克思和恩格斯的推重。（后来我对这看法作了批判，见《清园近思录》中《关于斯城之会及其他答问》。——补记）所谓逻辑和历史的一致性，就是说人类的认识历程和逻辑的发展历程，彼此相符，都是由低级向高级、由萌芽状态向成熟状态不断向前推进。例如，以个人的进化来说，从最初的受精卵发展到胎儿，实际上正是重复了整个动物的生命史，即由单细胞生物发展成为高级动物（人）的历史。因此，研究儿童心理学的人，往往可以从不同年龄的儿童的认识过程（有人曾把这一过程分为特化阶段——泛化阶段——分化阶段——概括化阶段四个时期），来探讨早期人类的认识史。我们如果加强这方面的研究，不仅可以解决认识论（比如概念是如何形成的）问题，也可以解决美学（比如美感是如何形成的）问题。黑格尔不仅在《哲学史演讲录》中是按照逻辑和历史的一致性观点来构成全书的框架，就是在《逻辑学》和《美学》中也是按照这一观点来构成理论体系的。因此，在黑格尔哲学、美学体系中一方面体现了部分与部分之间以及部分与整体之间的内在联系，另方面也体现了由低级向高级，由萌芽状态向成熟状态合规律的发展过程。我认为，这两个特点很值得我们在编写文学概论时，作为参考和借鉴。

至于在我国古代文论中，我以为刘勰的《文心雕龙》的体系是特别值得重视的。《文心雕龙》是在体系上相当完整严密的一部著作，章学诚称它"勒为成书之初祖"即包括了这一点而言。我认为这部书在我国封建时期文学理论史中，不但前无古人，而且也后无来者。最近有人刻意贬低它，企图作惊听回视之论。翻案文章一旦走上意在求胜的道路，违反实事求是的精神，就没有什么价值了。试问：仅就系统的完整严密来说，在我国漫长的封建社会中有哪些文艺理论著作可与之比肩呢？甚至在整个中世纪的世界文学理论著作中可以成为它的对手的也寥寥无几。过去我的一位前辈曾发过这样的感叹："慨此甘露，知饮者希。"幸而今天多数研究者是有眼力的，他们都对《文心雕龙》这部书作出了应有的公正评价。

我曾在拙著《文心雕龙创作论》后记中遗憾地承认，我在书中阐发刘勰的思想体系时，没有涉及佛家的因明学对他的影响，我认为佛家的重逻辑精神，特别是在理论的体系化或系统化方面，不能不对他起着潜移默化的作用。其实，这并不是我的创见，最早是由朱东润先生提出的，只是他未申论而已。但是有人曾在口头上向我提出质疑，他问：在刘勰时代因明学尚未输入中土，刘勰怎么会受到因明学的影响？殊不知因明是古印度的五明之一，产生于公元前六世纪。这位质疑者翻了翻汉译佛学书目，只知到了唐代我国才传译了《因明入正理论》。其实早在后魏就已经有了西域三藏吉迦夜与昙曜所译的《方便心论》及同一时代三藏毗目智仙共瞿昙流支所译的《回诤论》。这些书都是阐发古因明学的著作。此外还可以从当时译出的其他一些佛书中发现一些零碎的有关因明学的知识。刘勰不可能不读到这些著作。自然对这一问题倘要详论，还需要作过细的工作。

不过，这里要说的是《文心雕龙》是注意到体系的。《总术篇》曾经明言："文场笔苑，有术有门。"又说："执术驭篇，似善弈之穷数。""弃术任心，如博塞之邀遇。"在这里刘勰以下棋和赌博对举。"借巧傥来"的"博塞之文"和"术有恒数"的"善弈之文"正是对于艺术规律的两种相反观点，前者取否定态度，后者取肯定态度。刘勰的长处之一就在他对于艺术规律的看法。他提出"心总要求，当机立断"，"因时顺机，动不失正"，是很有见地的。这说明他尊重规律性，但同时又强调作家的主动性，要把从规律引申出来的艺术方法融会于心，加以灵活的运用，而不要使它成为拘挛创作活动的刻板定程。

《文心雕龙》五十篇有相当严密的体系。全书分总论、文体论、创作论三大部分。第一篇《原道》为全书立论之本。刘勰以原道、征圣、宗经为骨干，创立了道——圣——文这样一个体系。这个体系也是不足为训的。有人认为刘勰是唯物主义者，也有人认为他是唯心主义者，我以为应当说他是客观唯心主义者。《神思篇》作为创作论的第一篇，阐明想象贯串在艺术构思的全过程中。全书的体系有一个特点颇值得注意，这就是纲和目的关系。刘勰采取了以纲统目、纲举目张的办法。我曾在上面提到的拙著中说，《神思篇》是《文心雕龙》创作论的总纲，统摄了创作论以下诸篇的各重要论点。前者埋伏了预示了后者，后者则进一步说明了发挥了前者。为了证明此说，我曾列表阐明《神思篇》与《物色篇》《体性篇》《比兴篇》《情采篇》《事类篇》《养气篇》《总术篇》等前后呼应的关系。上举诸篇都可找出直接的证据来互相印证。至于此外各篇则多是从《神思篇》所涉及的原则所申引出来的问题，也有间接的关联。这一说法曾得到几位《文心雕龙》研究者的首肯，如牟世金同志就是其中一位，他并且作了补充和进一步的阐发。但也有同志不赞成这种意见，认为《神思篇》并不能统摄《文心雕龙》创作论的全部内容，有不少篇都是《神思篇》根本未涉及的。这确是事实，但据此否定《神思篇》是创作论的总纲，则未免过于拘泥整齐划一的要求。有些论者严格地要求原则必须渗透到每一个具体论点之中，以为这样才能称得上是组织靡密、系统完整之作。我认为这种看法过于呆板机械。事实上，恐怕很少有可以达到这样要求的理论，因为理论著作经常会出现原则和原则运用之间的差距。看来这大概是理论著作经常难免的。过去，《庄子内篇译释和批判》一书曾把庄子哲学思想的体系概括成为有待——无己——无待这样一个公式。这个公式是否概括得准确，这里且置而不论，我只是想说《庄子内篇译释和批判》一书中几乎把庄子内篇的每句话都和这一公式挂了钩，认为都体现了作为庄子哲学体系的有待——无己——无待原则。为了这样来论证自己所抽绎出来的公式的正确性，有时甚至不惜削足适履，以致牵强附会，违反实际。理论著作所要求的系统的完整性和严密性不应是这样的。刘勰所说的"心总要求，当机立断"、"因时顺机，动不失正"这种灵活地运用原则来说明体系以及把体系贯彻到具体论点中去，才是正确的方法。此外，《文心雕龙》一书把史、论、评糅合在一起的写法也是值得借鉴的。这问题我在拙著中申论较多，这里就不再赘述了。

一九八二年

————————

附记：

文中提到儿童的几个认识阶段，可作点说明：A. 特化阶段——儿童只把桌子这一语词当做某一桌子的名称。他还不能把另外的桌子称为桌子。他的认识只是"这一个"就是"这一个"，而不能作出个别是一般的直接判断。B. 泛化阶段——对于和桌子类似的东西发生泛化反应，如把床、凳等都叫桌子。这里最初萌生的共性是抽象的同，把个别的特殊的特征完全排除了。C. 分化阶段——对桌子和非桌子作出区别的反应。这里只是极初步地蕴涵着普遍性（同）、特殊性（异）、个体性（根据）。D. 概括化阶段——大约在学龄期的儿童，才不再说"桌子就是桌子"，或举出其单项功用说桌子只是"吃饭用的"或"写字用的"等，而可以将桌子的功用加以概括化。

答《电影艺术》记者问

问：去年《文汇报》曾发表过一篇冰心、柯灵和您关于《阿信》的三人谈，这篇报道很短，您好像没有谈完自己的意见，现在希望您再多谈几句。目前这类电视剧经常播放，您怎么看？

答：我对这类电视剧不太感兴趣。在那篇三人谈中，我当时确实没有把意见说透。

有人说日本是儒家资本主义，我们对这一问题似乎没有进行认真的探讨。十九世纪六十年代日本的明治维新成功了。中国在十九世纪也有戊戌变法，但失败了。一八四〇年鸦片战争以后，林则徐、魏源等人就开始介绍西学，是西学东渐的滥觞。林则徐在对外作战中感到有了解对方情况的必要，主持编纂了《中西纪事》《四洲志》《华事夷言》等。魏源继承了林则徐的未竟事业，根据《四洲志》编著了《海国图志》。这部书和较早徐光启译的《几何原本》一样，对日本明治维新起过一定的影响。

中国的革新运动总是失败，"中体西用"的说法在当时就被有识之士所批评。记得大概是严复曾说过，马之体如何为牛之用？知识结构是有机的整体，而不是不同成分的拼凑与混合，取舍时要作为完整的系统来考虑，而不能任意割裂取舍。明治维新时，日本也有所谓"和魂洋才"的说法。有人认为，日本按照这一模式建设成被今天一些理论家所说的儒家资本主义，而且成功了。这究竟是怎么回事？很值得研究。日本在现代化过程中吸取了传统因素，是不可否认的。这些因素是什么，它们对日本的现代化是利是弊，都还需要去研究。西方社会已进入后现代，西方一些学者所困惑的恰好是我们所要求的民主和科学。那里的重要问题是怎样维系社会平衡。西方一些学者认为个人自由太多了，应该加以节制，使个人与集体统一起来。西方现在也在研究日本，特别是日本的经济管理。在日本，不管是白领工人，还是蓝领工人，对厂、公司都有很深感情，有些甚至为了公司的利益情愿放弃自己的某些利益。西方人对此很不理解。日本和西方都是发达国家，日本可以做到这一步，西方却做不到。这是由于文化传统不同，因为日本的文化传统和西方文化传统，是不相同的两种类型。在日本的文化传统中，有很多因素受到中国文化的影响，也是因为中日两国文化的类型相近。

日本实现现代化的方式到底是好是坏，值不值得我们效法，还需要作认真思考，因为一件事情带来的后果往往不是马上就可以弄清楚的。比如人类和自然的关系，从上古时代奴从自然，进而适应自然，一直发展到现今的征服自然，固然是一大进步，但是也应该注意到在人类征服自然的同时，自然也对人类进行了报复和惩罚。生态平衡被破坏了，环境形成了严重的污染，因此不能把实践检验真理变成一种急功近利的追求。从短时期来看是有利的，而从长远来看未必有利，甚至可能是灾害，这种情况在历史上可以举出很多例子。

　　问：在日本，雇佣与被雇佣的关系的确是充满人情味的。日本的大型工商企业大都是在欧美资本主义制度的基础上形成和发展的，基本上是受欧美资本主义的影响，但是这种企业组织中渗透了相当多的传统文化观念，他们对孝道的宣扬直接反映到了日本人对自己企业的忠诚态度上。企业也像大家庭般地照顾自己的雇员。

　　答：日本的企业组织的确是以公司和厂为家，把所有的成员拴得很紧。但是，现在已经不那么有人情味了。几年前，我在日本，就有老一辈的人向我流露了他们的担心。他们说，他们自己是在动荡中走过来的，在艰难中创业，深知今天的生活来之不易。但今天的青年人就不像他们一样，不再那样刻苦、那样以厂为家了。

　　问：传统文化对今天日本青年的影响是不是也在逐渐削弱？

　　答：是的。我们应该在这背景上去认识他们的艺术。他们的艺术是蕴含了某些社会学的因素，这就是在维系着社会平衡或者说是以维系社会平衡为出发点。这几年我们放映的那些电视剧，乍看起来似乎很有人情味，充满人道主义和人性论的色彩，实际上，他们在人性论和人道主义的表皮下利用过去的文化传统来维护他们社会的平衡和稳定。顺便提一下，台湾有些学者提出"新儒学"来反对西方物质主义的膨胀，希望通过儒学的改造来为世界的精神危机找寻出路。早在《阿信》播放时，我就感到其中若隐若现地含有一种儒家资本主义倾向。从阿信的善良所表现出的那种逆来顺受的忍从、那种苦行僧式的刻苦节俭，不能不说包含了一种传统的观念。这种传统观念是以儒家的道德理想为规范的。是不是可以说，他们的电视剧所着力表现的恰恰是他们在今天生活中所渴望的？

　　问：这个问题恐怕在《阿信》《血疑》等电视剧中都存在，但我们没有看出来。这是艺术的"创造性的干预"。

答：他们在这方面做得很巧妙，不像我们某些作品往往做得十分笨拙，用耳提面命的办法生硬灌输。《阿信》的内在意蕴，在我们观赏时不大容易觉察出来，不管它的编导是有意识还是无意识，它反映的思想确是这样。

问：艺术应该向着真实，这是你一贯的主张。

答：写真实过去长期被当做心怀回测去揭露丑恶的同义语而遭到厄难，今天又被当做机械的反映论而受到嘲笑。其实这不是一个复杂问题。真实不仅是发生过的，而且包括可能发生的；是现实，而不仅是存在。可以用写实的手法去表现，也可以用象征的以至荒诞的手法去表现。真实也不仅仅局限于物质世界，而且还包括精神世界的种种现象，它并不把人们头脑中出现的想象、幻想以至看来似乎是荒诞不经的意象和意念摒斥在外。真实既是审美客体的属性，也是审美主体的属性。后者就是许多作家一再说到的作家的真诚、说真话等等。这也就是说作家应当写自己的真情实感，写自己真切感受到的和体会到的东西，而不能在任何情况下去作违心之论，去撒谎。这样简单的道理本来是不言自明的，可是我们却需要无时无刻地大声疾呼，来为这样平凡的真理去说明、去申辩。我在一九八〇年写的《对文学与真实的思考》曾就这些问题作过阐释，也作过呼吁。七年多的时间过去了，我在一些会议和文章中，仍旧碰到七年多前的同样质疑和同样责问。最近我在一次会上提出撒谎还成什么文学的时候，有位作家理直气壮地回答，他写小说就是在编造谎言，他的理由是文学离不开幻想。这使我不得不感到惊讶。文学需要幻想这是一千多年前就已知道的文艺理论 ABC。其实不仅是文学，纵使是科学也同样需要想象和幻想。在文学中，真实与想象、幻想不能隔离开来，这是一个常识问题。至于把想象、幻想和谎言等同起来，那恐怕就不仅是一个常识问题了。

问：请您再谈谈我们自己的影视剧问题。记得当我们开始拍摄自己的电视剧的草创时代，您曾在一篇文章中说过："那种把艺术当做是被装饰了的自然的陈腐的美学观点，一个世纪前就已被驳得体无完肤了。可是在我们这里还有一些市场，'拔高'这个词使人联想起臭名昭著的样板戏中的'三突出'而总算有了不光彩的名声。但在有些影视作品中仍在探头探脑地显现。"您对今天我们拍摄的影视剧有什么看法？

答：我深感到我们的电视剧已经有了很大的提高。连续剧《四世同堂》以深沉真实的笔调和朴实无华而又充满魅力的风格所表现的那段不应忘却的惨淡岁月，是这样令人感动，这在以前是不可能做到的。最近我还看到了一部很值得一提的连续剧《努尔哈赤》。它具有一种莎士比亚式的风范。片子以广阔的草原为背景，气势雄浑，细腻真实地刻画了清朝开国雄主努尔哈赤的复杂性格和心理特征，写出了他的坚毅刚强、胸襟阔大，也写出了他的善于权变、凶残多疑。通过这样一个人物，表现了宫廷内部的倾轧、阴谋、斗争以及不同人物的不同境遇和他们之间的感情上的纠葛。这些都使人会自然而然地联想到莎士比亚在悲壮背景上展现出来的气魄宏伟的历史剧。它完全摆脱了我们影视中常见的所谓好人与坏人的模式，而是用人的眼光去看待历史与历史人物，在我们今天的电视剧中是一部值得赞扬的优秀之作，尽管其中一些细节如满文形成的时期问题等尚可商榷。我认为这类优秀的电视剧远远驾凌在曾经轰动一时的某些从国外引进的冗繁拖沓、平庸无味的电视剧如《卞卡》等之上。

　　我并不是说作品不应有好人与坏人，我只是不赞成把好人坏人模式化的做法。要摆脱这种好人坏人的模式，看来简单，做起来却很不容易。我很赞佩谢晋同志把表现十年浩劫的《芙蓉镇》搬上银幕的胆识。他那认真工作的态度应该赢得人们的尊敬。但我也愿把他作为一位可以交换意见的朋友，提一提我对他导演的这部片子所感到的不足之处。我觉得那些使人憎恶的造反派是被作为传统的所谓反面人物来处理的。一旦诗人的愤怒偏离了生活的河床，无边无际地蔓延开来，就会失去明智的头脑、清晰的目光和自制的能力。我对于这部经过导演精心摄制的作品感到不满足，主要是因为它并没有揭示"文革"运动对整个民族灾难的深层意义。造反派的横行霸道，对人的肉体上的摧残、人格上的凌辱，自然都是事实。但仅仅表现这些，还是表面现象。这场浩劫在于煽起了人类的恶劣情欲，使它们像病菌一样侵入人们的躯体。这些毒菌咬噬着原本健康的血肉，使人形销骨枯，变得畸形可怕。这一切是在人的精神领域内进行的，这是对于人性的扭曲，使人经历毛骨悚然的自我异化。我感到惋惜的是我们的导演似乎把自己的注意力主要放到外在方面，意图使观众骇目惊心，或者是以相当陈旧的手法，由作者直接去宣泄去说教，以取得解恨泄愤之效。这恐怕就是这部片子不能摆脱好人坏人模式的一个重要原因。我已说过，我并不是说天下不分好人坏人。黑格尔曾经有个重要的美学原理，就是每一个人都有可辩护的理由。纵使是《奥瑟罗》中的坏蛋埃古，尽管他那作恶的动机是那样扑朔迷离，令人难以索解，但他也绝不是单纯地为恶而恶。作恶可以是由于天性，但把天性作为作恶的唯一原因，那就太简单了。不要把坏人作为抽象道德的象征，或简化为烘托美德的陪衬。他同样是有血有肉的人，虽然他玷污了人这个称号。每一个人的所作所为都有许多有待于我们去分析的原因和理由。生活实际就是这样。我们的艺术是不是遵守了这条既是生活又是美学的原则呢？这是一个问题。我们的影片在处理人物时，作者的意图常常有过直过露的毛病。

问：应该怎样看待艺术本性？"艺术的本性就是批判"对吗？

答：我觉得文艺存在着批判的本性，西方现代派的很多艺术也都是与社会直接联系在一起的，往往是一种反抗的表现。虽然艺术包含着批判，但不能把批判作为艺术的创作意图。我们很久以来就习惯把艺术视为政治等等的附庸，而无视它本身的价值，这是一种偏见。

去年十一月底我在北京的时候，一位朋友邀我去看北京人艺上演的《狗儿爷涅槃》。他说，你喜欢具有浓郁北京味的作品，一定会喜欢这出戏。在开头的时候，我不大习惯它那现代派的手法。我认为戏剧应有动作，而不应总是无动作或动作很少的对话和内心独白，我也不能理解剧中那个时隐时现的鬼魂的象征意义。我是从小生长在北京的，能听懂北京儿童说的土语，但对于剧中人物说的北京农村土语有时却听不明白。可是越看下去，逐渐习惯起来，我也就越喜欢这出戏了。据说现在对这出戏有争议，详情不清楚，有一种意见是认为这出戏近了图解而不符合审美标准。我觉得图解自然是不好的，但不能把偏重理性的作品都看作是图解。诗可以是抒情的，也可以是哲理的。前人讥笑宋人以文为诗，似乎是一种美学上的偏见。宋诗也有宋诗的特点和长处。今天的戏剧也一样，在形式上、风格上、艺术表现上应该是多样性的。不能立一法以衡量天下之文。章学诚虽是几百年前的人物，但他所说的"文成法立"这一原则至今仍有现实意义，因为文章法则后于文章本身，是从已有文章中抽绎概括出来的。一旦把它僵化固定起来，并以此作为批评的唯一准绳，那就陷入了先验论。自然，就艺术创造来说，不定之中也有一定的成分，这种成分只能是艺术的最根本的原则。

我只想从表现农民观念这一点上来谈谈《狗儿爷涅槃》。我觉得这出戏在表现农民观念上有所突破，是很值得注意的。中国以农立国，至今农民仍占人口绝大多数，无论是经济生活中或思想领域中的农民问题，始终是最值得重视的问题。六十年代初在一个短暂的思想活跃时期，史学界曾探讨了历史上的农民战争性质问题，当时已有人提出农民不代表进步的生产力，所以他们反压迫、反剥削而不反封建。相反，由于封建社会的长期停滞，封建意识的不断浸染，自然经济的封闭性，都使得反对封建压迫的农民阶级不能形成新的思想体系而产生了以农民意识为特征的封建主义思想。历史上屡仆屡起的农民战争只成了同义反复的改朝换代，而并没促进社会性质的改变，就是由于上面的原因。六十年代这次讨论所得出的这些结论，倘推论下去，就会证明在教条主义猖獗时期出现的从苦大仇深或从被压迫、被剥削的程度深浅这类标准去衡量阶级革命性的强弱，其实是一种似是而非的理论。在这种错误理论的影响下，曾经出现多少出于良好动机却又枉费心血的文艺作品。

鲁迅在新文学筚路蓝缕时期所留下的阿Q、闰土等等农民群像，迄今仍旧闪耀着光芒。正像克鲁泡特金在他著的俄罗斯文学史中说的，自从果戈理以后，俄国的每一部小说都在重复着他的《外套》。我们也可以说，今天那些描写农民的作家也都在引申或发展着阿Q和闰土的形象。《呐喊》《彷徨》的出现已经在半个世纪以上了。伟大的作品可以超越时代垂诸后世，但是伟大的作家纵使是最有预见能力的也不能全面认识未来的社会。历史在发展，人类在前进，社会的面貌在变化，新的问题一个一个涌现出来需要解答。阿Q、闰土这些艺术形象所蕴含的现实意义固然至今毫不减色，但是却只是表现我们农民的一个侧面。我毫不菲薄那些沿着鲁迅写农民的路子再加以引申、发挥和进一步创造的作家，他们笔下的人物使我们从现代衣冠下发现了似是陌生的相识者，从而认识这些人物在新时代、新环境下以新的方式重演故伎。但是具有最广阔概括性的典型，也不可能是唯一仅有的典型。除此之外，还有许多其他侧面有待于我们去发掘去探索，因而也就有必要去创造出新的典型来。我认为《狗儿爷涅槃》就是这样一部有所突破的作品。所谓突破指的是其无论在观念上或在表现中国农民性格上，都触及了前人没有涉及的方面。狗儿爷是与阿Q、闰土全然不同的人物。但这并不意味前者推翻了后者，而是补充了后者所没有表现的另一侧面。如果前人没有能够表现后人所表现的方面，这不是他的欠缺或过错，因为时间、环境、知识的积累都还没有提供这方面的条件。可是，如果后人在文学创造上只知依傍因袭，而不去奋力独创，那就是一种惰性的表现了。我觉得《狗儿爷涅槃》最为突出的特点就是作者写出了我在上面说过的一个具有强烈反压迫、反剥削意识的农民在自己的思想深处并没有逃脱浓厚的封建主义的束缚。狗儿爷的最高人生追求就是像他痛恨的地主一样拥有或更多地拥有土地和房屋。从这个角度去理解他的革命性与保守性的奇妙结合和进步与反动立场的转换，以及他所憎恶、所反抗的封建幽灵竟然钻进自己的躯体而变成支配他本人的思想主宰这种奇异的悲剧，就可以迎刃而解，变得清晰易晓了。

一九八二年

关于文艺学问题的一封信

林元同志：

手书奉悉，附寄的钱学森同志给您的信［一］亦已拜读。最近因忙乱，未能及时作复，歉甚！您建议我撰文商榷，我很感谢您的关注。

钱文［二］发表，很引起文艺界的注目。他提出九种理论作为马克思主义和九门学科之间的桥梁，使我受到启发。我曾在最近发表的拙文［三］中提及。顺便说一下，这篇拙文是今年四月我在屯溪召开的《文心雕龙》二届年会上的讲话记录，交我阅改时，限时限刻，以致有些误记，一时疏忽，未及订正。在此之前《文学报》《报刊文摘》发表了记者关于这次讲话的报道，同样转述失真，也有不少讹误。例如，说我说方法上可以"离经"，观念上不可"叛道"，即是一例。离经不叛道的说法很好，我确实援引过钱文这一说法，但我不赞成钱文附加上去的限制。方法怎么可以和观念截然分开？马克思主义要汲取新方法，也要更新观念，纵使某些基本观点，也要发展。这一点，早出的《徽州社会科学》（今年第二期）发表有关我的访问记中也说到了。后来我在拙文中订正了《文学报》等报道的失误。我对这问题的看法和钱文不大一样。我不同意在任何情况下方法都不能改变基本观点的说法。自然科学中的情况，我不清楚。但在文艺创作中，方法有时是会改变观念的。现成的例子，就是恩格斯说的巴尔扎克的现实主义战胜了他的保守的世界观。

至于钱文说，人的思想总是落后于社会发展，这一点我也不同意。大约在五十年代后期哲学界讨论过桌子和桌子观念问题，已涉及认识中的主观能动性。其实不仅桌子和桌子观念是这样，社会主义学说就先于社会主义社会。《资本论》说得好，"劳动过程结束时得到的结果，已经在劳动过程开始时，存在于劳动者的观念中，所以已经观念地存在了"。实践的观点是反对机械的反映论的，从而也是反对唯一决定论的。但是我们往往忽视认识主体的能动性，从而重复过去洛克把认识主体当做一张白纸的观点。我看到过去编纂的一部哲学小辞典，其中对韩非反对"前识"的主张大为赞美，但同时也就站在机械反映论的立场上取消了认识主体的能动性。

此外，我认为钱文把普列汉诺夫的文艺理论当做马克思主义文艺理论的开山祖和基本观点也不太妥当。普列汉诺夫确实做出不小贡献，但他不能代替马恩的地位，尽管马恩不像普列汉诺夫那样写出艺术论之类的专著。普列汉诺夫在论述托尔斯泰艺术论时，给艺术所作的定义，不能视为马克思主义文艺理论的基本观点。因为断言艺术不仅是感情交往的手段，而且是思想交往的手段，并不见得比托尔斯泰的定义更准确。托尔斯泰并不是认为艺术不表现思想内容，他的意思其实是说在艺术中思想内容是通过感性形态而表现的。这样，艺术才不是诉诸思考，而发挥入人速、感人深的潜移默化的作用。问题的实质在于艺术作品中所表现的思想感情和在其他精神产品（如科学论文）中所表现的思想感情有什么不同。普列汉诺夫没有探究它们之间的不同特性，从而比古希腊人用"情志"（παθοз）来揭示艺术作品所表现的思想感情的观点反而后退了。普列汉诺夫还认为艺术作品中，具有"社会等价物"，这就导致了拉普派后来据此所提出的分别为社会价值与艺术价值的二元论艺术观。我认为这和马恩的艺术观是有根本分歧的。我并不是说，在一切观点上都必须严格遵循马恩的主张，而不能发展或超越。但后人发展前人的观点，必须提出比前人更丰富一些、更完整一些、更准确一些的看法，而不能重复前人的错误，或比前人的观点反而后退。从马恩的艺术观点中，我们是看不到后面这种情况的。但是普列汉诺夫却有时经不起这种推敲。

现在我手边只有钱学森同志今年发表在《文艺研究》第一期上的文章，另一篇一时未找到。我觉得文艺学似不应包括生活美学的内容（如服饰烹调园林之类），上次我对史中兴同志只提了这点看法。我除了这些拉杂感想，没有多少意见可提，所以也写不出商榷文章。由于您的鼓励，谨以上面不成熟意见，供您参考。倘钱学森同志要知道我的意见，您可以将此信转他，请他批评指正。

匆匆不尽——。

祝好

王元化

一九八六年

《文艺研究》编者注：

[一] 钱学森同志今年四月十八日在本刊编辑部作了题为《美学、社会主义文艺学和社会主义文化建设》的学术报告（载本刊一九八六年第四期）。六月十二日上海《文汇报》摘发了半版。同日该报副总编辑史中兴同志来信说："钱文刊出后，编辑部内外反映甚佳。我打电话问王元化同志的意见，他对文章甚感兴趣，并提出（你刊）应从系统工程角度请钱再写一篇，这是他最拿手的。对文中阐述的文艺结构、分类，王则持不同意见，认为可进一步讨论。我则感到钱文对文艺层次的论述，言简意赅，极富现实意义，对改善党对文艺工作的领导，提供了有益的启发。"编者将意见反馈给钱学森同志，并要求从系统工程角度再写一篇。六月三十日钱学森同志来信说："王元化同志的建议，我一时还难以完成。因正如史中兴同志讲的，文艺的结构及分类尚在探讨中，而这是个基础，基础不定，怎往上兴建系统工程？所以我觉得等待中国艺术研究院的同志，请他们明确中国社会主义文学艺术的结构分类。我在文中所提的只一家言而已。"编者即去函（并附钱学森同志信）给王元化同志，感谢他对《文艺研究》的关心和支持。为了推动学术讨论，并请他对钱文中一些意见撰文商榷。

[二] 指钱学森同志发表在《文艺研究》一九八六年第一期上的《关于马克思主义哲学和文艺学美学方法论的几个问题》一文。

[三] 指一九八六年八月二十五日《人民日报》转载王元化的《关于日前文学研究中的两个问题》一文。

一九八九年

————————

附记：

本文载于一九八七年第一期《文艺研究》。这封信是给编者林元同志的，原来并不准备发表，经他一再教促我同意了。"编者按"是林元同志写的。此外，他还在《编后》写了这样一段话："著名文艺理论家王元化同志的《关于文艺学问题的一封信》，是同著名科学家钱学森同志商榷的。最近几年，钱学森同志提倡自然科学和社会科学之间学科交叉，以极大的革命热情关心着我国社会主义精神文明建设、文学艺术的发展。他发表的许多文章，对于发展和建设具有我国特色的马克思主义文艺学，提出了重要意见，引起了广大读者和专家学者的重视。钱学森同志多次提出希望听取文艺界专家们的意见，王元化同志的信，就是很好的学术对话；信中提出的一些重要问题，值得理论界重视。"拙文发表后，同年《文艺研究》第三期发表了李准、丁振海的《关于文艺学讨论中的两个问题》，对我关于普列汉诺夫的批评提出异议，认为"相比之下，恐怕普列汉诺夫的意见更科学些"。接着同年《文艺研究》第六期又发表了叶纪彬的《思想形象化非艺术的审美本质》的长篇论文，参与了这个问题的讨论。他是支持我的意见，反对钱学森与李准、丁振海的意见的。我在信中谈得很简单，叶纪彬作了充分的发挥，论述详赡，读者倘要了解这场小小的论争，请参考上述文章。林元同志于一九八八年四月二日在北京逝世，他把自己的一生献给了编辑工作，为了表示我对他的尊敬和悼念，拍去了一封电报，以志哀思。

关于采用政治概念问题

　　五六十年代，在《文心雕龙》的讨论中为了这部著作是唯物主义还是唯心主义争论得很厉害，到目前还没有结论。过去我们常常谈到整个哲学史就是唯物主义和唯心主义两条路线的斗争史，这一点马克思、恩格斯并没有谈到过，恩格斯只是说过哲学上的基本问题是存在和意识哪一个是第一性的问题。我以为把政治上的概念硬套在哲学上是不妥当的。因为这样一来，势必得出从古到今凡唯物主义就是进步的，凡唯心主义就是落后或反动的。但问题并不这样简单，对于哲学史上的复杂现象要作实事求是的分析。我们知道，马克思主义有三个来源，其中有一个是德国古典哲学。德国古典哲学的几个代表人物除了费尔巴哈是"半截的唯物主义"者之外，康德、费希特、谢林、黑格尔等都是唯心主义者。恩格斯指出当时唯物主义已是江河日下。假设我们从哲学上的两条路线斗争来看，是不是这些唯物主义者比康德、黑格尔伟大，我们应该站在他们一边来反对德国古典哲学呢？用唯物和唯心两条路线斗争的观点就无法解释哲学史上的上述现象。由于我们用它来解释文学史，来评价刘勰的《文心雕龙》，为了强行纳入两条路线斗争的模式，往往作出种种削足适履的论断，以致要肯定某一著作的价值，就把本来是唯心的也说成是唯物的。历史上唯心主义的东西很多，这么多唯心主义的东西是不是都要放到错误的陈列馆去呢？过去我们只是认为马恩仅仅从黑格尔那里吸取了辩证法，并把黑格尔的头脚倒置的辩证法顺转过来。其实，马克思主义也从德国古典哲学中吸收了唯心主义的东西，这一点过去很少有人提，但却是事实，比如《一八四四年经济学哲学手稿》中就称赞了黑格尔关于人化自然的观点。马克思在《关于费尔巴哈提纲》中曾说过，和唯物主义相反，唯心主义却发展了能动的方面。马克思是从唯心主义那里接过主观能动性这一概念的。自然，马克思也同时批判了唯心主义在这问题上的抽象观点。由此可见，唯心主义并不是没有任何值得注意的东西。最近我去看了戴震纪念馆，其中有一副对联写得很好："治学不为媚时语，独寻真知启后人。"马克思主义者也要有这种精神才行。戴震是经学家，但他破除了经生注经的传统，在注释经义时把自己独到的哲学思想阐发出来。梁启超曾赞颂他，倘无确凿证据，"虽圣贤父师之言不信也"。这是令人敬佩的。过去经生注经讲究师传和家法，所谓师之所授，一字不敢出入，背师说即不用，这就把自己的独立思考，有创见的东西，在知识的长河中增加新的颗粒的努力都给压制下去了。今天我们应该像戴震那样独寻真知，敢于创造，而不应该再让一些教条缚住我们的手脚。

一九八六年

从文化史的角度来研究文学

我在编大百科《中国文学卷》时曾提到这样两个原则：第一，从比较中探索中国文学的特点；第二，从文化传统的背景上来探索形成这种特点的原因。我相信，如果我们这样去做，对一些长期晦暗不明、争论不清的问题可以理出一些头绪甚至有所突破，对一些似成定论的问题也可能作出新的估价，取得新的认识。这里我主要想谈谈从文化传统的角度来研究文学这个问题。

关于文化的研究，建国以来中断了三十多年，一九七九年卅始文化的研究逐步得到了重视，陆续出了一些著作，学术界对这方面的讨论也热烈起来了。从一九八二年在上海举办的一次文化研讨会以来，至今已经举行了好几次文化研讨会，并且邀请了国外的一些专家来参加。

为什么在建国三十多年中义化的研究儿乎是空白？原因是多方向的，其中有一个重要原因就是把这种研究看成是与马克思主义相对立的。目前人们逐步明白了这种看法是不对的，从而形成了近年来的研究文化热。但是我们的思想中还存在着一种因袭的陈旧观念，那就是认为，每个时代的文化都是当时的政治经济的反映；有什么样的政治经济形态，就会产生什么样的文化。这个看法也不是完全不对，马克思主义就认为经济基础决定上层建筑，但我们决不能把这一点作简单庸俗的理解，因为马克思主义在指出这种决定作用的同时，还指出文化和经济发展的不平衡，因而把政治经济和文化的关系作单纯直线的理解是错误的。我们应该认识到，思想文化具有相对的独立性，有着自身的发展规律，这不是政治经济的规律所能代替的。同样的社会形态在不同的民族那里出现了不同的文化类型，就足以说明这一点。《文心雕龙》曾分析了齐梁以前的"九代"文学，认为每一个朝代的文学都有不同的特征。但这些不同朝代的社会却是同一性质的。王国维在《宋元戏曲史》中说，"一代有一代之文学"，文学发展总是渗透了时代的特点。但是，在文化史上，有没有在不同的历史时期、不同的社会条件下，存在着一种共性的东西呢？应该说是有的。马克思在《资本论》中批判本杰明·边沁的效用说时，提出了人性的问题。马克思说，人性可分为"人性一般"和"在不同历史时期变化了的人性"。在我们的文化史中是不是也有一种共性的东西，像这里所说的"人性一般"的存在？即我们民族文化传统中在不同的历史时期、不同的社会条件下具有某种共性的东西。我们的文化研究，不仅要研究各个历史时期文化的不同特点，同时还应在历史长河中去探寻人们思想中所潜藏文化传统的共性成分。

我认为，构成我们民族文化传统的因素大概有以下四个方面：(一) 在创造力上表现的特点。每个民族文化在创造力上都具有不同的特点。(汤因比在他的《历史研究》中把世界文化归为二十几种类型，提出了"挑战和应战"的学说，以此来探讨文明诞生的原因。这也就涉及创造力的问题。）（二）民族心理素质。（三）一个民族所特有的思维方式、抒情方式和行为方式。（四）这个民族的价值观念。

　　我以为探讨民族文化传统的特点应该从这几方面入手，下面举几个简单的例子来加以说明。黑格尔曾经在《哲学史演讲录》中说，东方哲学强调同一性，忽视特殊性。我认为黑格尔这一说法是对的，这个问题是中国文化传统中的一个重要特点，它所涉及的问题也就是群体和个体、共性和个性或者说是公与私的关系问题。我国文化传统观念侧重于共性对个性的规范和制约，而忽视个性，以社会道德来排斥自我，形成了一整套固定的思想模式和伦理道德规范，从而使个体失去了它的主体性。这与我们传统的文化心理结构很有关系。但是，真正活的创造力是存在于组成群体的个体之中。没有个体的主体性就没有创造力。片面强调共性制约个性，以致压抑个性取消个性，就会摧残创造力。清代乾嘉学派的戴震作为伟大的思想家，就在于他处在当时理学盛行时代反对压制个性的"遏欲之害"，主张使人"各得其情，各遂其欲"。

　　中国的思维方式缺乏思辨思维和形式逻辑，主要强调直观和经验，把一切都同伦理道德挂钩。孔子的哲学也主要是道德箴言，思辨色彩不浓。中国的文学观离不开政教伦常。《关雎》这样的抒情诗也要和"美后妃之德"连在一起，蒙上伦理的色彩。在科技方面，当欧洲还在野蛮落后的中世纪徘徊时，中国的科学技术遥遥领先。为什么到后来突然停滞不前，没有产生像西方那样的近代新科学？除了社会原因外，从文化传统中也可以探讨出一些原因。李约瑟曾列表说明科技发展的三个因素：理论、实验和应用。我国在应用上发展很快，在理论上和实验上却很落后，这影响了科技的发展。国外一位学者说，中国人的认识方式是"体知",而不是"认知",不强调理论思维,讲究直观领悟,只可意会,不可言传,这很对。例如《文心雕龙》就说过:"伊挚不能言鼎,轮扁不能语斤。"这种认识方式导致了我们的科技因缺乏理论而在发展中形成了一系列的断层。

一九八六年

谈几个理论问题

一

　　理论研究至少可以采取三种方式。第一种是阐释性的，即对某一问题的某种观点加以说明、引申和发挥。第二种是整理性的，即根据某一课题，搜集有关资料，辨别真伪，进行考辨，以阐明某时代某一现象或某一问题。第三种是探索性的，即对前人所未涉及的领域进行创造性的研讨，或对前人已有的结论进行突破性的再认识和再评价。这三种研究方式，只是就大体而言。自然理论研究方式是多样的，还可以有其他方式。找认为，目前在面临改革、观念更新的时候，特别要注意探索性的理论研究。前一时期，我们所说的引进对象仅限于西方的科学技术，而对社会科学则觉得有些烫手，需要划清界限。理论界提出了第三产业问题，这不同于《资本论》中两大部类的划分，于是上海经济学界就有人出来反对。技术革命的提法也不行，说是资产阶级的。我们有一种不好的老传统，这就是以经生注经方式去对待马克思主义，一字不许出入，讲究师承。经生注经须墨守师说，疏不破注，背师说即不用。这在两汉特别显著。宋代学者开始萌发了怀疑精神，至清代这种怀疑精神则发扬光大。我们往往把清人的考据学斥为烦琐，但清人考据学中的怀疑精神使笼罩在经典上的神圣光圈变得黯然失色了。例如戴震就说过，倘无确凿证据，虽父师之言不信。现在时代变了，可是在新的情况下，这种经生注经的教条主义阴魂不散。历史上老的教条主义和现在新的教条主义结合起来是非常可怕的东西。我们不仅在经济上落后，在文化上也同样落后，这是教条主义滋长的土壤。

二

我们很少提到否定之否定规律。据说"文革"前在杭州会议上，毛泽东曾认为否定之否定律不能成立。他认为生活中有些例子很难用否定之否定律去说明。比如封建社会否定奴隶社会后，资本主义社会又否定封建社会，而资本对封建否定奴隶并不是否定之否定，相反，倒是肯定的。因此这里面就没有低级形态在高级形态的复归现象。这固然是事实，但是有些规律只是在更宽广的时空领域内才有效准。恩格斯曾经说："我们所研究的领域是远离经济领域，愈是接近于纯粹抽象的思想领域，我们在它的发展中看到偶然性就愈多，它的曲线就愈是曲折。如果你画出曲线的中轴线，你就会发现，研究的时期愈长，研究的范围愈广，这个轴线就愈接近经济发展的轴线，就愈是跟后者平行而进。"这段话原是指社会发展中经济基础的作用，但正可以同样说明否定之否定律。如果从更长的时间和更广的领域来看，私有制否定原始共产社会后，共产主义社会又否定私有制社会，这就构成了正——反——合否定之否定的发展规律。不承认这一规律就会把文化发展的曲线进程看作简单化的直线进程，并且还会产生更严重的恶果。"文化大革命"中出现的所谓彻底决裂，把过去文化一概斥为封资修加以消灭，是和长期以来不讲否定之否定律，歪曲科学的批判精神分不开的。马克思主义批判精神不是简单的全盘否定，而是含有扬弃的意义。

三

过去我们常常谈到整部哲学史就是唯物主义和唯心主义两条路线的斗争史。这一点马克思恩格斯并没有提到过，而是列宁在《唯物主义与经验批判主义》中提出来的。当时他主要是要反对波格丹诺夫等人的政治观点，而把党派性观念引入哲学。倘使说整个哲学史都必须以唯物唯心来画线，就势必会引出这样一个结论：从古到今凡唯物主义都是进步的，唯心主义都是落后的或反动的。但整个哲学史却无法用这种公式去说明。列宁说马克思主义有三个来源，其中之一就是德国古典哲学。作为德国古典哲学的代表人物康德、费希特、谢林、黑格尔等都是唯心主义者，费尔巴哈也只是半截唯物主义者，他的哲学上半截也是唯心主义的。当时唯物主义，用恩格斯的话来说，已是江河日下。难道能够说当时的布洛赫、伏格特、弗莱肖特等这些唯物主义者比康德、费希特、黑格尔等更高明更进步么？那么，马克思主义的三个来源之一为什么是后者而不是前者呢？或者，难道我们应当站在前者一边去反对后者么？过去我们理论研究为了把思想领域中的一切现象强行纳入唯物唯心两条路线斗争的模式，以致作出种种削足适履的论断。为了肯定某一历史人物的价值，就把本来是唯心的，也说成是唯物的了。

四

历史上唯心主义的东西很多，是不是都要放进错误陈列馆去呢？过去我们认为凡属唯心主义的东西，都毫无价值，只能摒弃，不能吸取。马恩从黑格尔那里只是吸收了他的辩证法，而且是把头脚倒置的辩证法顺转过来才吸取的。这种观点长期以来已成既定公理，似乎不容置疑。但事实上马恩也从德国古典哲学中吸取了唯心主义的东西。明显的例子就是马克思在《关于费尔巴哈论纲》中说的："能动的方面竟是跟唯物主义相反地被唯心主义发展了。"马克思是从黑格尔那里吸取了人的主观能动性的。自然在吸取过程中经过了批判和消融，把抽象的能动性变为现实的感性的活动。马克思在《一八四四年经济学哲学手稿》中也称赞了黑格尔的"人化了的自然"观点。这些都不属于黑格尔的辩证法部分而属于他的唯心主义部分。如果把所有唯心主义的东西都当做毫无可取的糟粕，那么思想史上可以肯定的东西也太少了。我认为列宁的学说本身也是在发展的，他的早期哲学思想和晚期哲学思想并非一成不变。我们应当吸收其中更成熟更完整的理论，而不能用凡是观点，一律当做一字不可出入的经典加以征引。列宁在后期读了大量哲学著作特别是黑格尔哲学以后，就提出过不同于以前的看法，他说"聪明的唯心主义比愚蠢的唯物主义是更接近聪明的唯物主义的"。这也就不同于以前那种以唯物唯心去画线的看法了。

五

过去理论界对矛盾的理解受到苏联批判德波林的影响，认为差异就是矛盾，就是一分为二，而这样就产生了"与天奋斗，其乐无穷；

与地奋斗，其乐无穷；与人奋斗，其乐无穷"的斗争哲学，所以"大
跃进"时就提出了"征服地球"和"向地球开战"之类豪言壮语。其
实人与自然的关系不是征服关系，人应把自己看作是自然本身的一分
子，寻求相互适应的关系。以功利主义的态度盲目索取自然资源，将
会破坏生态平衡，上述的那种斗争哲学用在自然上也是错误的。至于
用于人类社会，发展到极端，以致像"文化大革命"那样，到处滥用，
施之于广大人民和自己同志，那后果就更严重，破坏性就更大了。其
实世界是多样统一的。多样性不一定都构成矛盾，也可以是和谐的、
多样统一的。我们古代有"声一无听，物一无文"的说法，这就叫做
和而不同。社会主义所有制的形式也是多样性的，有社会主义全民所
有制、集体所有制，还有个体经济，以及国家资本主义补充形式，不
是单一经济。我们要这样地认识社会结构的多层性和丰富性，才可能
对客观实际作出科学的概括。随着实践发展和科学前进，观念更新，
马克思主义也要发展，这样才能保持旺盛的生命力。

一九八七年

谈近代翻译文学

　　过去的文学大系向来不列翻译文学的课目，文学史也很少涉及翻译文学。就我所见，在中国文学批评史中，只有罗根泽的一部谈到了魏晋时期传译佛经的理论。写文学史，编文学大系，略去翻译文学部分是个缺陷。因为翻译文学留下了外来文化对中国本土文化影响的轨迹，翻译文学理所当然地应成为文学史的一部分。用施蛰存先生的说法，中国有两次翻译高潮。编入《大系》的，是第二次，即近代的翻译文学（据施先生统计，近代翻译文学在数量上较现当代翻译文学为多）。第一次则是中古时期，即魏晋时代的佛经传译。研究文化史如果昧于魏晋时代的翻译文学，就不能较深了解当时的玄学思潮，后来佛教的中国本土化，以及它如何演变成为对中国文化产生巨大影响的禅宗。甚至直到今天我们的口语或文字中的某些词汇或典故也都是来自传译过来的佛经（如"瞎子摸象"、"唾面自干"等等）。我曾在拙著中举例说明《文心雕龙》的文质理论系来源于当时佛经传译中的文质概念。这部被章学诚称为"成书之初祖"的系统完整、体例周详的著作，是受到体现了印度文化重逻辑精神的因明学的一定影响。至于当时十分发达的翻译理论对后世的影响则更为巨大。施先生《导言》中援引刘半农在五四时的译诗序言，就有这样说法："两年前，余得此诗于美国 *Vanity Fair* 月刊，尝以诗赋歌词各体试译，均苦为格调所限，不能竟事。今略师前人译经笔法写成之，取其曲折微妙处，易于直达，然亦未能尽惬于怀。"这里刘半农谈到他在翻译上是受到传译佛经的影响的。我认为魏晋时期的佛经传译也是值得研究的题目。关于第二次高潮，施先生在《导言》中说得十分周详，这里不再赘述了。

　　我只想就《导言》所提出的几个为人忽视的问题，谈谈我的看法。《导言》认为近代翻译文学在民主自由思潮上也起过重大作用。我觉得这一补充很重要，因为一般人只谈严复等所译的人文科学理论在这方面的作用。《导言》对林纾作出了公允的评价。长期以来，一提林纾就说他是一位开倒车的冬烘人物，在翻译文学工作上也一无可取。但《导言》指出："林纾的早期译本，几乎都有序文，他喜欢以司马迁的'龙门笔法'来分析外国文学的艺术性，其中有一部分是中肯的，可以说他和原作者具有通感，但也常常有迂阔之谈。对于某些杰出的外国文学名著，例如狄更斯的批判英国政治社会的现实主义小说，司威夫特的讽刺小说，林纾都在序文中对它们的思想意义，给予高度赞扬，并且还联系中国现实，在慨叹、惋惜的微词中，透露出他对封建专制政体的不满，和对民主自由政制的向往。"我觉得这一补充也是很重要的，可纠过去之偏。《导言》还提出当时翻译文学对创作界的文学语言起显著的影响。施先生不轻下断语，而是采取了提问方式的审慎态度。他举出了既是翻译家又是创作家的包天笑、周桂笙、陈冷血等人，说他们的译文和他们的创作，文体是一致的。我认为这给近代文学的研究提出了一个很好的课题，值得进一步探讨。五四以后的文学语言，无论在字汇、名词、语法上，都受到当时翻译文学的影响。虽然三十年代提倡大众语的极端派把当时文学语言，讥为非驴非马的"骡子文学"，但我认为鲁迅所说的欧化语法是不可避免的，有时甚至渗透到日常用语中。如鲁迅所举的"对于"、"取消"之类，甚至连反对欧化语法的人也在使用。至于外来语的专门名词就更不用说了。近代文学史上，黄遵宪所体现的"诗界革命"，显然受到翻译文学的影响。过去，人们只强调他的"我手写我口"的白话性质，其实他也是最早采用外来语法和字汇的人。这并不是为了逐新猎奇，而是由于生活变了，文学语言也不得不变的缘故，不如此，反而令人难以接受。记得小时读到一位留学美国的长辈给父母寄来的一首旧诗，诗中说"自是更残难假寐，挑灯重读远来书"。我当时感到奇怪，这位长辈住在十分现代化的美国城市里，难道那里也打更么？那时我家里用的是电灯，难道美国依旧在用油灯么？这诗不能唤起我读唐宋诗词的那种境界；相反，却多少使我感到有些格格不入。黄遵宪将电灯、轮船之类入诗，虽被人讥为不雅驯，但这也是应时顺变的必然结果。不过黄遵宪毕竟是特殊的例子。当时翻译文学在文学语言上固然创立了一种新的白话文，而过渡时期的痕迹，却比比皆是，如林译中就不乏"拂袖而去"之类的字句。试问：穿西装紧袖口如何"拂袖"呢？

　　《导言》指出当时翻译文的严重缺点在于删节原作。如德国作家斯托姆的《茵梦湖》，近年出版的译本有五万字，而一九一六年发表在《留美学生季报》上的同著译文《隐媚湖》则仅有四千字。这种节本类似以前影院所赠发的交代故事梗概的"本事"，为了满足观众急欲知道情节的好奇心，不惜将原来的生动丰富的艺术性砑伤殆尽。由于不懂或为了省力而删节原文，自然是不足道的。但《导言》所指出的另一种删节，却更值得注意，这就是追求译文的雅驯。严复曾以信、达、雅作为译书的要求，事实上严复本人对于雅就已经觉得难办。如果原著有不雅的文字，怎么能用典雅的中文来译述？《导言》援引了严复的话："行文欲求尔雅。有不可阑入之字，改窜则失真，因任则伤洁。"他于是写信去请教古文学家吴汝纶。吴回信说："鄙意与其伤洁，毋宁失真。凡琐屑不足道之事，不记何伤？若名之为文，俚俗鄙浅，搢绅所不道。"吴并举《左传》《史记》为证，说太史公倘不能将俚鄙不经之事"化俗为雅"，一定都"芟剃不言"了。我读太史公书，却并不觉得他有洁癖，其中甚至不乏俚语和口语，包括一些"不洁"的内容。这里要谈的是，严、吴所提出的这种删节既非偷懒，也非媚俗，而是为了贯彻文字雅驯的主张。不过，这里马上出现了一系列问题：究竟应由谁来划定俚俗的界线？是作者还是译者？如果作者认为事虽琐屑、俚俗，但写入文中却并不使艺术本身也变得琐屑、俚俗，怎么办呢？或者译者认为是琐屑、俚俗的部分，恰恰被作者认为是体现了他的艺术风格、创作个性的特征，乃至成为整个艺术有机构成的组成部分，又怎么办呢？……总之，我仍取一种也许被认为是陈旧的看法，即翻译应忠实于原作。作为一名读者，我读译述是要知道原作的真实面目，而不是译者对原著的改造。自然我也愿意知道译者对原著的批评意见，但希望在译者的序跋或文章中去知道，而不希望在译者对原作动手动脚加以删改中去知道。有些才高的译者在译述时往往难免技痒，改动原著，我以为这是不足为训的。鲁迅说严复"做"了《天演论》。我们要研究近代中国的启蒙思潮，自然要读这本书。但是如果我们要知道原著，那就不能读这本书，而需要去读赫胥黎、斯宾塞本人的著作。

　　其实，在译述中应不应改动原著是个老问题，这问题在魏晋时期就已存在。当时翻译佛经，多用外书比附内典，号称格义，使佛书中国化了，更明确地说老庄化了。佛书中的一些专门名词都用老庄的一些术语替代了。如"菩提"译为"道"，"涅槃"译为"无为"，"比丘"译为"除馑"，"真如"译为"本无"等等。迨至道安因见先旧格义于理多违，遂废而不用。道安时期佛教如日中天，名僧辈出，译业弘富；唐代玄奘时期为传译佛经的鼎盛时代。至于佛教的中国化乃是此后的事，它是经过从格义到忠实迻译的过程以后，才走上中国化的道路的。如果没有这样的曲折历程，不经过忠实迻译的阶段，很难说它是否会形成现在那种中国化的佛学。今天这个问题还在继续讨论，例如陈寅恪是主张格义的，不过他是就学术发展意义上说的，有着特定的含义。而鲁迅则是反对日本上田进那种归化的理论的。他认为翻译外国作品应保存些洋气，而不应以中国面孔为标准将外国面孔用"削鼻挖眼"的手术去加以改造。傅雷是删削原著的。他翻译的巴尔扎克小说就有删节之处。他曾向满涛说过，他认为巴尔扎克行文有冗繁处，就删节了。我不懂法文，不能说出傅译删削了哪些文字。我想懂法文的人对照原文便可知道。《导言》对翻译本身的理论谈得不多，不知近代翻译文学理论除了严、吴的文求雅驯的观点外，还有哪些说法？

我觉得归化和忠于原著的问题，不仅存在于翻译领域，在舞台上，介绍外国戏剧也同样存在。几年前，上海举行了莎士比亚戏剧节。在筹备过程中，不少人提出要用中国戏曲形式，我提出不同意见，遇到主持人强烈反对。后来戏剧节开幕了。据说用戏曲形式演出的莎剧在莎士比亚的本土也得到称赞。当时我写了一篇短文说，我仍认为莎士比亚戏剧开始在中国演出，应采用道安所主张的忠于原本和鲁迅所主张的译文保存洋气，而不能采取以外书比附内典的"格义"及削鼻挖眼的"归化"方式。外国人对于用戏曲方式演出莎剧表示称赞，或是出于猎奇，或是要看中国是怎样理解莎士比亚。但我们的立场不同，我们很多人还从来没有看到莎士比亚的戏，也不知道莎士比亚是怎么回事。如果一个从来没有看过莎士比亚戏剧的观众，看了用戏曲形式使之归化的莎剧后说："原来莎士比亚戏剧和我们黄梅戏（或越剧或昆曲）是一样的！"那么这并不意味介绍莎士比亚的成功，而只能说是失败！

一九九一年清明

———————

附录：

一九九三年一月二十三日日记

过去谈近代翻译文学，如鲁迅与秋白之《通讯》，施蛰存之《导言》，罕言王国维，仅谈及严复、吴汝纶、林纾等辄止。当时对西学的见解，当以王国维最值得注意。《静庵文集》谓："今则大学分科，不列哲学，士夫谈论，动诋异端。国家以政治上之骚乱，而疑西洋之思想皆酿乱之曲蘗。小民以宗教上之嫌忌，而视欧美之学术皆两约之悬谈。且非常之说，黎民之所惧；难知之道，下士之所笑。此苏格拉底之所以仰药，婆鲁诺（布鲁诺）之所以焚身，斯披诺（斯宾诺莎）之所以破门，汗德（康德）之所以解职也！"这是何等精神！何等见识！纵在今日又何以易之！

一九九三年一月二十四日日记

《静庵文集》另一篇文章《论新学语之输入》尤不可忽略。文中评严复译事，造语虽工，而不当者亦多……又谓严复译述"古则古矣，其如意义之不能了然何？"王氏主张适当引进日译名，但又批判了"好奇者滥用之，泥古者唾弃之"的倾向，此评至今看来仍切中时弊。王氏之通达深邃率多类此。

外国文学漫忆

　　年轻时，我喜欢过一位如今似乎永沉忘川再也不被人提到的俄国作家安特莱夫。他曾被责为阴冷、灰暗、病态。我以为这不是误会就是曲解。我但愿有机会能为他的《红笑》《往星中》《大学教授》《狗的跳舞》《吃耳光的人》这些为我的年轻心灵拥有过的作品说几句话。我也喜欢过英国的费尔丁。他不像狄更司那样多产，那样获得读者的爱戴。他的作品少，读者也少。但如果把他的《约瑟·安德路传》和狄更司的《匹克威克外传》放在一起要我选择，我会更倾向前者。费尔丁在书的扉页上书明"拟堂·吉诃德"，如果不是他亲自写下这句话，别人是很难察觉它们之间的渊源关系的。狄更司的书我也爱读，他不但有才气，还有一颗仁慈的心。可是他的匹克威克太像亚当了。我可以举出这两部书有着像家族血缘所形成的那种类似的地方。自然，至今仍使我倾心的是本书中或多或少涉及过的莎士比亚、契诃夫、罗曼·罗兰，虽然后面这位作者在他本国或国外已经被人越来越淡忘了，然而我一想到他，仍感到温暖。他的《约翰·克利斯朵夫》曾经在我度过漫长艰难岁月中给我以勇气。我不能一一列举我喜爱的外国作家的名字，但如果我不提一提司汤达，我会感到负疚的。这位赋有非凡才禀的作家，在他生前默默无闻，他预告一百年后会被人们理解。果然本世纪五十年代，他的作品像旋风般地风靡世界，可是令人感叹的是，冥冥之中似乎有什么力量在左右作家艺术命运的升降。不久，他在光芒四射之后，又隐没在黑暗中了。我愿意说，他在我心目中的地位，超越了当时不懂得他而对他采取漠视态度的雨果。我不禁反问自己：为什么今天的读者很多人读雨果的书而不知道有个司汤达呢？（正如在白朗底姊妹中选取了夏洛特的《简爱》而将艾密莱的《呼啸山庄》弃置不顾？）是我抱残守阙，还是艺术感觉渐渐迟钝或者变异了？我不能回答，由将来去判断吧。在这里，我唤起青年时代的记忆，让那些曾经使我迷醉的艺术精灵在眼前再生。我早就由文学转入另一个领域，已经长久不谈，以后恐怕也不一定有机会谈到他们了。不管时间的无情浪潮使他们会有怎样的升降浮沉，我是不忘记他们的。

一九九二年

谈想象

——至友人书

尊文对西方某些汉学家关于中国语文及文字见解的误读作了纠正，甚佩。要理解一个异邦的文化是十分困难的，特别当涉及那些非规律性的细微幽深之处时更是如此。海外汉学家往往以西方为坐标来衡量中国的文化，而不知道在思维方式、价值系统、心理素质上，多有差异，有时这些差异甚至是很巨大的。在进行中西文化比较时，抹煞其间根本方面的相同，固然不对，但我觉得海外汉学家的失误往往倒是在于忽视其同中之异。比如尊文所引法国汉学家弗郎索瓦·于连 (Françoise Julien) 一九八五年发表在《远东与远西》第七期上的《想象的产生：论中西文学》中的下述看法就是一个例子。他认为既然西方直到十九世纪浪漫派才出现想象理论，中国怎么可能早在千余年前就有近于想象理论的神思呢？于连先生显然是以西方为标准来衡量中国文化。

近读熊十力先生遗著，知他晚年十分反感以马列哲学中唯心唯物理论乱套中国的心物观念。其实，此风更早始于五四初胡适以进化论及实验主义套讲中国哲学史。六十年代初，我撰《文心雕龙创作论》

时，虽对附会存有戒心，但在论述传统文论时以西学为准的影响仍然存在。这使我偏重于阐释《文心》中与西方美学相似或相近的原则，至于其中不同于西方美学而具有独立特色的方面则未加探讨。比如"气"这一概念，在传统文化中是个极其重要的概念，但在西方理论中却难找到相应的理论。（"气"这个字难觅英语单字对译，有人译成quintessence，不妥。李约瑟译作 vital energies，虽较好，亦难尽其意。）就我所见，直到十九世纪黑格尔美学中才出现了"生气灌注"的说法。但黑氏的说法与我国传统理论中大量有关"气"的概念还是难以比量。至于从内容的丰富性和复杂性来说，相差就更大了。又如《文心》中的《风骨》篇，我就很难从西方文论中找出相应的概念来进行阐述，于是只好暂告阙如了。再如我对《镕裁》篇的阐释，是按照外国文论中通常阐述的创作过程或创作步骤来阐述的，因此长期以来，未惬于心。我觉得海外汉学家倘以西学为主体来解读中学，实际是退回到半个多世纪前已被克服的西方文化中心主义的立场上。这是无法理解中国文化传统底蕴的。一九五〇年初大陆实行"一面倒"政策时，苏联专家进入中国，在文化上提出不少违反中国文化传统的粗暴做法。比如苏联专家里斯列，强以斯坦尼斯拉夫斯基的体验派表演体系改造中国传统戏曲即是一例。他完全无视中国戏曲是和斯氏完全不同的以程式为手段的虚拟性的写意型表演体系，从而不能用斯氏体系对它强行进行改造。已故导演崔嵬当时始终不屈，曾和里斯列进行了多次争论。但也有一些戏曲导演和演员直到今天仍按这种错误理论在进行"戏改"，以为这就是中国戏曲的现代化。

　　中国艺术的写意性与想象有着密切的关联，无论在文学、绘画、戏剧、音乐中都鲜明地显示了写意的特点。可是这很少被人涉及。（附带一提，中国的义符文字，以目治、单音以及造句中以名词为主的特点，是和西方的音符文字不同的。中国传统艺术以写意为特点，也和中国文字的特点有着十分密切的关系。）尊文所列举几位西方汉学家论断中国传统因无宗教的超越意识，故在艺术中只能"真实地表现实事"，这纯粹是从逻辑推理作出的结论，而在艺术鉴赏方面未下工夫，甚至可能并未亲炙。甚至我对他们是否认真读过传统文论著作也感到怀疑。如果说西方文论从自然的模仿开始，而中国文化侧重比兴之义，早在先秦《周官》及汉代《诗大序》中就有"六诗"、"六义"之说。西方文论传入中国以前，"比兴"之义始终是中国文论的核心问题。比兴说与模仿说的差异，即在中国重想象（也许可以说是不同于西方方式的一种虚构，亦即后来刘勰所谓"身在江湖，心存魏阙"的超越身观的神思），西方重自然，中国重写意，西方重写实。文化背景不同，倘不破除隔阂与偏见，就很难真切体会这一点。近来我常常谈到京戏，不仅因为我爱好京戏，而且由于京戏充分体现了作为中国传统艺术的写意性。这种写意性和传统的绘画、音乐、书法等是相通的。布莱希特受京剧影响颇大，但他只从京剧中吸取"间隔效应"这一方面，而对其中的写意性则很少提及。可见理解异国文化，倘要升堂入室是多么困难的了。

一九九四年

附记：

《谈想象》一文寄加拿大《文化中国》发表时，附有下面一段文字，现照录如下：

近年来几次参加海外举办的中国文化研讨会，我已将自己的一些感想分别写进几篇文章中。现将我写给友人张隆溪先生的一封信也附上，作为笔谈一部分，表达我对中西文化交流的一点看法。我觉得在交流中，尊重并理解对方的不同文化传统和文化背景是十分必要的。中国需要引进并研究西方文化成果，以补自己之缺，早已成为有识之士的共识，不再是需要大声疾呼引起注意的问题了。

研究中国文化不能以西学为坐标，但必须以西学为参照系。中国文化不是一个封闭系统。不同的文化是应该互相开放、互相影响、互相吸取的。我不赞成所谓万物皆备于我的返本论。尤其当有些人假借东方主义的理论，只承认文化传统的特性，不承认各个民族由人类共性所形成的相等的价值准则，因而拒绝遵守国际公法和人性原则的时候，这个问题就更为突出了。今天不应该再出现清军在常胜军协助下攻破太平军据守的苏州，因杀降而遭到戈登将军责问时，以"国情不同"为借口来搪塞的荒唐事了。我愿再一次援引拙著《清园夜读》后记中所揭示的那种诡辩术。这些诡辩者只要对自己有利，可以根据不同时期的不同需要，出乎尔、反乎尔，不惜把惠施说的万物毕同毕异分割开来，时而只承认万物毕同，时而又因碰到相反情况而只承认万物毕异。上述以国情为借口而藐视国际公法和人性原则的诡辩即其一例。

研究中国文化，现在更需要的是多做些切实的工作。自从自由、民主、人权等等名词由西方传入中国以来，人人都会说，可是却很少有深入的钻研，结果在人们头脑中只剩下一些朦胧的概念。就以民主作为一种政治学说来说，它的起源和发展演变，它在英美经验主义和大陆理性主义的不同思潮中形成怎样的学说和流派，以及当它传入中国以后，我国思想家对它作过怎样的诠释与发挥……这些问题都是建立现代民主社会、民主体制所必须弄清楚的。可是迄今很少有人关心这类问题，以致对于援引孟子"黎民不饥不寒"而说中国的民主就在于吃饱穿暖的谬论，竟很少听到反驳的声音。似乎很多人都把注意力放在二十一世纪从宏观去阐发海外的某些新颖观点和原则上去了。记得小时候一位学圣品人（基督教牧师）的长辈对我说：《圣经》上说的"你要做世上的盐"比"你要做世上的光"更好，因为光还为自己留下了形迹，而盐却将自己消溶到人们的幸福中去。作为大陆上的一个学人，我佩服那些争作中国文化建设之光的人，但我更愿意去赞美那些甘为中国文化建设之盐的人，忘我无私精神总是值得尊敬的。

一九九五年十月二十四日

看电影小记

我以前曾看过张艺谋拍的《黄土地》《一个和八个》，觉得颇有新意，但这回看了《大红灯笼高高挂》，就没有了以前的那种感觉了。最近《读书》上发表了社会学家费孝通先生和台湾文化人类学者李亦园教授的文章，他们都专程到拍摄《大红灯笼高高挂》的山西乔家大院作了考察，并在文章中谈及了这部电影。虽然这是两篇社会学家的文章，但我认为它们也可以当做影评来读。

山西乔家大院在晋商中颇有名望。费李两位先生在这部影片里看到的尽是阴暗、荒淫和无耻，对此他们不禁感到了诧异。他们不约而同地谈到了乔家大院的大红灯笼，说乔家大院确实有大红灯笼，但是，这些大红灯笼都是用于喜庆节日，决不是如影片中所描写的老爷去哪房姨太太房中过夜，哪房就挂起大红灯笼来。乔家大院家规严明，不允许也不可能有这样的事发生。

也许有人反驳费李两位先生的意见说：《大红灯笼高高挂》是电影，不是历史，也不是社会学家的考察报告。电影是艺术，艺术有想象与虚构的权利。为什么要电影去如实地表现乔家大院的事实呢？难道不允许虚构吗？作为电影，乔家大院有的可以表现，没有的也可以表现，这有什么不对呢？我认为这些问题提得好，但也可以代替费李两位先生作答：电影是艺术，艺术允许虚构，但虚构与事实的关系值得研究。试问，虚构为什么非得与真实背道而驰呢？作者的想象为什么总是一成不变地朝着丑恶这一个方向行进呢？是由于作者的作风还是出于作者的偏爱，为什么要使艺术陷入作者浓墨重彩加工而成的罪恶渊薮中去呢？虚构一旦成为一种倾向，化作一种模式，甚至演化为一种数学公式，变成为千篇一律的一种规格，那么，人们将会看到这种虚构是在害病了，而我们也就会发出这样的感叹：自由的想象毕竟还是不自由的。

一九九五年

附注：

本篇是笔者于一九九五年十二月在《文汇读书周报》召开的座谈会上的发言，本文据该报的记录整理而成。

中国文学古今演变研究略谈[*]

提出这个题目的意图是使古代文学、近代文学与现代文学结合起来研究，来探讨它们发展演变的轨迹。也许有人会问：为什么要专门开这个会来讨论这样一个题目。我想把这问题的背景简单地讲一讲。长期以来，在我们的学术界，有关古代文学和现代文学研究存在着隔绝的情况，这是很奇怪的。但早期的文学研究中并没有这么大的隔绝。看看王国维的研究就可以清楚，他不仅把古今结合起来，而且把中国的和外国的也结合起来。比方说他的《红楼梦》研究就是一个例子。他本人对德国古典哲学很有研究，一般认为他喜欢叔本华，所以把叔本华的哲学思想引进到《红楼梦》评论中去。实际上他更喜爱康德，对康德也很有研究。当时在文学研究领域里没有古今隔绝的问题，中国学者向来讲究"融会贯通"，当然研究工作必须有专业方面的重点，但是在研究的时候必须把问题放在历史的宏观背景上来探讨。只有经过比较之后才可以显示出问题的来龙去脉和它本身所具有的特点。假

* "中国文学古今演变研究"国际研讨会于二〇〇一年十一月十五日在复旦大学举行。

设像我们现在这样，只讲专，不讲兼通，所谓"一个萝卜一个坑"，隔行如隔山——知道现代的不知道古代的，知道中国的不知道海外的，知道文学的而对历史、哲学只有粗疏的知识或竟至完全无知。这样的研究不仅陷于狭隘，而且很难把问题真正搞清楚、弄深弄透。

　　一九五二年有过一次院系调整，学校的老师和年龄大一些的同学大概都很清楚这是怎么一回事。所谓院系调整就是向专业化发展，这是在"一面倒"的指导思想下，盲目向苏联学习，一切都要遵循苏联的范例。解放前的大学多是综合性的，有许多文理不同的学科。但在这次所谓院系调整的教育改革中，都被砍掉了。比如清华就是如此。清华原是综合性大学，在文科方面有很好的国学院传统。这个传统至今还常被人怀念和称道。当时国学院四位著名导师——梁启超、王国维、陈寅恪、赵元任——所留下的清华文科学风，影响很大，是我们的一份宝贵遗产。清华国学院培养了大批优秀人才，成为自那时以来中国学术界的主要骨干。也许可以不夸张地说，后来国内大多数文科人才都是由他们一代人直接或间接教育出来的。清华大学的这一传统，可惜在院系调整中被砍掉了，以后清华被限定为理工科的大学。我常想，一九五二年向专业化发展的院系调整，形成以后像恩格斯说的"分工的奴隶"的那种偏向。① 分工是必要的，但分工必须在整体综合

――――――

　　① 我在一九八一年初发表的《关于鲁迅研究的若干设想》一文（第二节"鲁迅论与综合研究法"）中，就已提到分工过细所产生的弊端："那就是各守各位，画地为牢，为各自所选择的专题所拘囿。这种河水不犯井水的办法，势必造成隔行如隔山的很大局限性。结果是研究中国的对国外的置之不顾，研究古代的对现代的茫然无知。从事文学理论的可以昧于美学常识，遑论把文史哲融会贯通在一起？鲁迅、郭沫若、茅盾、老舍、巴金……都成了一家之学，一个萝卜一个坑，研究者各守自己的领地，只盯住自己的专题，谁也不肯越雷池一步，放开眼界，关心一下自己那个小天地以外的广大世间。这种情况倘不急速扭转，将会使我们的研究者成为恩格斯所说的'分工的奴隶'。早在一千多年前，刘勰就已感叹前代和同代那些'各照隅隙，鲜观衢路'的理论家，'各执一隅之解，欲拟万端之变，所россий东向而望，不见西墙也'。我很怀疑目前我们那种分工细到这种地步的研究方法，到底会出怎样的成品，会有怎样的功效？"（《文学沉思录》第55页）

的基础上进行。由于专业化的畸形发展以致现在许多研究工作越分越细，牛角尖越钻越尖，甚至有研究鲁迅的不知道王国维、陈寅恪，不知道近代学术思想这类的情况发生，因此就造成了上述的那种隔绝，其实这是不应该有的。我们在院系调整只向专业片面发展的时候，国际上的科研工作早已向综合方向发展了，不仅把古今中外结合起来，把文史哲学结合起来，而且在一些科研项目上还出现了向边缘学科探索或进行科学杂交。任何一种文化思潮倘不放在当时的思想背景上去看，不从哲学上向深层根源去发掘，就会流于浮浅。比如像鲁迅研究，我们已经研究了半个多世纪，文章也写出了成千上万，可是大家的谈法都差不多，角度也差不多，内容也相仿，看来已到了题无剩义的地步，似乎研究已经到顶了，不能再有什么新观点了。是不是真的如此呢？并不是的。鲁迅在思想史、文学史上当然是一个重要的人物，他的思想与中国传统有着密切的联系。举个例子来说，假如研究鲁迅不能对章太炎的思想有所了解，就很难真正了解鲁迅。鲁迅对秦始皇、对法家、对李斯，甚至对五四时期兴起的疑古派的评价等等，都是或多或少受章太炎的影响。鲁迅自称只关注章太炎的革命业绩，而受到他学术方面的影响很小，但我们仔细研究研究鲁迅的著作，就可以发现他有很多观点其实是受到章太炎影响。比如鲁迅批评顾颉刚"大禹是一条虫"的考据，就是明显的例子。在鲁迅之前，章太炎就已讥讽过"鲧是一条鱼，禹是一条虫"这种说法了。再如鲁迅有一篇题为《论华德焚书异同》的文章，其中说到秦的焚书与希特勒的焚书不同，与阿拉伯人焚烧亚历山大图书馆也不同。他认为始皇推行的"书同文、车同轨"是统一中国的伟业，很值得赞扬。他不同意"秦无文"的说法，称赞李斯的碑文写得好。这些都在一定程度上受到章太炎的影响。

因此不从思想史的角度研究鲁迅，就不能真正理解鲁迅在现代环境中所表露的思想的内涵。我认为做学问只专不博，不讲兼通，要想做出贡献是很困难的。五四时代还没有去掉这个传统，当时胡适就说过："为学当如金字塔，要能博大要能高。"像钱穆这一代人，大多也都一再主张通才教育的。

　　主持人章培恒先生和梅新林先生为会议提出"古今演变"这个主题，我觉得十分有必要，可以使我们因过去长期分工所造成的片面化的情况得以克服，这对于文学的发展会很有帮助，使我们的文学研究可以做得更为深入一些。

二〇〇一年十一月十五日

图书在版编目（CIP）数据

清园文艺论集 / 王元化著. — 上海：上海书店出
版社, 2023.1
（王元化著作集）
ISBN 978-7-5458-2224-3

Ⅰ. ①清… Ⅱ. ①王… Ⅲ. ①文艺评论—中国—文集
Ⅳ. ①I206-53

中国版本图书馆CIP数据核字（2022）第188780号

统筹策划　杨英姿
责任编辑　邹　烨
封面设计　胡斌工作室

清园文艺论集
王元化　著

出　　版　上海书店出版社
　　　　　　（201101　上海市闵行区号景路159弄C座）
发　　行　上海人民出版社发行中心
印　　刷　苏州市越洋印刷有限公司
开　　本　890×1240　1/32
印　　张　10
字　　数　224,000
插　　页　2
版　　次　2023年1月第1版
印　　次　2023年1月第1次印刷
ISBN 978-7-5458-2224-3/I·554
定　　价　78.00元